Em casa com Nabokov

Em casa com Nabokov

LESLIE DANIELS

Tradução
Alice Klesck

Copyright © by Leslie Daniels
Todos os direitos reservados.
Tradução para a língua portuguesa: copyright © 2011, Texto Editores Ltda.
Título original: Cleaning Nabokov's House

Direção editorial: Pascoal Soto
Editora: Mariana Rolier
Produção editorial: Sonnini Ruiz
Marketing: Léo Harrison

Preparação de texto: Bruna Gomes
Revisão: Beatriz Camacho
Diagramação: S4 Editorial
Capa: Retina 78

DADOS INTERNACIONAIS DE CATALOGAÇÃO NA PUBLICAÇÃO (CIP-BRASIL)

CÂMARA BRASILEIRA DO LIVRO, SP, BRASIL

Daniels, Leslie
  Em casa com Nabokov / Leslie Daniels ; tradução: Alice Klesk. – São Paulo : Leya, 2011.

  Título original: *Cleaning Nabokov's house.*
  ISBN 978-85-8044-107-9

  1. Autorrealização em mulheres – Ficção 2. Ficção norte-americana 3. Mulheres divorciadas – Ficção 4. Nabokov, Vladimir Vladimirovich, 1899-1977 – Ficção 5. Nova York – Ficção I. Título.

11-006944   CDD 813

Índices para catálogo sistemático
1. Ficção : Literatura norte-americana   813

TEXTO EDITORES LTDA.
[Uma editora do grupo LeYa]
Av. Angélica, 2163 – Cj. 175/178
01227-200 – Santa Cecília – São Paulo – SP
www.leya.com

Para Mary Brett Daniels e Neal Daniels

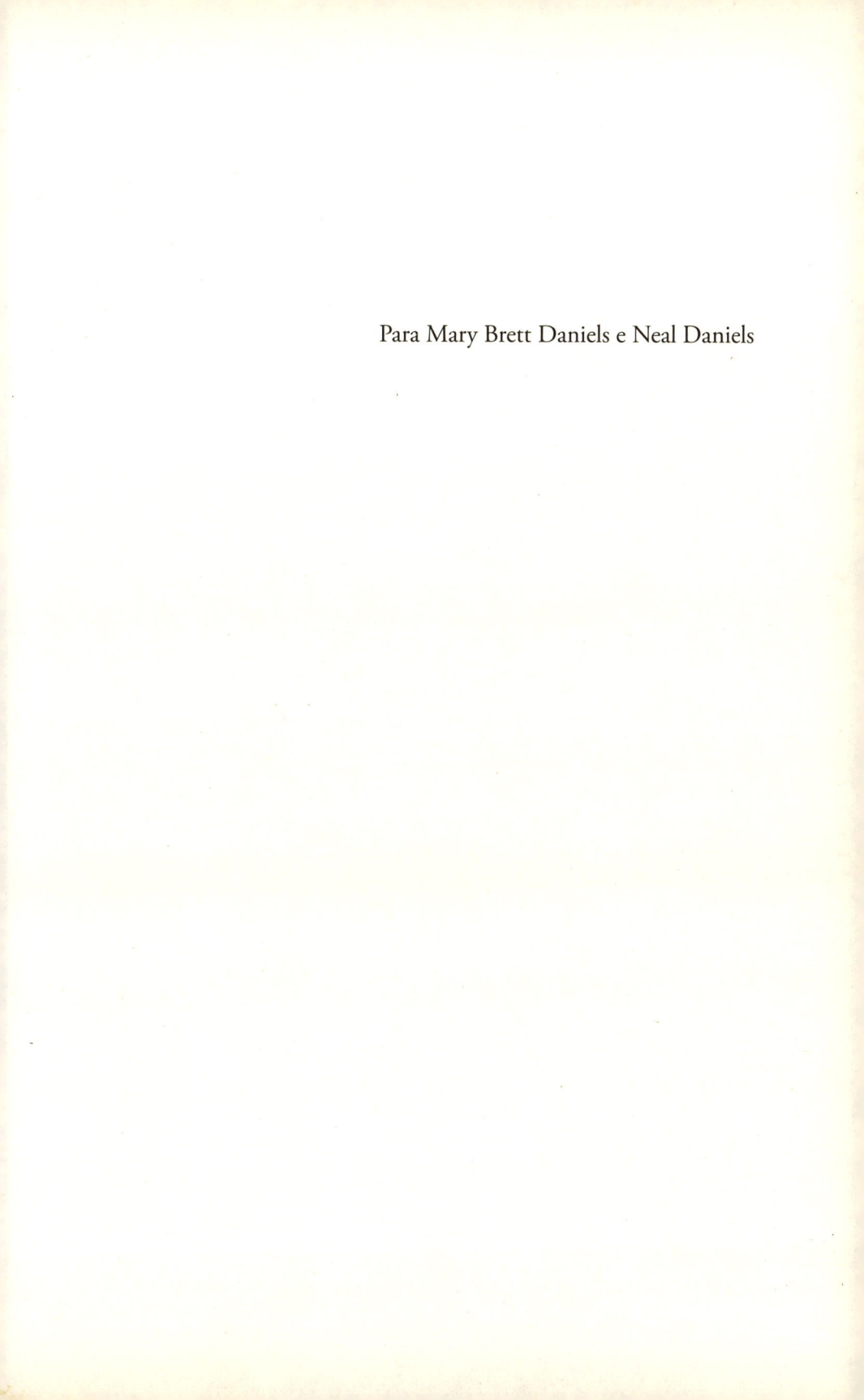

SUMÁRIO

A panela azul 9
Acampando 12
Onkwedo 16
Casa 21
Correspondência 25
Darcy 32
Livro 36
Digitando 41
Advogado 45
Agente 53
Ninho 58
Café da manhã 62
Creme 67
O ensino fundamental de Onkwedo 71
Almoço 75
Inspeção 81
Duas coisas 85
Calça da Good Times 91
Autêntico 94
Última visita 97
Cão 105
A porta azul 110
Modelo 116
Happy hour 123
Tinta 129
Rudy novamente 138

Bistrô moutarde 143
Saia lápis 154
Pé de cabra 160
Estalagem 165
Ikea 169
Fim de ano 172
Inauguração...185
A mudança 189
Banco e lavanderia 192
Romance maduro 199
Encontro 203
Chegada das calcinhas 206
Fim de semana 209
Emprego estável 215
Limonada...220
Planos do casamento 224
Manteiga..227
Carro morto 233
No lago 236
Casamento 240
Primeira edição 249
Livraria...253
O dia seguinte 257
Aniversário 260
John no trabalho 267
Garota..270
Conferência 280
Hotel..284
Impostora...287
Ciência...290
Gabinete 295
Ivy League 302
Adeus, termas..305
Mais correspondência..306
Sorvete de baunilha e cereja..308
Doce 310
Outono 312
Parto iminente...313
Onkwedo 315
Agradecimentos...317

A PANELA AZUL

Eu soube que poderia ficar nesta cidade quando encontrei a panela azul esmaltada flutuando no lago. A panela me levou à casa, a casa me levou ao livro, o livro me levou ao advogado, o advogado me levou ao bordel, o bordel me levou à ciência, e, a partir da ciência, eu ingressei no mundo.

Encontrei a panela azul numa tarde de domingo, logo depois que meus filhos me deixaram para voltarem ao pai. Ele e eu tínhamos nos separado, e eu estava tentando me acostumar a viver sem meus filhos e não enlouquecer. Sempre que eles me deixavam para voltar pra ele, às vezes chorando, às vezes não, eu sentia necessidade de correr para algum lugar. Mas não havia nenhum lugar onde eu precisasse ir e nenhum dinheiro para gastar, depois que chegasse lá. Eu ia sem pensar, pois pensar doía. Eu ia, na esperança de me perder, mas a cidade era tão pequena que eu simplesmente acabava onde havia começado.

Nesse domingo específico de outono, quase um ano atrás, dei um beijo de despedida em Sam e Darcy – sem ninguém chorar – e tentei não odiar a ex-pessoa por levá-los. Fracassei. Virei e saí andando pela ventania da trilha de corrida, ao lado do lago, onde ninguém podia ver meu rosto se contorcendo.

As cidades instalam trilhas de corrida conforme o nível médio de obesidade fica crítico. Meu querido primo cientista me contou isso; há uma alta correlação entre cidades com trilhas de corrida e índices elevados de diabetes do tipo II no jardim de infância.

Eu estava pensando em meu primo, imaginando se ele teria ferrado a própria vida tanto quanto ferrei com a minha, se ele tivesse vivido até minha idade, trinta e nove anos e sete meses. Ele comprou um barco e caiu da embarcação inúmeras vezes. Ser um cientista brilhante não significa necessariamente que você saiba em que lugar do espaço seus pés estão localizados. Ele falava quatro idiomas e sabia explicar neurotransmissão. Adorava comida francesa – sopa de sorrel era seu prato predileto. Eu estava me lembrando de seu apetite e de sua gargalhada rouca nos jantares quando, do nada, uma panela azul passou por mim, flutuando na água verde-acinzentada do lago.

Desci à margem, pensando na manchete de segunda-feira, no *Onkwedo Clarion*: "Mãe de dois filhos morre afogada; aparentemente, suicídio".

A panela cheirava a óleo de motor, e eu olhei em volta, à procura de um barco para devolvê-la, mas não havia nenhum. Embrulhei-a num saco plástico que passou voando e a coloquei no porta-malas do meu carro velho, espremida ali dentro, junto com meus livros e uma mala de roupas. Eram as roupas e os livros que eu mais precisava, neste meu estado atual de sem-teto.

Lavei a panela fedorenta na banheira do meu quarto, no Swiss Chalet Motor Inn. Esfreguei com uma garrafinha de xampu de motel até cheirar como se jamais tivesse encontrado um barco. Depois, na chapa que eu havia escondido das arrumadeiras do motel, cozinhei um pouco de macarrão na panela azul, aquele tipo de massa que parece folha de alface rasgada (alfacini?). Acrescentei um naco de manteiga da fazenda do outro lado da estrada e umas raspas de queijo seco.

Sentei junto à janela, observando o crepúsculo e os faróis que sumiam acima da colina. A comida estava maravilhosa.

A panela azul me lembrava de uma mesa de jantar, com gente sentada em volta, conversando, velas iluminando seus rostos enquanto comiam uma refeição que alguém tinha feito, talvez eu mesma. Embora nunca conseguisse seguir uma receita, eu cozinhava. Meu pai estaria numa ponta da mesa, fazendo suas observações esquisitas; meu primo, na outra. Estaríamos comendo e rindo – eu me lembrava disso claramente – todos juntos, reunidos para o jantar. Conforme eu olhava ao redor daquela mesa em minha mente, lá estava o cabelo brilhoso e negro de minha filha, com sua risca em ziguezague, meu filho, com sua doçura sonolenta e pensamentos profundos, e eu. A refeição nos unia; meu sábio primo e meu pai também, antes da partida insana dos dois rumo ao céu.

Penso na panela azul como um presente do meu primo, uma daquelas coisas que gente morta manda quando sabe que você precisa de ajuda, de uma dádiva de paz. Eu gostaria de acreditar que isso é verdade.

ACAMPANDO

Numa cinzenta manhã primaveril em Onkwedo, ano passado, quando eu ainda estava casada com a ex-pessoa, eu abastecia a lavadora de louça enquanto recebia instruções dele, de como fazê-lo apropriadamente.

Eu era boa em algumas habilidades relacionadas ao casamento. Agora, não me lembro em quais, mas nas cruciais, não – seguir as instruções dele era uma delas. A ex-pessoa acreditava em ordem e controle, o que incluía o controle sobre mim. Porém, conforme o casamento seguia, aos solavancos, eu era cada vez mais incapaz de seguir seus comandos. O declínio da saúde de meu pai fez com que a ordem nas pequenas coisas da vida se tornasse irrelevante para mim, já que as coisas grandes, vida e morte, estavam tão obviamente fora de controle. Colocar a louça suja em ordem, por exemplo, parecia algo totalmente fora do sentido da vida.

Junto à lavadora de louça, a ex-pessoa me disse "Deus está nos detalhes", e eu enfiei sua caneca de café de qualquer jeito na máquina e saí andando. É de se pensar que uma discussão sobre abastecer a lavadora de louça não seja motivo suficiente para se abandonar alguém, principalmente quando há crianças envolvidas, mas foi isso que me fez sair pela porta.

A perda dos meus filhos começou naquele momento. Antes da caneca de café, eram apenas duas pessoas casadas, em guerra uma com a outra, mas a perda das crianças começou bem ali. Perder meu filho e minha filha foi um terrível conjunto de acontecimentos, inexorável, como "Found a Peanut", aquela musiquinha infantil que as crianças cantam no carro, em viagens, e você não consegue fazê-las parar.

Saí andando e afastei-me do meu então marido, que estava em pé, junto à lavadora de louça, me dizendo como viver. Do armário da despensa, tirei uma barraca de escoteiro, sacos de dormir, fósforos e uma lanterna, e os coloquei no porta-malas do meu carro. Voltei em casa duas vezes, sem ver a ex-pessoa, uma vez para pegar o urso de pelúcia de Darcy, e a segunda para tirar minha aliança, que deixei sobre o estojo do diafragma.

Dirigi até a Onkwedo Bagels e comprei suprimentos. Dirigi até a escola e assinei uma autorização alegando que as crianças estavam saindo para uma "viagem em família". Já tínhamos ido àquele acampamento com o pai delas. Ficava logo depois da fronteira estadual.

Naquela época, anterior à temporada, nós éramos os únicos acampados. No começo da noite, nos deitamos na barraca de escoteiro de Sam, com o zíper da claraboia aberto, para vermos a lua. Darcy me perguntou se ursos eram reais.

— Claro que eles são reais! — disse Sam.

— Eles vão levar o meu Stuffy? — perguntou ela, colocando o ursinho de pelúcia atrás das costas.

— Não, Stuffy está seguro. Estamos todos seguros — eu disse. Deixei que ela segurasse a lanterna e nós dormimos.

No dia seguinte, escalamos rochas e fizemos barquinhos de folhas flutuarem no córrego. Não vimos urso algum, nem mesmo pegadas, somente gansos voando de volta para o norte, formando imensas letras "V" no céu.

Na manhã do terceiro dia, Darcy e eu estávamos sentadas numa rocha, tomando um chocolate levemente acinzentado, e Sam estava torrando um bagel numa vareta, na fogueira do acampamento, quando chegaram três carros de patrulha e uma caminhonete. Eles perguntaram meu nome, algo que aparentemente já sabiam.

Pediram minha carteira de motorista, que estava em meu porta-malas. Fui pegar. Com o porta-malas aberto, virei a tempo de vê-los colocando Darcy e Sam na traseira da picape. Os rostos dos meus filhos desapareceram por trás do vidro fumê conforme os pneus levantavam pedrinhas. Saí correndo atrás da caminhonete, gritando:

— Isso é um engano!

O patrulheiro que ficou me enfiou na traseira do carro, com uma das mãos na minha cabeça, exatamente como se vê na TV. Fui presa por sequestro, com algemas e tudo. Mais tarde, quando meu advogado fez um acordo, a acusação foi retirada.

A audiência sobre a guarda foi minha primeira grande ajuda quanto à realidade de Onkwedo. Também foi a última vez que usei um vestido. O promotor era amigo da ex-pessoa, os patrulheiros estaduais que haviam dirigido o carro da fuga tinham estudado com ele no Ensino Médio, a assistente social aparava sua grama (ela disse que isso ajudava em seu condicionamento aeróbico) e o juiz da vara de família tinha sido parceiro dele no laboratório de Química.

O fato de todos gostarem da ex-pessoa pesava contra mim. Pesava contra mim o fato de que eu estava excessivamente zangada, triste e descrente que a audiência de custódia estivesse acontecendo para conseguir me defender.

O processo legal afundou para mim quando o advogado da ex-pessoa me perguntou por que eu havia partido. Eu tinha sido rigorosamente instruída a não falar da lavadora de louça, então, eu disse:

— Liberdade.

Meu advogado colocou as mãos na cabeça.

O juiz me perguntou onde eu fui para ter liberdade, e antes que eu pudesse responder, o advogado da ex-pessoa entregou uma foto ao juiz.

Ele também me questionou se era verdade que eu estava vivendo em meu carro. Eu lhe disse que estava acampando.

A pedido do juiz, fui até a bancada com o meu advogado e ele nos entregou a foto. Ela me mostrava fazendo xixi no mato. Não era uma foto vulgar, apenas uma mulher agachada no mato. Não vi qualquer problema, até o juiz apontar a placa atrás de mim: Represa Onkwedo, Fonte Pública de Água Potável.

Não me lembro de ter visto a placa. Eu desconfiava que o advogado da ex-pessoa a havia inserido, com o Photoshop.

O juiz me perguntou se eu tinha algo a dizer. Enquanto esperava minha resposta, ele empurrou um copo de água até a beirada da mesa.

Olhei para os rostos ao redor da sala do tribunal. Ninguém me conhecia. Ninguém sabia que eu dei à luz num parto de heroína. Ninguém sabia que eu sentia falta do meu pai. Ninguém sabia que eu só me sentia eu mesma dentro do meu carro.

A decisão do juiz saiu uma semana depois. Ele disse que eu era "instável", tanto financeira quanto emocionalmente, que eu demonstrava um "comportamento bizarro e irregular" e que meus filhos ficariam melhor com o pai, exceto por um fim de semana por mês. Qualquer pensão que eu poderia ter conseguido foi varrida pela contribuição que eu deveria dar em apoio às crianças. Eu não havia planejado ficar falida, mas a verdade é que eu não havia planejado nada daquilo.

Era de se pensar que foi negligência da minha parte perder a guarda dos meus filhos por algo tão pequeno como seguir instruções. Era de se pensar que fui louca, ou má, ou imbecil. Foi o que pensei também.

ONKWEDO

Quando o tempo esfriou, eu me transferi do mato para o Swiss Chalet Motor Inn, sendo seu nome derivado de um filete de bolo de gergelim pregado ao longo do telhado do escritório.

Onde quer que eu estivesse, a decisão sobre a guarda zunia em minha cabeça: "A ré é itinerante, instável financeira e emocionalmente... incapaz de produzir testemunhos de caráter... demonstra comportamento bizarro e excêntrico, vide foto anexada (Prova A)...". Eu havia memorizado o negócio inteiro. Meu cérebro lutava contra, tentando derrubar aqueles pensamentos, encontrar uma forma de contorná-los, mas eles permaneciam ali, como uma rocha.

Eu não havia percebido quanto tempo a maternidade toma. Sem filhos, eu tinha toneladas de tempo solitário e descompromissado. Preparar uma refeição, dormir ou não, dar uma volta ou não – não fazia diferença.

No meu carro estavam meus livros e algumas roupas. Eu não sentia falta das roupas que havia deixado para trás. Aquelas roupas representavam tentativas de fazer com que a ex-pessoa achasse algo de mim: "Nossa, como ela é sexy" ou "Ela já teve dois bebês, mas ainda mantém a silhueta", mas ele nunca achou nada disso. O sentimento depois do amor é interesse, e a ex-pessoa não tinha interesse em mim. Para ele, eu era como uma grande pilha de roupa suja no chão, não a *sua* roupa, mas a de outra pessoa.

Não sinto falta de ficar escolhendo roupa todo dia. Eu vestia a mesma calça e revezava duas camisas. À noite, lavava uma delas na pia do hotel. Simples.

No Swiss Chalet Motor Inn, eu mantinha um pijama de cada um dos meu filhos dentro de saquinhos *ziplock*, para guardar o cheirinho deles. Guardava os sacos embaixo do travesseiro, para me ajudar a dormir. O ligeiro ruído do plástico não me perturbava.

A vida sem Sam e Darcy, no hotel, me dava muitas oportunidades de pensar sobre o fracasso, o meu fracasso. Não era culpa da ex-pessoa eu ter sido reprovada na vida conjugal; o controle não é necessariamente uma coisa ruim. E eu não culpava a terapeuta conjugal estilosa (estilosa *à la* Onkwedo, cheia de brincões e botas) que frequentávamos na época. Terapia conjugal, isso *sim* é uma escolha profissional que abraça o fracasso.

A ex-pessoa me disse, repetidamente, que "o fracasso em planejar é planejar o fracasso". Planejamento não era algo natural para mim. Ele era um planejador total, que dividira sua vida em nacos de tempo bem ordenado. Para a arrancada de seu plano dos vinte anos, a ex-pessoa me escolheu para ser mãe de seus filhos. Ele me achava maleável, podendo ser moldada como a parceira certa se ele me afastasse da cidade, me levando para um local salutar.

Eu sei que ele me escolheu baseando-se em três traços que acreditava garantir a sobrevivência dos jovens: bunda grande (fertilidade, conforto), frugalidade (resistência) e capacidade de tolerar o caos, a qual ele equacionava à habilidade de criar filhos.

Dois anos atrás, quando as crianças tinham três e nove anos, nos mudamos para sua cidade natal, a salutar Onkwedo. Era o segundo estágio de seu plano dos vinte anos para nossas vidas. O primeiro havia sido os dois descendentes, por uma mãe cuidadosamente escolhida; o próximo seria sua aposentadoria bem-sucedida, aos quarenta anos de idade. Ele havia desenhado um molde compressor chamado "bite", usado na produção de pneus de carros. Enquanto o casamento durou, eu entendi sua brilhante inovação, porém, com o divórcio, minha compreensão desapareceu.

Conheci a ex-pessoa na primavera, na cidade de Nova York. Era hora do almoço e eu estava sentada nos degraus dos fundos do escritório da revista, deixando que o sol iluminasse meus cabelos. Tinha acabado de cortá-los, numa escola de cabeleireiros do outro lado da rua. Com o novo corte, eu parecia eficiente e esperta, sem papo furado. Não parecia eu mesma, o que provavelmente o atraiu.

Quando ele me perguntou o que eu fazia, eu disse que trabalhava em editorial. E não era mentira: eu era checadora de fatos e estatísticas da *Psychology Now* – quantos macacos, que cor de M&Ms eles preferiam etc. Minha principal aptidão para o trabalho era minha capacidade de lembrar em que lugar de um livro situava-se um artigo, uma frase ou um parágrafo. Eu era boa em minha função e gostava do meu trabalho. Os "fatos" em Psicologia são piegas e porosos, estão mais para opiniões, ou até palpites, do que para dados científicos sólidos. Há sempre um "por outro lado" nos fatos psicológicos. Isso nunca me incomodou.

Por conta do corte de cabelo, a ex-pessoa provavelmente achou que eu tinha uma função executiva altamente responsável. Não tive a intenção de enganá-lo. Apesar de sua voz suave e seu cheiro doce, eu não me importei o suficiente para esclarecer. Quando ele descobriu minha verdadeira função, isso plantou a semente para que ele me achasse uma pessoa indigna de confiança. A essa altura, eu estava grávida de Sam.

Casamentos muito menos promissores, entre amigos, já deram certo. Duas colegas da classe de Estatística se casaram com professores-assistentes – entraram em seus escritórios, em época de prova semestral, caíram em prantos, ganharam beijinhos para pararem de chorar e logo depois estavam noivas. Ambos os casais têm filhos. Era de se pensar que esses estatísticos se preocupariam com o enfraquecimento de sua pesquisa genética procriando com alunas chorosas que tiram D, mas não foi o caso.

Eu passei pelas aulas de Estatística de olhos secos. Jogava pingue-pongue com meu professor-assistente. Bati em meu próprio rosto com a raquete. Sangrei. Perdi o jogo. Ele me ofereceu um band-aid, que eu aceitei, mas não dormi com ele. Por que me casei com a ex-pessoa e não com o meu professor-assistente? Eu me lembro que o suor do estatístico era pungente. Será que o amor residia em meu nariz?

Sei o quanto isso soa imbecil e aleatório, mas a verdadeira porta para a experiência do prazer – o *foyer* da oxitocina – é o nariz. Eu não tinha uma teoria melhor entre mim e o amor, e eu havia fracassado em planejar. Simplesmente deixava as coisas acontecerem. No quarto do hotel, eu pensava muito sobre o fracasso. Não sabia que, de fato, fizera uma escolha em relação ao amor.

Um dos fatos melosos sobre Psicologia é que as mulheres que têm irmãos escolhem parceiros melhores, e eu não tinha nenhum. Eu amava meu pai e meu primo, ambos homens urbanos, e me esforçava para entendê-los. Entendia um pouquinho. Se fossem pássaros, podia-se dizer que eu entendia seu canto, mas isso não ajudava no meu entendimento geral dos homens. Nada quanto a eles servia como regra que pudesse ser seguida; cada um era único.

Fora o fato de serem homens e pertencerem a minha família, meu pai e meu primo tinham algo em comum: cada um deles conseguia se erguer acima da dificuldade da vida diária e enxergar o panorama geral. Às vezes, eu também conseguia fazer isso, recuar como um periscópio, acima da crosta terrestre, e olhar ao redor. Isso me fazia lembrar que o lugar onde eu estava era apenas um ponto no mapa-múndi.

Eu fazia isso com frequência no meu primeiro ano em Onkwedo, lembrando a mim mesma que a Terra era imensa e repleta de outras pessoas, além das mesmas pessoas saudáveis que eu via nessa cidadezinha, repetidamente.

Eu nunca deveria ter deixado a ex-pessoa me escolher. Nós nem falávamos a mesma língua. Talvez eu fosse como as francesas que vêm para a América, não as parisienses, que sabem que *quoi* é *quoi*, mas aquelas que vêm das províncias e procuram os pretensiosos mais parecidos com Owen Wilson para casar. Na geração da minha mãe, elas iam atrás do tipo Gary Cooper. Dá vontade de chamar essas francesas de canto e explicar: *"aquele ali não, pas cet homme-là!"*.

Mas eu acabei casada com a ex-pessoa, com Sam e depois, seguindo seu plano, com Darcy. E nós deixamos a cidade para trás, rumo a Onkwedo.

Logo depois que eu deixei a cidade, meu pai deixou o mundo. Ele morreu na primavera. Abril é o mês em que os corpos das pessoas dizem basta, como as árvores, cuja seiva não brota mais. Depois que meu pai se foi, eu fiquei perplexa pela especificidade de minha solidão. Eu somente me sentia só por ele; nenhuma outra pessoa podia preencher o vazio. Mesmo que meus amigos da cidade viessem me ver – e eles não vieram – não poderiam ter ajudado. Eu sentia não haver mais ninguém na Terra que pudesse fazer minha solidão desaparecer. Pesar e depressão parecem exatamente a mesma coisa. Não importava o que era, eu havia perdido a minha estrela-guia.

Viver na região norte do estado piorava as coisas. Onkwedo me lembrava as prateleiras de livros da recepção do escritório da *Psychology Now*. Todos os títulos interessantes tinham sido levados por alguém que não devolvera. O que sobrou foram livros comuns e indesejados. Era estranho passar os olhos por fileiras e fileiras de lombadas de livros e não experimentar sequer um lampejo de interesse. Ali em Onkwedo era a mesma coisa, eu pensava; cada adolescente entusiasmado foge, cada criança problemática é vigorosamente esmagada, cada artista encontra um caminho de saída. Restavam as pessoas que pertenciam ao lugar, tediosas, complacentes e capazes de se adequar.

Assim me pareceu, durante o primeiro longo inverno, cinza sobre cinza. Até as nuvens tinham nuvens.

CASA

Deitada na cama do hotel, depois do jantar da panela azul, fechei os olhos e deixei que a massa fizesse seu trabalho calmante. Disse a mim mesma que meus filhos tinham um ao outro. Eu recitava este "fato", que sobrou do meu ex-emprego, na revista de Psicologia: relacionamentos entre irmãos moldam a personalidade e preveem felicidade futura. Eu dizia a mim mesma que podia me sentir bem por Sam ter Darcy para cuidar, que Darcy tinha um irmão mais velho, e que eles formavam um time.

Embaixo da colcha de chenilha abafada, de olhos fechados, eu tentava me elevar como um periscópio, projetando meu foco para o alto, para que pudesse ver meus filhos.

Eu podia ver Sam dormindo em sua cama, seu corpo encolhido ao redor do travesseiro. Darcy também estava dormindo, mas ela procurava algo com o rosto, fungando, de olhos fechados, como se buscasse algo com as bochechas e os lábios. Quando eu via isso, saía da cama e perdia o sono pelo resto da noite. Fiquei perto da janela do hotel, olhando para fora, vendo o absoluto vazio que era meu lar atual, Onkwedo.

Quando a manhã chegava, eu dirigia o carro até uma rua atrás do colégio das crianças e estacionava, esperando o recreio do jardim de infância. Tocava *jazz* no rádio do carro e as janelas estavam fechadas. Eu não ficava exatamente feliz em meu carro; tinha esquecido como era ser feliz de verdade. Os momentos razoáveis, como esse, passavam por felizes. Minhas roupas e meus livros ainda estavam no porta-malas, encaixotados, livros de consulta separados, para quando eu precisasse deles. Eu também guardava minhas coisas de cozinha ali, para não ter problemas com a gerência do hotel.

Sentia-me em casa no meu carro, estacionada numa rua quieta. Porém, lá do porta-malas, a panela azul me chamava. Ela me fazia lembrar o imenso fogão da casa dos meus pais, todas as pessoas para quem eu havia cozinhado, aquelas que amei, famintas e reunidas ao redor de uma mesa. A panela pedia um fogão grande, uma chama embaixo, um cômodo com uma mesa e gente sentada ao redor. Eu estaria servindo algo da panela azul, provavelmente massa.

Minha respiração havia embaçado o para-brisa.

O local onde eu estava estacionada me dava uma visão do *playground* escolar, depois dos quintais traseiros de duas casas. Por entre as árvores nuas do fim de outubro, dava pra ver minha filha somente quando ela subia no alto do escorregador. Eu a via exatamente antes de descer, vestindo um moletom cinza-chumbo. As outras meninas vestiam casaquinhos cor de rosa ou lilás. As outras meninas tinham mães que as vestiam de manhã, usavam luvas e gorros combinando, conjuntos para neve. Mesmo com o horrendo moletom de capuz, ela estava linda de morrer. O ar ao seu redor reluzia, era como um halo de luz. Mas ela parecia totalmente solitária.

Observá-la fazia meu peito doer, de tanto que eu queria abraçá-la. Eu tinha que me satisfazer com o fato de vê-la fazer sua escalada determinada ao topo do tobogã, depois desaparecer num borrão cinza; um borrão rosa a seguia, depois outro rosa, um lilás, depois novamente a Darcy.

Então, provavelmente havia tocado o sinal do fim do recreio, porque o topo do escorregador estava novamente vazio. Limpei um círculo na janela do carro, para ver melhor.

As casas na rua onde eu estava estacionada eram antigas e feitas de pedra ou madeira. Algumas tinham passado por reformas tão malfeitas que pareciam gatos de batom.

Uma delas estava à venda. Uma mulher saiu pela porta dos fundos e caminhou até o quintal. Ela estava carregando uma tigela. Tirou a tampa de uma gaiola aramada e jogou restos. Adubo, eu pensei.

Vi a placa de VENDE-SE. Olhei para a casa. Ela tinha janelas que cobriam uma lateral comprida. Era como se um jovem arquiteto, recém-saído da Universidade Waindell, de Onkwedo, tivesse se apaixonado por Frank Lloyd Wright, comprado uma pilha de madeira, pegado um martelo emprestado e começado a trabalhar. A casa era bonita e, ao mesmo tempo, uma choupana feita com as boas ideias de *design* moderno do jovem arquiteto, como se o segundo dos três porquinhos tivesse se formado em Bauhaus.

Meu lado simples começou a contar. Só faço isso quando estou feliz. Quando você está contando, o tempo passa mais devagar. Toda criança sabe disso.

Um era adubo. Dois eram as janelas altas. Três era a privacidade, já que a casa tinha o canto voltado para a rua; a frente era voltada para o sudeste. De sete a dez era o nariz da casa, apontando para cima, como um veleiro. Eu pensei, entediada, *casa*. Poderia ser a minha casa. Eu poderia ter cômodos onde a ex-pessoa não poderia entrar e me explicar, em seu modo racional, como eu ia mal na vida.

O que se formou em minha mente não foi exatamente um plano; foi apenas uma imagem da névoa escura de minha cabeça triste. Talvez fosse um plano. Talvez essa fosse a aparência de um plano. À época, pareceu apenas um recuo da dor.

Liguei para o número da placa e pus em ação os vários degraus tediosos que me levaram adiante – e realmente pareceu ser adiante –, adentrando a casa com seu próprio telhado, o qual eu precisava manter em pé. A venda do carro "bom" do meu pai proveu a entrada. Eu ainda estava dirigindo seu outro carro, o que ele havia me dado quando me casei. Esse tinha sido seu jeito de cuidar de mim, um presente de independência.

No fechamento do negócio, o advogado me disse que alguém famoso havia morado na casa – na hora, ele não lembrava quem havia sido. Parecia uma casa improvável para uma pessoa famosa, mas eu o agradeci e aceitei as chaves.

Mais tarde, quando meus livros estavam em ordem alfabética nas prateleiras e eu estava sentada numa caixa no meio do maior cômodo, a campainha tocou e um japonês, segurando uma câmera menor que seu polegar, me explicou sobre a casa.

— Foi habitada por Nabokov — disse ele, com um som ensaiado de sotaque nas sílabas. — Vladimir Nabokov, o maior escritor de sua época, viveu nesta casa durante dois anos, na década de 1950. Ele escreveu muito aqui, mas não a imortalizou. — Estávamos em pé, no *foyer*. Eu lhe ofereci chá, mas ele recusou, educadamente. Pediu para tirar uma foto para seu *website*.

Quando ele foi embora, eu fui olhar as prateleiras. A maioria dos livros pertencia ao meu primo. Depois que ele morreu, no elegante hospital de Boston, com enfermeiras à paisana e médicos mais inteligentes que Deus, eu havia recolhido os livros de seu barco, pilhas de livros inchados, e os levei comigo. Eles estavam encaixotados e agora estavam em ordem alfabética, nas prateleiras de minha nova casa.

Na prateleira N, eu encontrei *Speak, Memory*, de Vladimir Nabokov. Era sua autobiografia. Levei-a para a cama embutida, único móvel do quarto. Só podia ser onde os Nabokov dormiam. Folheei o livro. Havia uma foto de sua esposa, Vera, tirada para um passaporte. Ela era bonita. O livro foi dedicado a ela. As palavras estavam escritas bem juntinhas na página, mas "amor" saltou-me aos olhos, em lugares diferentes. Fechei o livro e adormeci.

CORRESPONDÊNCIA

Mesmo já morando na casa há quase um mês, ela ainda parecia vazia. Eu havia montado um "escritório" para mim no porão: uma mesa com papel, canetas, envelopes e selos, além de uma carroça de computador, cortesia do meu empregador. Minha função era responder a correspondência da fábrica de laticínios Old Daitch. Após a decisão infame sobre a guarda, a assistente social havia conseguido encontrar esse emprego para mim. Ela disse que combinaria comigo, pois eu gostava de ler. Provavelmente, achava que eu não sabia fazer mais nada. Até que ela estava bem certa. Eu havia deixado o emprego na *Psychology Now* quando Darcy nasceu e não trabalhava fora desde então. Minha confiança em local de trabalho era inexistente.

Todos os dias da semana, eu recebia um saco de cartas da empresa Laticínios Old Daitch. A maioria era de solicitações de negócios, mas também havia cartas de clientes; algumas delas pedindo meio litro de sorvete grátis. Uma vez, uma mulher escreveu para sugerir um novo sabor: massa de panqueca. Nesse dia, eu parei de trabalhar cedo.

As contas, eu separava para Gina, a contadora. Ela também trabalhava em casa, e eu levava as contas pra ela uma vez por semana. Gina tinha fobia de matemática e suava em bicas toda vez que usava a calculadora. Apesar disso, afirmava nunca ter cometido um erro. Acho que era a *ideia* de errar que a incomodava. Creio que o suor não importava – o escritório da Laticínios Old Daitch ficava num celeiro –, mas acho que ela preferia trabalhar em casa por ser mais fácil se vestir.

Minha casa nova tinha bons armários, quase todos vazios. A Laticínios Old Daitch me pagava muito pouco, e nada do dinheiro podia ser gasto em roupa. Eu tinha uma calça que dava pra usar fora de casa. Tentei pensar no estado dos meus sapatos.

Cada uma das crianças tinha um quarto, nos quais depositei todos os meus esforços decorativos. Fiz o possível para torná-los bonitos e "aconchegantes", para quando eles viessem. Coloquei quadros nas paredes, uma colcha e uma manta da minha avó cobrindo as camas.

Eu tinha poucos móveis. Um sofá tinha sido deixado para trás. Estava com as molas do assento meio ruins, mas era amplo. Eu tinha plena consciência de que não eram as coisas que compunham um lar. A minha casa precisava de gente. Precisava também de barulho e brincadeira, de conversa e até de discussões. Minha nova casa estava completamente vazia de amor, de conectividade, de pessoas perto umas das outras.

Pensar nisso me fazia ir lá pra fora, no quintal, que parecia menos vazio do que o espaço dentro das paredes, ou encontrar um motivo para ir ao mercado, comprar um litro de leite, só para ver e ouvir outras pessoas. Eu ficava entreouvindo as mulheres na fila do caixa do Supermercado Apex, imaginando se um dia seríamos amigas. Era uma cidade do tipo falante. Eu as ouvia falar sobre o que seus filhos comiam ou não e muito sobre limpeza. As casas em Onkwedo aparentavam ser meticulosamente limpas, com pequenos arbustos, cortinas em tom sobre tom e portas em cores fortes.

As mulheres estavam sempre falando em "limpeza profunda". Eu não sabia o que isso significava, mas parecia tedioso. Talvez nós não viéssemos a ser amigas. Fazendo uma relação com meu antigo emprego, lembrei que gente reprimida está sempre tentando tirar a sujeira de sua vida. Lavar as mãos sem parar abria caminho para a obsessão.

Talvez limpar tivesse substituído o ato de fazer amor. Talvez a paixão tivesse sido extinta no norte do estado. Eu não conhecia Onkwedo bem, portanto, essa era uma especulação de forasteira, mas eu estava cercada de sinais de que ali ninguém ligava pra sexo.

Certa manhã, eu estava deitada na grama, no quintal dos fundos da minha casa nova. A correspondência ainda não tinha chegado para que eu começasse meu dia de trabalho. Eu estava ali, deitada, pensando sobre o amor e esperando pelo carteiro. A terra parecia ligeiramente mais aquecida que o ar. Eu estava pensando que quando vivia na cidade não havia grama e as pessoas faziam mais sexo. Nós fazíamos. Comíamos menos e fazíamos mais sexo do que em Onkwedo. A perspectiva tardia era imprecisa, eu sabia. Quando você olha para trás, as noites picantes de sua vida sobressaem, não os potes de sorvete de baunilha.

Ainda assim, tinha de haver um fator geográfico para a falta de sexo. Era frio no norte do estado, e as pessoas se vestiam mal e passavam a maior parte do tempo no carro. Quando, de fato, se encontravam, era no supermercado, que, com exceção ao frenesi do corredor de legumes, era o local menos sexy imaginável.

As roupas que as pessoas usavam não diziam absolutamente nada sobre os corpos que estavam por baixo: camisas comuns de cores inexpressivas, calças largas imensas e sem graça, feitas de tecidos ásperos e com bolsos enormes para minimizar a bunda. Ali, no país das vacas, não tinha aquele negócio de "olha a minha bunda". Nem gravidez parecia resultado de paixão, mas de um jogo de tabuleiro, onde os peões tinham sido movidos à zona final.

Deitada de barriga para cima, olhando o tom cinzento enevoado do céu, eu pensava que não sabia onde o sexo tinha ido parar, ou sequer se ainda existia em algum lugar. Os jovens não pareciam estar fazendo muito. Nem os gays; e sempre se podia contar com eles. Se houvesse sexo rolando, era na cidade; ali, certamente, não. Apesar de que, na cidade, talvez tivesse mudado totalmente para o setor comercial. Agora, a maioria dos prazeres exigia transações, contratos.

Isso não deveria me incomodar. Eu deveria ter coisa melhor para pensar, como o bem-estar dos meus filhos ou até o que faria para o café da manhã, porque quanto a *isso*, eu poderia fazer algo a respeito. No entanto, eu estava pensando que todos estávamos neste lugar tão verde há tão pouco tempo, e se ninguém mais fizesse amor? Isso era triste. Era como se não houvesse mais música.

Levantei e bati a grama que estava grudada em mim, entrei em casa e liguei o rádio. Achei um *jazz* para me fazer companhia enquanto esperava a chegada da correspondência.

O carteiro dirigia um caminhão branco. Seu nome estava bordado em vermelho na jaqueta: Bill. Com o rádio tocando, contornei a casa, abrindo e fechando livros, testando a mim mesma para ver se lembrava o que havia em suas páginas. Era um tipo de yoga mental. Eu costumava conseguir lembrar a paginação de todos os livros que eu tinha. Podia ler as páginas favoritas em minha cabeça, sem sequer abrir a capa. Depois que amamentei meus filhos, essa informação desapareceu. Às vezes, eu conseguia citar, por exemplo, "Biscoitos Açucarados Enroladinhos", página 872, *Joy of Cooking*. Perfeita recordação de páginas é um talento tedioso, mas não é tão tedioso quanto este: eu sabia em que vasilhas as sobras caberiam melhor.

Acima do solo de trombeta, ouvi o caminhão de Bill mudando de marcha para subir a colina até minha casa. Isso me dava aproximadamente sete minutos – três paradas em caixas de correio até que meu dia de trabalho começasse. Com Dick Katz tocando estrofes no piano, eu vesti A Calça e uma camisa limpa, peguei meu saco de cartas e fui lá pra fora.

Era de se pensar que há uma correlação entre fazer sexo e ter boas roupas, mas não há. Também não há correlação entre sexo e felicidade, ou sexo e bom condicionamento físico, ou mesmo a juventude. O sexo é como a apreciação do *jazz*; pode acontecer com qualquer um.

Meu primo cientista adorava jazz. Quando nós dois morávamos na cidade, ele tocava minha campainha, bem depois de meia-noite, me acordando e me arrastando para bares de *jazz*. Ele me explicava que você tem que aparecer nesses bares, que só embalam depois de uma da manhã, e ficar até amanhecer, porque quando isso acontece, quando a fada do *jazz* aterrissa, a música fica com você pelo resto de sua vida. Para ele, isso não era muito tempo.

Será que a fada do sexo tinha desistido? Eu não devia estar pensando nisso, mas, se não pensasse, só haveria a morte para pensar: morte, dinheiro e comida.

Eu estava parada perto da caixa de correio, com meu saco de cartas para mandar, quando Bill veio dirigindo seu caminhão branco do Serviço Postal Americano, com seu retrovisor forrado de pelúcia cor-de-rosa. Esperar do lado de fora pelo carteiro talvez seja contra as regras de Onkwedo, eu não sei. Eu ficava constrangida por não saber as regras do lugar onde eu morava – como a regra para sorrir. As pessoas de Onkwedo sorriam para mim, enquanto na cidade, ninguém sorria. Logo que cheguei aqui, achei que os sorrisos significassem algo, como a minha calça estar com o zíper aberto, ou que quisessem me dizer que tinham encontrado Jesus Cristo, mas os sorrisos não significavam nada. Não tinham nada a ver comigo. Era o rosto básico e sorridente do tipo tenha-um-bom-dia.

O sorriso de Bill era real. Eu o encontrava junto à caixa de correio todos os dias da semana. Eu provavelmente era uma das clientes mais regulares de sua rota. Alguns dias, Bill era a única pessoa com quem eu falava. Era a pessoa mais amistosa que eu havia conhecido ali. Não o tipo amistoso que quer ser legal, mas aquele que realmente fica feliz em vê-lo. Quando ele me avistava, seu rosto se abria como o sol através das nuvens. Hoje não foi exceção.

— Olá — disse ele, radiante. — Você gosta de ler?

Achei que ele estivesse fazendo piada, porque estava prestes a me entregar um saco particularmente grande de cartas da Laticínios Old Daitch. Eu frequentemente acho que as pessoas estão brincando e, em Onkwedo, na maioria do tempo, eu estava errada.

Meus braços estavam prontos para receber o saco de cartas, mas, em vez disso, Bill me entregou um saco da loja local de costura e bordado. Estava cheio de livros.

— Minha esposa achou que você talvez goste destes.

— Obrigada — eu balbuciei. Inclinei a cabeça sobre o saco, fingindo ler os títulos, porque não queria que o carteiro visse que eu estava chorando. — Obrigada. Vou devolvê-los.

— Não precisa — disse ele, alegremente. — A garagem está cheia de livros, nem consigo guardar meu aparelho de soprar neve. Eu digo à Margie que ela lê demais, mas ela não muda. — Ele disse essa última parte como se fosse algo bom, e deixou o saco de cartas aos meus pés. O caminhão branco saiu acelerando, deixando para trás uma nuvem de diesel.

Os livros, em sua maioria, eram romances com capas douradas e cor-de-rosa, homens seminus e mulheres que pareciam excitadas. Também havia um livro roxo: *Visualize Your Business Success: See It and It Will Happen (Visualize o êxito de seu negócio: veja e acontecerá)*. Talvez aí que estivesse a paixão de Onkwedo, escondida dentro de livros fogosos. Eu não conseguia decidir se lia ou queimava-os na lareira. Fumaça de tinta contém carbono cancerígeno, eu me lembrei, do meu antigo emprego.

Depois de receber a correspondência e comer minhas folhas grelhadas de beterraba, decidi me presentear lendo um dos livros da esposa de Bill. Ainda faltavam setenta e duas longas horas até que as crianças viessem. Eu poderia matar o tempo trabalhando, dormindo um pouco, comendo. Quando as crianças não estavam, eu comia as sobras e as comidas azedas e assustadoras: couve, sardinha, feijão-de-lima. Quando estavam comigo, nós comíamos as coisas mais doces e familiares: batata assada com manteiga, peras cozidas.

Prezada Sra. Coswell:

Obrigado por sua carta. Entendemos sua preocupação com os hormônios no leite. Nós não damos antibióticos preventivos às nossas vacas. Não criamos "vacas soltas", como a senhora menciona, por conta do perigo que isso representaria para os motoristas, bem como para as próprias vacas, mas nossos campos são amplos e as vacas circulam livremente dentro do terreno cercado.

Essas práticas refletem no sabor saudável e fresco de nosso sorvete. Acredito que isso seja particularmente aparente no sabor baunilha. Estou anexando um cupom para uma casquinha grátis caso possa ir até nosso quiosque durante o verão.

Com os melhores votos,
Laticínios Old Daitch

Num local próximo à janela, onde Nabokov talvez tenha escrito livros inteiros, eu escrevia para o pessoal do norte do estado, que tinha tempo e necessidade de se comunicar com sua fonte de laticínios. Se eu fosse uma pessoa mais otimista, pensaria nisso como parte da tradição literária dessa casa, mas, como eu não era, isso me parecia uma prova maior do declínio da civilização.

DARCY

Quatro semanas inteiras em minha casa nova e finalmente chegou minha vez de ficar com as crianças, mas eu só podia ficar com uma delas, minha filha. Sam tinha treino de hóquei, o que conflitava com minha "visitação", esse termo que soa tão errado. Eu ficava enfurecida por ser trapaceada em meu tempo com ele e queria brigar, mas não o fiz, porque sabia como Irene, a tendenciosa assistente social, interpretaria isso para o juiz. Seria eu, a mãe egoísta, *versus* a saúde e o bom condicionamento físico do filho. A visão dela era perfeitamente sincronizada com a da ex-pessoa. Em vez disso, eu encomendei mais cinco pizzas do Loro's para serem entregues ao advogado da ex-pessoa. Não era exatamente uma atitude passivo-agressiva, era mais agressiva-agressiva. Queijo extra em todas elas.

A única coisa que eu gostava na assistente social era o fato de ela ser comum. Comum com um corpo bom. O tipo de pessoa que era uma boa escolha como parceira. Uma razão é que ela nunca perderia a boa aparência. Eu não conseguia pensar numa segunda razão. Talvez ela fosse uma boa motorista. Para trabalhar, ela fazia o trajeto diário de três horas de estrada, vindo de Oneonta, onde cuidava do pai, preso a uma cadeira de rodas. Ela tinha um bom emprego – dois empregos se você contasse o trabalho de jardinagem. Tinha levado parte de suas coisas para a casa da ex-pessoa. Eu vi um robe roxo felpudo e chinelos no armário dele; e na mesinha de cabeceira, seu livro: *Training de Inner Child* (Treinando a Criança Interior). Vi isso enquanto bisbilhotava, fingindo precisar de pijamas para Darcy.

Irene tinha o cuidado de nunca estar no carro dele quando ele deixava as crianças, porém, uma vez, eu os vi numa churrascaria, todos os quatro. Eu voltava da biblioteca. Eu não precisava ir até lá, mas aquele era o único lugar em Onkwedo onde eu me sentia à vontade. Às vezes, depois de ler o jornal todo e olhar os livros novos, eu dirigia pela rua principal, queimando gasolina como uma adolescente, imaginando o motivo de estar ali. Era isso o que eu estava fazendo quando passei pelo estacionamento do Stick to Your Ribs. Reconheci o carro da ex-pessoa e vi o próprio, com o braço ao redor de Irene e as crianças logo atrás, entrando no restaurante.

No sinal seguinte, eu encostei e vomitei. Vomitei na valeta. Isso foi o mais caprichado que deu pra fazer em termos de vômito público.

Depois, lavei a boca com água, chupei uma bala de hortelã e me perguntei, seriamente: "Por que ele não deveria ser feliz?". E respondi pra mim mesma: "Por que ele não deveria estar morto?".

Decidi que se ela fizesse meus filhos a chamarem de mamãe, eu faria algo ruim. Na biblioteca, eu havia lido, no *Onkwedo Clarion*, o que estavam servindo no jantar no Centro de Correção de Onkwedo: chili, torta Califórnia e peras enlatadas.

Como sempre, Irene não estava no carro quando a ex-pessoa deixou Darcy. Eu havia arrumado a casa para estar pronta para minha filha: manteiga amolecendo na pia, pilhas de papel de rascunho e tesoura, umas fitas da loja de 1,99 para vestir suas bonecas. Ele tocou a campainha e, quando eu abri a porta, empurrou Darcy para dentro, como se ela não quisesse vir.

Fiz um esforço para não abraçá-la, porque eu não era tola. Dei-lhe os três palmos de espaço que ela exigia como a serviçal dá à rainha. Levei sua jaqueta até o gancho. Coloquei sua bolsinha de lantejoulas ao lado das botas de borracha. Perguntei se ela estava pronta para fazer biscoitos. Ao contrário de seu irmão, Darcy recusava-se a seguir receitas. Ela gostava de fazer biscoitos à mão livre – quebrando ovos, despejando baunilha, experimentando bolinhas de manteiga com açúcar. Os biscoitos nunca ficavam iguais. Sua parte predileta era quebrar os ovos. Darcy abria todos os ovos da casa. Depois que ela ia embora, eu passava a semana comendo omelete.

Ela não respondeu. Mudei do modo serviçal para mãe eficiente. Andava de um lado para o outro, alisando a fita, arrumando a pilha de papéis. Eu a olhava secretamente, tragando-a com os olhos. Darcy, como toda verdadeira beldade, tem tudo bonito, até partes do corpo que são simples, como os tornozelos. Seus tornozelos são elegantes e pequenos, como velas alçadas ao vento. A risca de seus cabelos é bonita: uma trilha branca separando extensões de cabelos pretos e finos. Seus olhos puxaram aos meus, mas quando ela olhou para cima, eles me assustaram: um azul gélido, com um contorno marrom, uma fatia de torta de chocolate, um presente de sua avó paterna. Em algumas culturas, a assimetria seria a marca de uma bruxa, uma feiticeira.

Ela viu a fita e pegou.

— Pra que isso? — perguntou ela, com voz de deboche, como se todas as minhas ofertas fossem baratas, insensatas. Lembrei a mim mesma que ela tinha que me punir por abandoná-la.

— Decoração — eu disse. Darcy acredita em decoração. Ela tem um olho pra isso. Minhas mãos ansiavam por tocar seus cabelos. Coloquei-as nos bolsos traseiros. Observei que seus ombros relaxaram ligeiramente. Ela circulou o papel, tocou a tesoura. Dava pra ver que ela estava zangada, mas não sabia por quê.

— Quer tomar chá de mel? — Eu ofereci. Ela não respondeu. Chá de mel era uma colher cheia de mel em água quente. Ela gostava com leite; e meu filho, com limão espremido.

Esperando que ela viesse até mim, eu me acomodei no sofá, de costas, respirando, pronta. Ela veio por trás de mim e pegou nos meus cabelos.

— Quer um rabo de cavalo?

— Quero.

Ela saiu da sala, e dava pra ouvi-la remexendo nas coisas, por um bom tempo, correndo dos armários do banheiro para vários outros. Ela voltou com minha sacola de trabalho entupida.

— Essa é uma loja de beleza — anunciou ela. — Eu sou a... — ela pensou por um minuto — *xampueira* — completou, com autoridade.

Ela começou a pentear meus cabelos com força, parando para borrifar algo que parecia estranhamente familiar, mas não era da família dos produtos de beleza. Goma *spray*? Desodorante? Eu não conseguia ver o frasco e torcia para que não fosse um produto de limpeza. Fiquei imóvel enquanto ela entremeava a fita no meu cabelo grudento, trançando e torcendo. Ela me trouxe um espelho. Dava pra ver que ela teve a ideia certa, entremeando e alterando todos os fios de cabelo, mas o resultado ficou excêntrico. Era como se eu tivesse feito tranças afro que saíram ruins.

Segurando o espelho, ela ficou perto de mim. Pude sentir seu cheirinho terno por baixo do spray. Eu não a peguei, mas ela logo estava em meu colo. Darcy pesava 17 kg. Eu sentia cada um desses quilos preciosos.

— Você está com cara de boba — disse ela. Então, ela me olhou diretamente nos olhos. — Onde você tava?

— Eu estava aqui — eu disse. — Estava me aprontando para você voltar.

Isso a satisfez e ela disse:

— Está na hora de fazer biscoitos. Biscoitos comuns — ela especificou, puxando um dos meus sete rabos de cavalo. — E decorá-los.

Nós fomos para a cozinha de mãos dadas, preparando-nos para seu sabor predileto: o casamento natural de manteiga e açúcar. No momento, eu e minha filha estávamos juntas, sua palminha rosada e morna junto à minha. Deixei que aquele toque preenchesse cada parte do meu ser.

LIVRO

Depois que Darcy partiu no ônibus da escola, segunda-feira de manhã, eu comi biscoitos deformados de café da manhã, com ovos mexidos de acompanhamento. Então, minha sorte mudou. Mudou enquanto eu limpava nossa bagunça, sozinha e entupida de biscoito. Com a sorte, é assim que acontece.

Eu estava juntando as bolsas espalhadas de Darcy. Encontrei três delas na garagem. Essa não era a parte da sorte; ela deixa as bolsas por todo lado. Sua coleção de bolsas incluía cinco mochilinhas, um cinto com bolsinha, quatro bolsas de ombro, seis carteiras de mão, cinco carteiras, quatro porta-níqueis e quatro bolsas de mão que não eram de nenhuma categoria específica. Onde quer que fosse, ela levava uma, sempre abarrotada. Cada bolsa continha uma mistura de coisas dela e minhas. Qualquer batom de tonalidade rosa que eu tivesse seria roubado. Ela deixava os marrons "naturais" e os vermelhos.

A coleção de bolsas tinha crescido, a partir do profundo instinto feminino de Darcy para colecionar objetos atraentes e colocá-los em qualquer recipiente que tivesse fecho ou zíper. Ela fazia isso desde que começara a engatinhar. Minha filha moldara-se como uma *femme fatale*. Enquanto fazíamos os biscoitos, ela me perguntou quantas vezes devemos nos casar — Seis? — Greta Garbo começou da mesma forma. A pequena Gertlich engatinhava juntando algo brilhante, algo pegajoso, algo macio com plumas e algo que não tinha o direito de pegar. É a associação desses objetos, a maestria sobre eles e sua disparidade que colocam uma garota no caminho da sedução.

Conforme eu circulava pelos cômodos e quintais recolhendo bolsas, fiquei imaginando se Vladimir Nabokov algum dia limpou essa casa. Eu estava descobrindo mais sobre ele lendo sua biografia: *Speak, Memory*. Também encontrei algumas informações sobre ele na internet. *Lolita*, seu livro mais famoso, é a história da obsessão crescente de um homem por uma jovem menina. Nabokov o escreveu por volta da época em que morava aqui. Foi o sucesso desse livro que o possibilitou partir de Onkwedo. Fizeram um filme de *Lolita*, e os Nabokov deixaram de viver em casas alugadas para sempre, passando a viver em hotéis.

Além de escrever, Vladimir Nabokov tinha outro interesse: um profundo fascínio científico e estético por borboletas. Ele não parecia alguém muito ligado à vida doméstica, à parte caseira da vida. Eu me pergunto se ele gostava de viver nesta casa. Foi uma descida de nível, depois da mansão de sua família, em São Petersburgo. Para ele, deve ter sido um intervalinho remunerado, alugado por alguns anos de um professor de engenharia que partiu para Paris. Para mim, foi o melhor lugar que eu já possuí. E eu ainda nem possuía; porém, com o meu salário da Laticínios Old Daitch, eu pagaria mais duas lajes de concreto.

Provavelmente, não importa onde um escritor escreva, já que ele está vivendo mais em sua própria cabeça. Talvez a esposa cuidasse de tudo, embora Vera também fosse uma aristocrata, além de sua musa e datilógrafa. Eu não conseguia vê-lo esfregando nada nem zanzando pela garagem. Talvez Vera até gostasse desta casa; tinha uma boa vista da pia da cozinha. Nabokov talvez tenha ficado empoleirado aqui, em Onkwedo, odiando o frio e o tom cinzento, minando sua mente, até que o destino e Hollywood lançaram-lhe à liberdade.

Achei uma das bolsas de Darcy, uma bolsinha de mão azul, de miçangas, nos fundos do jardim, adornando uma viga da cerca. Sua carteira de mão de pelúcia preta estava pendurada em um dos arbustos espinhentos que cresciam numa fileira escura. Eu detestava aqueles arbustos. Se eu tivesse um machado e estivesse pensando em Irene, a assistente social, eu poderia derrubar a fileira inteira.

No quarto de Darcy, com três bolsas de mão pesadamente penduradas em meu braço, eu estava diante de uma bancada embutida dos anos 1950, com gavetas que guardavam sua coleção de bolsas. A coleção era tão grande que, para espremer mais peças ali dentro, eu tive que tirar as gavetas do encaixe. Era uma daquelas tarefas tediosas das quais a vida é feita: desmontar algo inteiramente e remontar outra vez. Tirei as gavetas de cima e coloquei-as no carpete surrado, tentando achatar as bolsas bojudas para que as outras coubessem. Darcy insistira em guardar sua coleção de bolsas nesta casa, nessas gavetas. Seu pai havia concordado, provavelmente porque Darcy estava muito além de sua capacidade de controle, no que dizia respeito a bolsas.

A gaveta de baixo emperrou e eu ajoelhei para puxar. Quando finalmente consegui, espiei lá dentro para ver o que a estava prendendo. Havia uma beirada branca atrás das corrediças. Achei que talvez fosse minha carteira de casamento (Por que noivas precisam de bolsas?), mas quando estiquei o braço e puxei, em vez de cetim granulado, meus dedos tocaram uma superfície macia. Eu puxei.

Aquilo se soltou e eu tinha nas mãos uma pilha de cartões amarelados – 15 x 10 cm – da espessura de um punho fechado. Olhei no fundo, atrás de outra gaveta, e havia várias pilhas, todas grossas e amareladas. Eu as tirei. Sem motivo algum, eu as cheirei. Tinham exatamente o cheiro de uma noz verde – o cheiro que colônia pós-barba deveria ter, mas não tem.

Os cartões estavam todos escritos, a maioria a caneta, mas com correções a lápis. Eu os segurei em minhas mãos abertas. Dava para sentir o peso modesto dos cartões com as palavras escritas, a tinta não pesando nada. Eu me ajoelhei entre aquele monte de bolsas e remexi as pilhas de cartões. Alguns estavam quase em branco, somente com uma palavra no alto, mas todos marcados fortemente pela pressão da moldura da gaveta de madeira.

A caligrafia, precisa e regular, era razoavelmente fácil de compreender, embora estivesse desbotada. Eu comecei a ler, ajoelhada no tapete que ia de uma parede à outra, cercada de bolsas. Às vezes, as frases fluíam, formando sentenças inteiras. Algumas partes me pareciam extremamente engraçadas. Eu lia uma frase e ela irrompia dentro de mim, estranhamente hilária, provocando o tipo de riso que o faz sentir-se desesperadamente solitário. Lá estava eu, no carpete horrível que veio junto com a minha casa não paga, lendo um cartão pautado. Eu sabia que eu era a única pessoa no planeta a ler aquela fileira de palavras, e isso explodiu em meu cérebro. Num minuto eu estava rindo, depois me via chorando, limpando o rosto num lenço rosa, encontrado sem querer numa bolsa; um lencinho que eu vinha sentindo falta há seis meses.

Quando ergui os olhos do último cartão, já estava escuro lá fora. Desdobrei os joelhos, que tinham ficado roxos, as panturrilhas dormentes, e olhei ao redor. Não havia ninguém com quem compartilhar aquele momento – nenhum amigo, nem amante, nem marido, nem filho.

Esquentei um pouco de leite e levei para cama. Enquanto o bebia, coloquei os cartões ao meu lado, num travesseiro.

Os cartões retratavam a história de Babe Ruth, e o autor às vezes referia-se a ele como "O Babe", ou simplesmente "B.R.". Era uma história de amor, embora pervertida, que começava durante a primeira turnê de Babe com um time rural do norte do estado. O cenário era uma versão disfarçada dali e parecia totalmente atual. Havia o mesmo gosto horrendo nas roupas pessoais, as mesmas bundas imensas eternamente nos carros, o mesmo clube odioso, a mesma gentileza excessiva e assustadora, o mesmo silêncio que poderia ser de paz ou profundo isolamento.

Os cartões praticamente em branco se agrupavam onde teria ocorrido uma cena de um jogo de *baseball*. As palavras do topo pareciam indicar a ação de como Babe Ruth primeiro apontava seu taco para a estratosfera, e depois batia a bola para fora do parque.

O autor fizera de Babe um homenzarrão palhaço e triste, jogando dinheiro e amor para o alto como se fossem balões de água. O batedor era retratado como trágico, bonito e absurdo, o grande cantor de *blues* do esporte, a Bessie Smith dos batedores. Quem quer tenha escrito isso — Nabokov? — o fizera com total convicção, como se soubesse exatamente qual era o seu lugar no mundo e por quê. As palavras eram suas coordenadas.

Afofei meu travesseiro e terminei meu leite quente. Seria possível tratar-se mesmo de um trabalho de Nabokov? Se fosse, teria ele o abandonado, talvez esquecido, na pressa de partir? Ou o teria deixado de lado, indesejado e vergonhoso como um filho ilegítimo? Se fosse seu trabalho, então, ler as palavras encontradas era como um privilégio roubado, como observar através de uma porta aberta de motel enquanto atores famosos brigam e depois fazem sexo: errado e irresistível.

Recostada à mesma parede que Nabokov deve ter recostado para ler, com o mesmo par de luminárias acesas, eu cuidadosamente segurava os cartões. Talvez ele se deitasse nesse ponto à noite, do lado mais próximo da porta, e se perguntava o que estava fazendo no norte de Nova York, tão longe de casa. Talvez ele se virasse de lado para observar Vera dormir, sentindo-se confortado por sua respiração doce e constante. Talvez ele sentisse falta da cidade, de sua ordem complexa e do caos brilhante. Talvez o silêncio da noite fosse um grande vazio para ele. Talvez ele pensasse em seu grande amor; não o que estava deitado ao seu lado, mas o que ele inventaria amanhã, no papel.

DIGITANDO

De manhã, desci até meu "escritório", onde meu computador da Laticínios Old Daitch ocupava metade da mesa do porão, um piso que os corretores costumam chamar de piso térreo. No verão, o piso térreo era provavelmente fresco e agradável, mas como o tempo vinha esfriando, estava frio e úmido, de um jeito que me fazia pensar em artrite reumática e frieiras.

Empilhei os cartões ao meu lado, bem longe da banheira de chá verde que eu fiz para me manter acordada. Chá verde é a bebida escolhida pelos motoristas asiáticos. É uma bebida amarga e boa para se chegar pontualmente ao local desejado, apesar de muitas paradas e inúmeros palhaços que sobem e descem com seus bilhetes perdidos, troco incorreto e bagagem que esbarra em outros passageiros.

Tive que digitar uma cópia da história para mim mesma, de modo que pudesse ler na cama, com uma xícara de leite, sem me preocupar em derramá-la. Eu precisava que as palavras penetrassem meu corpo para que eu as entendesse melhor, para ver o que eu poderia descobrir sobre o autor, ver se dava pra dizer que aquela história *era* do Nabokov. Talvez eu simplesmente saberia.

Era uma sensação estranhíssima estar de posse da possibilidade de um manuscrito precioso. Por que um tesouro me seria confiado? Eu já tinha perdido o meu tesouro. Darcy não estava sob meu teto, às vezes, até dormia ao meu lado, seus cabelos como uma sombra no travesseiro, seu hálito quente; Sam já não estava próximo, em sua cama, sólido e imóvel.

Quando esse pensamento vinha, eu o empurrava para longe, flexionava meus dedos e começava a digitar.

No primeiro cartão, bem no meio, estava escrito "Babe Ruth" e, ao lado, havia uma anotação autoritária feita a lápis – "Alternativamente" – e uma lista numerada:

2. *O Último Diamante* – isso estava riscado

3. *Yankee, Volte Para Casa*

4. *Raízes* – e, ao lado, *Certamente, não!*

Digitar me fez querer café, da pior forma, como se o café fosse amor, salvação e riqueza, tudo dentro da xícara. Eu havia parado com esse hábito por razões econômicas, bem como pela saúde psicológica. Quando bebia, eu me pegava limpando o fogão com cotonetes. Café me fazia pensar que eu podia fazer qualquer coisa – consertar a situação com a ex-pessoa, por exemplo. Então, deixei de tomar, ou de sequer ter em casa. Mas agora eu queria de volta.

Eu podia ver Vera Nabokov descendo a escada com um expresso fresquinho para seu marido romancista, que trabalhava duro em sua prosa. Dava até pra ouvir seus passos, quase silenciosos, no tapete vagabundo e sentir o cheiro do café.

A verdadeira vida diária dos romancistas masculinos talvez seja bizarramente parecida. Eles se levantam, de ressaca ou não, tomam café da manhã, escrevem por três horas, almoçam, tiram uma soneca e caminham, escrevem durante a tarde, jantam, bebendo ou não, leem à noite e dormem. Aqui está a parte fascinante: alguém na cozinha está fazendo com que essas refeições apareçam. Na casa de Philip Roth, a atriz Claire Bloom estava na cozinha. Imaginei George Clooney enfiando a cabeça na direção do porão e perguntando: "O que você quer em sua omelete?". Eu me sacudi e continuei.

Se aquela história tivesse sido escrita por Nabokov, o que o teria inspirado a escrever sobre *baseball*? O que o teria atraído em Babe Ruth? Isso parecia estar fora de seus pontos fortes. Talvez seu editor o tivesse incentivado a experimentar algo mais plausível comercialmente do que a biografia: "Falar, o quê? Tente crime, sexo, até esporte", talvez o editor tivesse aconselhado, "ou, que tal, um livro de humor?".

As personagens eram Babe, suas queridinhas e seus fãs, num retrato selvagem de obsessão, ao estilo americano.

Baseball era um jogo sobre o qual eu nada sabia. Meu pai quis uma filha especificamente para que não precisasse ensinar *baseball* a ela. Eu jamais havia assistido a uma partida inteira. Ninguém nunca me explicou as regras. Quando eu assisti *baseball* – ou, pior, joguei num daqueles jogos forçados, em eventos escolares –, pareceu ser um esporte em que nada acontecia; depois de muito tempo, então, acontecia alguma coisa e as pessoas começavam a torcer ou gritar comigo, às vezes, ironicamente. Eu nunca entendia o motivo e ficava constrangida de perguntar. Há muito tempo desisti de participar do prazer do *baseball*.

Mas essa história nos cartões pautados capturava a impetuosidade da fama do jogador: as jovens perseguindo Babe Ruth, a forma como ele as fazia perder o controle, perder todo senso de decoro. Jovens fãs de *baseball* atirando as calcinhas no abrigo do banco dos jogadores.

As imagens do pequeno campo surgiam perfeitas, como um pão de cachorro-quente pisoteado no chão, pálido e aberto como uma mariposa. Mas quando Babe chegava na base, havia cartões quase em branco. Um deles tinha uma pequena lista de termos de *baseball*: "*squeeze play*", "*suicide bunt*". Essa cena que faltava era um buraco no livro, uma lacuna frustrante. Minha atenção se desviou para a corrente de friagem em meu pescoço, meus dedos rijos e uma sede pavorosa de café.

Um dos maiores fascínios do autor parecia ser a ideia de ser um fã, a disposição de participar de uma identidade de grupo. Ele retratou esse aspecto de identidade coletiva de uma forma quase aberrativa, com os fãs vestindo as cores do uniforme dos Yankees, renunciando às suas individualidades em uma exibição carnavalesca de amor de fã, desaparecendo na loucura e alegria da multidão.

Isso fez com que eu me lembrasse de minha própria experiência com esportes, observando os momentos intrigantes e tediosos, os momentos em que eu me perguntava por que eu estava perdendo meu tempo daquela forma, sentada nas arquibancadas, derramando refrigerante quente do meu copo, contente porque a minha vida não era como aquelas, alienadas, dos fãs ávidos ao meu redor.

Já na metade das pilhas de cartões, compilei uma lista de nomes de lugares inventados. O autor parecia ter gostado dos nomes das cidades do norte do estado de Nova York, cutucando os sons americanos com diversão: Onkwedo e Otseekut. Eu me perguntava se ele teria consciência das modernas análises linguísticas, que mostram que os nomes dos locais nessas áreas conduzem a uma raiz comum, emprestada de uma tribo Sêneca, que se traduz "Cara rosa, vá pra casa".

Parei de digitar somente para uma torrada. Nem sequer encontrei Bill junto à caixa de correio. Levei dois dias, mas, quando terminei – depois de tragar cada palavra com meus olhos e pontas dos dedos –, senti que tinha ganhado o direito de ter a posse do livro.

Pela primeira vez, desde que me mudara para Onkwedo, senti que talvez tivesse algo para compartilhar com o mundo. Se o livro fosse de Nabokov – mesmo talvez não sendo seu trabalho mais forte ou um trabalho que ele quisesse que o mundo visse –, eu sabia que precisava fazer com que ele encontrasse seus leitores. E mesmo que o trabalho não fosse dele, a história poderia aproximar gente que gostasse de ler sobre esportes e gente que gostasse de ler sobre amor. O livro poderia ser um ponto de encontro de interesses de homens e mulheres. Mas essa não era a minha maior preocupação. Minha tarefa estava clara: levar o livro à atenção do público, colocá-lo nas mãos certas.

ADVOGADO

Eu precisava de alguém que soubesse como funcionava o mundo dos tesouros literários. Pela internet, encontrei o nome de um advogado de entretenimento. Seu escritório ficava na cidade, é claro, já que não havia entretenimento em Onkwedo – a menos que contasse a leitura dos boletins de direção perigosa de seus vizinhos, publicados na coluna policial do *Clarion*. Escolhi aquele advogado porque seu escritório ficava a cinco quadras da minha loja predileta de croissant, a Ceci-Cela. Liguei e marquei um horário para a tarde seguinte.

Seria a minha primeira vez de volta à cidade desde que me mudara para o norte do estado. Eu não tinha certeza se meu carro aguentaria chegar até lá, então, peguei um ônibus. Levantei às quatro da manhã e coloquei a Calça. Meu sortimento de calcinhas era o fim da picada. Na bolsa de trabalho que peguei emprestada de volta com minha filha, eu levava o único par de sapatos urbanos e, numa embalagem de queijo cottage, o "jantar": uma salada de macarrão decente, com bom azeite e cebolinha verde picada. A bolsa também continha uma versão digitada de *Babe Ruth* e uma cópia do cartão-título original.

O ônibus, inadequadamente chamado de Short Line, sacolejava estrada afora, fazendo paradas para a compra de bebidas e o uso de banheiros. O motorista vinha de uma carreira fracassada como cantor de casamentos.

Ele cantava junto com o Motown, num radinho, o que devia ser contra as normas. "I'm a Soul Man", ele cantou cada nota. Definitivamente, ele não era um homem do *soul*.

Quando cheguei, o terminal rodoviário estava terrivelmente imundo. Saí pelo lado da 8th Avenue e disse à rua movimentada: "Oi, meu bem, cheguei!". Ninguém me olhou, o que contatava como a primeira coisa novinha em folha que eu adorava na cidade.

Voltar à cidade de Nova York, depois de ter morado lá, é como visitar um antigo amante que encontrou outra pessoa. Seu antigo amor está usando roupas modernas que parecem ligeiramente apertadas, mas que estão desesperadamente na moda. Você sente falta dele e sente que conhece seus defeitos melhor do que a outra, mas isso não importa, porque você já era.

Recostei-me no prédio da Autoridade Portuária e troquei de sapatos, colocando os que rangem. Em Nova York, as pessoas fazem esse tipo de arrumação pessoal publicamente, a toda hora, e ninguém lança olhares de reprovação. Depois de uma bela lustrada nos sapatos com a parte de trás da calça, estava pronta para encontrar o advogado de entretenimento.

A Calça e eu caminhamos para o leste, em direção ao escritório dele, porque depois do bilhete de ônibus eu só tinha dinheiro (três dólares e vinte e cinco centavos) para comprar um fabuloso croissant de chocolate da minha confeitaria favorita e mais nada, certamente nenhum dinheiro para o táxi. A cor da Calça era berinjela; não combinava com nada. Seu corte era inexpressivo. Eu sempre dizia a mim mesma que servia, mas não acreditava. Todas as calças pelas quais eu passava pareciam ter mais opinião que a minha.

Quando eu morava na cidade, eu era quase bonita (*acho* que isso era verdade). Meu tipo de aparência despertava o interesse das pessoas em me modificar, um tipo de matéria bruta, uma beleza a ser consertada. Mas ao voltar do norte do estado, com quase quarenta anos, usando minhas roupas estúpidas, eu sentia que ninguém me notava. Talvez a Calça, na verdade, fosse invisível.

O escritório do advogado ficava numa quadra chique, a leste, nos arredores da East Forties. A decoração era elegante/neutra, com paredes de granito polido do lado de fora e arte em série do lado de dentro: uma grande pintura bege, uma pintura bege maior, uma pintura bege maior que todas (Cy Twonbly encontra Three Billy Goats Gruff).

Na sala de espera do vigésimo nono andar, surge o assistente do advogado. Seu nome era Max e ele vestia um blazer grande e quadrado, dentro do qual podia haver qualquer silhueta. Max me conduziu a uma sala de reunião toda de veludo e aço e me deixou lá. Com exceção dos *spots* de luz nas pinturas, não havia luz alguma. A jornada de cinco horas de ônibus foi puxada, e minhas pálpebras ficaram muito pesadas. Enquanto cochilava, devo ter esticado a mão para alisar o veludo de uma das pinturas, porque a voz de Max me acordou no susto:

— Por favor, não toque. — Aquilo soou amistoso, mas como se Max tivesse que lidar com afagadores de arte.

Ele acenou para um corredor interno que dava em outra porta, e eu o segui. Max podia até ser um robô, ou simplesmente a pessoa com o andar mais macio do mundo calçando mocassins. Do lado de dentro da porta, havia uma escrivaninha imensa, atrás da qual estava o advogado de entretenimento falando com um fone de ouvido.

Sentei-me na cadeira de camurça de frente para sua mesa. O advogado tinha o único topete *sexy* que eu vi na vida. Na verdade, estava penteado para trás, fazendo com que seu crânio parecesse uma pista de corrida de várias faixas. Enquanto ele falava, sua mão direita digitava e a esquerda fazia algo totalmente diferente. Acho que ele estava trabalhando num caso separado.

Havia porta-retratos na mesa, e eu me mexi em minha cadeira para poder vê-los. Fiquei aliviada ao descobrir que ele não é um daqueles advogados que têm sobre a mesa fotos da esposa de biquíni. Talvez ele ainda estivesse em seu primeiro casamento. Numa foto, ela estava com uma roupa de esqui, segurando um capacete embaixo do braço. Duas crianças altas estavam ao seu lado, cada uma delas com um *snowboard*. Eram claros, de aparência forte, como uma raça superior.

Ele finalmente terminou sua ligação e olhou para mim. Eu comecei a falar rápido. Sabia que tempo é dinheiro; e o dinheiro era meu.

Disse a ele como encontrei os cartões pautados e comecei a contar a trama. Cheguei até a "história de amor de *baseball*" e ele ergueu a mão para que eu parasse.

— Há duas questões — disse ele, estendendo um dedo longo. — Um: é de Vladimir Nabokov? Posso descobrir isso. Não irá custar seu primeiro filho. — Ele não sorriu. — A qualidade do livro não é importante — disse ele, casualmente. — Pode ser uma merda. — Eu me retraí. — Digamos que, de fato, tenha sido escrito por Nabokov. — Ele ergueu um segundo dedo (durante tudo isso, sua mão esquerda continuou trabalhando no outro caso). — Você quer vender a um colecionador, como um produto, ou publicar, como um livro?

Ele esperou, como se estivesse contando os dólares pulando para sua conta-corrente.

— Não pertenceria ao seu filho, Dimitri Nabokov? — eu perguntei.

— Tecnicamente, é lixo. Papéis descartados são lixo. Se houvesse por parte de Nabokov o intento de guardar os papéis, então eles teriam permanecido como sua propriedade. Mas como ele claramente descartou as páginas, e não há quem possa refutar isso, acho que talvez possamos considerar que a procedência esteja livre de embaraços. — Ele quase fazia sentido. — Claro que pode haver uma briga. — A ideia de uma briga pareceu deixá-lo feliz. Ele soava como quem realmente era: alguém acostumado a assumir uma posição e justificá-la, ganhando.

— Mas seria publicado? De fato haveria um livro que as pessoas pudessem ler, ou iria para a coleção particular de alguém? — Sua mão esquerda realmente parou de trabalhar. — É um ótimo livro — eu disse. — As partes de amor são incríveis. As partes de esporte vão interessar, é... aos homens — afirmei, elevando a voz sem querer. — Tem um pouco de tudo para todo mundo — eu acrescentei, sem graça.

— Então, você irá precisar de um agente literário — disse ele, conclusivo. — Tem uma muito boa em Onkwedo, exatamente de onde você veio, a Margie Jenkins. Ela lida mais com romances, mas também entende de publicação.

— Onkwedo? — Eu fiquei incrédula. Não podia acreditar que ele estava me mandando de volta ao norte do estado. Pior, ele achou que eu *fosse* de lá.

Entreguei-lhe a cópia da página-título do manuscrito, a qual ele colocou em sua caixa de entrada sem sequer olhar. Ele disse que talvez precisasse do original, mas iria "averiguar a veracidade" e rapidamente me retornaria.

Então, ele me perguntou onde comprei meus sapatos. Essa foi uma forma de me dizer para levantar de sua cadeira de seis mil dólares e partir. Fui acompanhada até o elevador e fiquei com seu cartão. Sua mão era maravilhosamente áspera e seca, como a de uma pessoa de verdade.

Conforme eu caminhava em direção à minha confeitaria predileta, maravilhava-me com toda aquela gente ao meu redor indo para algum lugar. Eu havia me esquecido do aspecto da vida na cidade, todos têm um destino. Deleitei-me com o movimento, o fato deslumbrante de todos aqueles corpos estarem em movimento. Sob a intensidade das buzinas dos carros e do motor dos ônibus, eu podia ouvir os ritmos múltiplos de nossos pés: alguns passos fortes e soltos, outros firmes, as notas musicais separadas. No meio da quadra, havia um ritmo, quando tudo entrava em sintonia na calçada. Era uma batida quente, forte e profunda. Senti aquilo se acomodar nas juntas dos meus quadris como chocolate derretido: eu poderia ter dançado ao som do parquímetro. Vindo de direções opostas, aproximando-se à avenida, dois anões se cruzaram, passando ombro a ombro, sem se olharem. Foi uma atuação perfeita. Dava até pra ouvir Deus dizendo, na lateral: "Sinalize para os anões".

Há uma magia que mantém as pessoas na cidade. Logo quando você decide partir, ou porque você perdeu seu emprego, ou seu amigo de ciclismo foi atropelado por um táxi, ou o jornaleiro cuspiu ao lhe entregar o troco, bem na hora em que você está de olho num lugar verde e tranquilo, com todas as amenidades de uma vida comum, algo mágico acontece: um apartamento de dois quartos fica vago em West Village, um garçom lhe dá uma porção grátis de ceviche com vieiras e limão, você ouve três adolescentes de *collants* cor-de-rosa cantando uma capela na plataforma do metrô melhor que as Marvelettes. E você sabe que não pode ir embora.

Mas eu fui. E agora voltei, como aquela que tomou um fora, tentando mostrar uma boa aparência, tentando agir corretamente, para não me destacar como se não fizesse mais parte.

O toldo da confeitaria surgiu, listrado em amarelo e branco. Fiquei pensando se Pierre, ou algum de seus refinados colegas das *cousines* de Paris, estaria servindo, mas a vitrine não tinha nenhum doce. O banco de madeira ao lado da porta sumiu. A placa pendurada foi substituída por uma placa de bronze anunciando uma imobiliária.

Fiquei ali olhando os condomínios mostrados na vitrine, cada um mais chique e europeu do que o outro. Minha língua se enrolou em protesto. Na cidade de Nova York, o dinheiro é como uma imensa borracha apagando o passado.

Eu poderia ter procurado outra loja de *croissant*, mas não queria qualquer *croissant*; queria aquele, feito por Pierre, com tudo que ele sabia de sua vida em Paris, com o chocolate amargo dentro, a massa folheada no ponto perfeito.

De volta à estação rodoviária, usei o dinheiro do *croissant* para comprar dois jornais e entrei na fila do ônibus para Onkwedo. Fiquei atrás de um grupo de pessoas de ternos escuros, que esperavam com a bagagem. Eles tinham acabado de chegar de Pequim e estavam a caminho do Departamento de Astrofísica da Universidade de Waindell. Li meus jornais; primeiro, o *Times*, depois o *Post*. Tentei pensar nos acontecimentos mundiais e no crime, mas minha mente sempre voltava à aparência do chocolate amargo no meio de um *croissant* quente.

Quando eu subi no ônibus, todos os lugares estavam ocupados, exceto um, atrás do motorista, onde não se vê nada além da parte de trás da cabeça dele. Era novamente o homem do *soul*. Enfiei lenços de papel nos ouvidos. Remexendo na minha bolsa de trabalho, descobri que tinha trazido o *Fogo Pálido*, de Nabokov. O livro, inchado pela umidade do veleiro, veio da coleção do meu primo. Notei que *Fogo Pálido* tinha sido seu preferido. Estava tão velho e gasto que nem fechava, ficando sempre aberto no fim do Canto Três.

Meu primo não era o tipo de pessoa que escrevia nas margens. Eu não respeitava gente que escrevia em livros, mas gostaria que ele tivesse deixado algumas anotações a lápis ou pontilhado os locais que o fizeram rir. Eu teria gostado de saber se rimos das mesmas coisas.

Em *Fogo Pálido*, Nabokov escreveu: "O sistema de aquecimento era uma farsa". Eu acho que talvez ele estivesse se referindo ao tempo em que foi inquilino na minha casa atual: nada entre o clima interno "e as regiões árticas, salvo uma porta vagabunda". Eu conhecia aquela mesma porta da frente com corrente de vento.

O emprego na Laticínios Old Daitch fez de mim uma leitora veloz. No tempo que a maioria das pessoas levava para abrir um envelope, eu já sabia se o autor ganharia um pote grátis de sorvete ou simplesmente um bilhete de agradecimento ao cliente, mas eu não podia ler *Fogo Pálido* correndo. As palavras eram tão matemáticas quanto eram linguagem, cada palavra atuando sobre a anterior, mudando o significado, mudando o desfecho. Quando chegamos à estrada curva da Rota 17, com o ônibus sacudindo de um lado para o outro, eu quase desisti de minha habilidade de compreendê-lo. Eu sentia que o livro me lia.

Talvez nenhum dos trabalhos de Nabokov tivesse a confirmação de quem ele era; *Fogo Pálido*, certamente, não. As palavras me levavam ao limiar de um local excelente e desconhecido, como se eu estivesse olhando o céu noturno da crosta da lua. Eu me sentia de cara com algo que não conhecia. Não apenas a estupidez da minha educação americana, mas os limites dos meus pensamentos repassando receitas simples e listas de supermercado, repetidamente, como uma vaca marchando exaustivamente entre o celeiro e a pastagem, e ao longo de outro caminho sulcado: odiando a ex-pessoa, querendo meus filhos de volta para que minha vida começasse.

Muito de *Fogo Pálido* Nabokov escreveu em verso. O quão impossível é isso? É impossível. Ele teve uma esposa durante toda a sua vida. Talvez ela não fosse fiel, mas ele a amou por toda sua vida. Eles envelheceram juntos, com carinho, sem tédio. O quão impossível é isso?

Olhei ao redor do ônibus. Os casais dormiam nos ombros uns dos outros, e eu me peguei invejando-os; não os jovens, viçosos e presunçosos, perambulando pelo *shopping*, com a porra da vida toda pela frente, mas os magrinhos e velhos, ajudando uns aos outros a saírem de carros, encontrando o melão certo, a rua certa para entrar, caminhando juntos nas manhãs para manterem o vigor. Eu ansiava por aquela ternura despida.

Então, eu disse a mim mesma que não suportaria o tédio de cinquenta anos juntos. Eu jamais saberia se isso é verdade.

Peguei meu jantar. Tirei os sapatos que rangiam e abri o jornal em cima da Calça; abri o pote da Laticínios Old Daitch e fiz a infeliz descoberta de que, na verdade, aquilo era queijo cottage, e não a minha salada de macarrão. Precisei abrir e fechar duas vezes para ter certeza. Deixei fechado.

O manuscrito digitado de *Babe Ruth* pesava em minha bolsa. Tentei casar a complexidade de *Fogo Pálido* com as palavras nos cartões que encontrei. Pela primeira vez, me ocorreu que talvez o manuscrito encontrado pudesse ter sido escrito pelo dono da casa, o professor de engenharia que a teria alugado aos Nabokov. Talvez o professor Regra de Três fosse fã de *baseball*, e, no fim das contas, a história não tivesse nada a ver com Vladimir Nabokov.

Olhei pela janela do ônibus, observando as estrelas na noite negra. Às vezes, é melhor não ler, não comer, e nem mesmo pensar.

AGENTE

De manhã, de volta a Onkwedo, procurei por Margie Jenkins na lista telefônica. Lá estava "Jenkin, Bill & Margie", sem qualquer anonimato. Esperei até nove e dezessete para ligar para ela. Ela atendeu ao telefone com uma tosse pesada de fumante.

— É Margie com "g" — disse ela.

Contei sobre a descoberta dos cartões pautados e ela me interrompeu:

— Estou sabendo. Ele me ligou depois que você saiu de seu escritório. Nós nos conhecemos desde a faculdade. — Ela tossiu novamente. — Sobre o que é a história?

— *Baseball*.

— Meu Jesus Cristo! — disse Margie — Todo mundo tem que escrever uma porcaria de um livro de *baseball*!

— E é uma história de amor — eu acrescentei, esperançosa. Contei-lhe sobre Liza, uma moça muito jovem que "conhecera quinze verões" antes do verão em que conheceu Babe. Também contei a ela sobre a cena de *baseball* que faltava.

— Mande-me uma cópia — pediu ela. — Tenho que mandar sacrificar um dos meus gatos, preciso de algo decente para ler. — Perguntei onde ela morava. — Simplesmente entregue ao Bill, ele pode trazer pra casa.

Eu devo ter ficado quieta por tempo demais, porque Margie me explicou, pacientemente:

— Bill é meu marido. Bill é seu carteiro. Bill mora comigo. — A voz dela, fora a rouquidão, tinha o som mais sincero e terno que eu ouvira em muito tempo.

— Obrigada — eu disse, mas ela tinha desligado.

Coloquei a cópia do manuscrito num envelope e deixei na caixa do correio para Bill. A voz de Margie me fez querer estar ao redor de pessoas. O único lugar da minha vida que lembrava uma comunidade com gente reunida era o Mercado Amistoso Apex. Às vezes, mesmo que eu não precisasse de nada, eu ia até lá para ver os Onkwedonenses e participar do cotidiano de suas vidas. Todos nós comemos. Alguns de nós ainda cozinhamos. Todos circulam pelo Apex tentando encontrar sustância em meio aos pacotes coloridos de plástico e papelão.

O Apex não tinha uma comida ótima. A única coisa boa do lugar eram as promoções de quarta-feira, úteis para manter meu orçamento alimentar semanal de trinta dólares, isento de filhos. Ah, e um dos caixas. Se eu tivesse um tipo, o que não tenho, talvez fosse ele: uma aparência ligeiramente rebelde, como se tivesse acabado de chegar de uma clareira, cabelos sedosos, um brilho úmido na pele. Ele aparentava ter um cheiro fascinante. Havia algo de prontidão quanto a ele, como se alguém lhe dissesse "Venha até a cachoeira agora", e ele fechasse a gaveta do caixa, tirasse seu avental vermelho, seu crachá com o nome e partisse.

Mas provavelmente não comigo.

Ele era um caixa muito lento. Eu só ficava em sua fila quando queria olhar para ele ou ler as revistas. Na *Psychology Now*, li uma vez um artigo sobre um estudo que mostrava que a única diferença entre os sexos, no que diz respeito à eficiência no trabalho, está evidente nas tarefas que envolvem a tomada de decisão repetitiva e o contato com as pessoas, como registrar as compras enquanto se conversa com os clientes. Numa tarefa como essa, as mulheres desempenham a função numa velocidade 175% maior que seus colegas homens. A razão disso, segundo especulava o artigo, é que, para os homens, tais tarefas envolvem a mudança de modalidade "objeto" para "pessoa", enquanto para as mulheres a modalidade permanece a mesma. Se você pudesse entrar nos cérebros, o do homem seria assim: coisa, *troca*, pessoa, *troca*, coisa, *troca*, pessoa. E o feminino seria: coisaepessoaecoisaepessoa. O artigo sugeria que você imaginasse o cérebro masculino como um conjunto de estradas de ferro e o cérebro feminino como um canal ou vala de escoamento.

Eu estava em pé, na fila lenta, lendo os conselhos de relacionamento nas revistas femininas. Independentemente do tipo de disfunção ou lapso de comunicação que fosse descrito num casal, aquilo ressonava com o que a ex-pessoa e eu vivêramos. Confortava-me saber que éramos um jardim tão vasto de vida conjugal ruim.

Olhei para os outros clientes ao meu redor. Nenhum deles parecia ter pensado em suas roupas naquele dia. Eu desconfiava que ninguém nunca olhava um espelho inteiro. Era sempre aquela roupa do tipo "quase me serve". O Apex não tinha revista *Vogue*; não que fosse me ajudar, levando-se em conta o conteúdo do meu guarda-roupa. Eu tinha usado minhas roupas no dia anterior. E no dia anterior a esse.

Quando finalmente chegou minha vez, percebi que o caixa rebelde estava num dia ruim. Ele estava de cabeça baixa, enfiando as compras nos sacos plásticos. Não ofereceu a escolha de saco de papel ou plástico, algo que eu gosto.

Eu não consegui pensar em nada apropriado para dizer, então, apenas empurrei minhas compras na esteira rolante do balcão. Eu queria dizer "Saia do seu emprego e vamos para a cachoeira", mas não disse, porque não achei que ele fosse aceitar esse convite de alguém que estava comprando repolho, cebola e luvas de borracha da marca do supermercado. Nem tive a chance de ver seus cílios imensos e seus lábios delicadamente desenhados. Ele nem olhou pra mim.

Já em casa, olhei uma pilha de livros de culinária que Sam tinha juntado e tentei fazer uma das vinte e sete receitas de sopa de repolho do autor Mark Bittman, uma que pede uma quantidade surpreendente de água e semente de alcaravia. Pulei a alcaravia, porque eu não tinha, e também porque eu não suportaria voltar ao Mercado Amistoso Apex.

A sopa não ficou boa. Mark Bittman prometeu que ela ficaria mais gostosa no dia seguinte, mas eu duvidava. Ele jurou que a sopa faria as pessoas se lembrarem da cozinha da avó numa tarde de domingo, mas eu não tive esse tipo de avó. Minhas duas avós vieram de casas que tinham cozinheiras. Cada uma delas se casou sabendo tocar piano — uma delas, muito bem —, e não muito além disso, talvez fazer torrada. No entanto, seus casamentos duraram até a morte, o que demonstra que tocar piano é algo subestimado como habilidade matrimonial.

Na hora, eu fiquei feliz que as crianças não estivessem comigo para tomar a sopa. Sei exatamente o que diriam. Meu filho seria educado demais para demonstrar sua aversão na mesa, mas Darcy não.

Terminei a vasilha da sopa infame e voltei ao meu trabalho de verdade, a correspondência da Laticínios Old Daitch. Tentei tratar a mim mesma como funcionária e gerente. Disse a mim mesma que eu era dedicada ao meu trabalho: combinando cada carta com o tom exato em minha resposta. O jovem Sr. Daitch jamais saberia o quanto eu faço brilhar seu negócio. Sua única preocupação em relação a mim era a quantidade de selo que utilizava. Ele receava que eu os estragasse, os desperdiçasse, decorando os envelopes com selos extras. Mas eu não fazia isso.

Uma carta entregue naquele dia havia sido escrita num papel cor de ameixa, com uma caligrafia caprichosa.

Prezada Companhia Daitch,

Chamou-me a atenção vocês deixarem de produzir o alcaçuz em pedaços. Poderiam, por favor, informar se voltará num futuro breve ou se existe a possibilidade de fazer um pedido especial? Se for possível fazer um pedido, teria uma quantidade mínima? Se positivo, qual seria?

Muito obrigada e aguardo sua resposta.

Sinceramente,

Eu havia notado que as pessoas que escrevem para as empresas de laticínios são todas sinceras, a menos que sejam "Sem mais" ou desejem "Tudo de bom", ou o fã do Chocolate Triplo, de Onklervill, que se despedia dizendo "Com amor, Onklervill".

Eu nunca soube que a empresa já tinha feito alcaçuz em pedaços – que nojento! Eu teria que checar com o jovem Sr. Daitch sobre isso. Quando comecei a trabalhar, ele tinha me dado uma lista de sabores descontinuados. Queria que eu marcasse os que fossem frequentemente solicitados. O único sabor que parecia realmente fazer falta era o baunilha com cereja. Eles faziam esse sorvete de baunilha somente em julho, como sabor do Dia da Independência.

O motivo de não fazerem mais o sabor baunilha com cereja era que sua mãe, a velha Sra. Daitch, costumava colher as cerejas e descaroçá-las à mão. Quando a Sra. Daitch morreu, o sabor foi removido, ou por respeito a ela, ou porque eles não conseguiram encontrar alguém que colhesse e descaroçasse de graça.

Eu tentava ser eficiente e simplesmente passar pelas quatro pilhas de cartas para a Laticínios Old Daitch que me aguardavam, mas eu gostava de pensar nas pessoas ligadas ao meu trabalho, tanto a família Daitch quanto as pessoas que escreviam as cartas. Eu sempre ficava com mais perguntas do que respostas. "Pare de sonhar", eu dizia a mim mesma, "e termine seu trabalho". A reciclagem de papel era no dia seguinte e eu queria terminar a correspondência da semana a tempo de reciclar os envelopes – isso não era necessário, mas dava algum ritmo à minha semana de trabalho.

Toda noite, antes de ir para a cama, eu dirigia até a casa da ex-pessoa para ver se as luzes estavam acesas nos quartos das crianças. Uma vez, vi meu filho pulando em cima de sua cama de beliche. Passei com o carro por cima de um pedacinho do gramado da ex-pessoa porque eu estava olhando. Se ele os colocasse na cama na hora, seu gramado não teria a marca profunda dos meus pneus.

NINHO

Uma última carta antes de terminar. Era meu fim de semana com as crianças e eu mal conseguia me concentrar.

Prezado Laticínios Old Daitch,

Obrigado por seu sorvete! Todo domingo à noite, minha esposa e eu temos uma "janta de sundae". Acho que vocês deveriam fazer mais sabores com chocolate, e ela concorda. Aqui está uma receita de sundae que eu inventei. Minha esposa diz que é melhor que sexo.
Surpresa de Chocolate:
(O que veio a seguir foi uma série repulsiva de coberturas e porcariadas que não combinavam; a pior miscigenação culinária desde que o especialista gastronômico Mark Bittman desistiu de usar o *fluffernutter*[1] como ingrediente em seus petiscos da meia-noite.)

Espero ter notícias de vocês em breve!

Sinceramente,

---
1 Recheio que mistura pasta de amendoim e *marshmallow*.

Matthew O'Reilly

Ovid, NY

Para ele, eu usei a resposta padrão.

Prezado Cliente Fiel,

Obrigado por sua carta. Lamentamos que o volume de correspondência não nos permita responder cada carta pessoalmente.

Torcemos para que nossos produtos continuem sendo apreciados. Por favor, visite-nos no Quiosque da Laticínios Old Daitch, aberta todos os verões na Route 323, a leste de Onkwedo.

Com os nossos melhores votos pela boa saúde,

Laticínios Old Daitch

Mandei isso para o Sr. Matthew O'Reilly. Num envelope separado e comum, endereçado à sua esposa, a Sra. O'Reilly, coloquei a edição gasta do *Kama Sutra*, do meu primo. Usei o restante dos selos.

Eu estava arrastando o papel para reciclagem até a rua quando a ex-pessoa chegou, dirigindo seu carro esporte. Ele abaixou o vidro e eu pude ver as crianças espremidas atrás, mas ele não os deixaria sair até que estivesse pronto.

— Oi, Barb. — A ex-pessoa estava com uma boa aparência; melhor do que quando eu o deixei. Não melhor *para* mim; melhor *que* eu. Isso era injusto.

Ele apontou para a traseira do meu carro, estacionado ao lado do dele na entrada da garagem, lotado de vasilhames até o teto.

— Você está bebendo essa cerveja toda?

Eu me senti ainda mais imbecil do que habitualmente me sentia perto da ex-pessoa.

— Eu recolho as garrafas e as levo até o centro de reciclagem — respondi, como se isso fosse um tipo de altruísmo, algum tipo de serviço comunitário que eu fazia no tempo livre, mas ele me conhecia bem demais.

— Barb, você não pode pagar uma hipoteca com moedas. Vai precisar encontrar um jeito melhor de fazer dinheiro.

Claro que ele estava certo. Ele sabia como eu ganhava pouco da Laticínios Old Daitch. O traço mais confiável da ex-pessoa era sua exatidão. Ele sempre me achou uma pessoa preguiçosa. Talvez também estivesse certo quanto a isso.

Lembrei a mim mesma que um dia nós nos amamos, embora eu não conseguisse lembrar o porquê. Disse a mim mesma para sorrir para ele. Fiz isso. Sorri para ele porque ele estava com meus filhos e os queria de volta. Tentei lembrar seu nome, mas o ódio estava nublando meu sistema de lembrança nominal e não consegui.

Ele finalmente deixou as crianças saírem do carro. Enquanto ia embora, dirigindo, eu acenei para o paralama de seu belo carro, com o sorriso grudado no rosto como uma etiqueta de metade do preço num pão de ontem.

Sam e Darcy finalmente estavam comigo. Nós entramos. Eu os ajudei a fazer um ninho com todas as almofadas das camas e uma colcha amarela. Nos deitamos. Darcy estava piando.

— Coma uma minhoca — disse Sam, dando a ela fios de espaguete frio.

Eu tentei levantar e fazer um jantar decente, mas eles não deixaram.

— Conte-nos sobre quando você era pequena — pediu Sam.

Contei-lhes sobre o meu pai cavando uma caverna na areia da praia e como ele fez o telhado com madeira flutuante. Eles ouviam; Sam com a perna enroscada na minha, Darcy segurando meu braço. Contei sobre a casa que ele fez pra mim, com a caixa de papelão da geladeira. Ele cortou janelas em arco e pintou de vermelho. Teve um mês de agosto em que eu saí de casa e fui morar no quintal, dentro daquela caixa. Contei aos dois sobre todas as casas que meu pai fez pra mim: casas de boneca e de brincar e, mais tarde, os apartamentos que ele pintou, as prateleiras que fez.

— Ele queria que eu soubesse como construir um lar — eu expliquei. — Como um pássaro que ensina seus filhotinhos a fazer um ninho.

Nos sentamos nas almofadas e pensamos no avô deles.

— O que acontece com suas roupas depois que você morre? — Darcy me perguntou.

— Às vezes, as roupas das pessoas são dadas a amigos ou familiares, ou simplesmente doadas ao Exército da Salvação — respondi.

— Eu não quero as suas — disse Darcy —, mas talvez outra pessoa queira.

— Não fale disso! — insistiu Sam.

Estava escurecendo. Fiz a sopa de tomate mais rápida que eu sabia. Comemos isso e fomos pra cama. Darcy dormiu ao meu lado, segurando um punhado do meu cabelo. Eu me soltei dela e fui ver Sam. Ele estava quase dormindo, mas quando eu me debrucei, ele inalou profundamente.

— Esse é seu cheiro — disse ele, de olhos fechados.

CAFÉ DA MANHÃ

Acordei antes das crianças, fiz um bule de chá preto e levei lá pra baixo, para o computador. Nele tinha um *e-mail* da minha mãe. Eu e ela nos comunicamos melhor via *e-mail*. Temos um acordo tácito quanto à hierarquia da comunicação. *E-mail* é melhor que telefone. Telefone é ligeiramente melhor do que nos vermos. Se precisamos nos ver, é melhor que seja em público, com outras pessoas ao redor. *E-mail* é o ideal. Não que eu desgoste dela, mas desconfio de seu relacionamento altamente flexível com a verdade.

Minha mãe não gosta que nada de ruim aconteça a ninguém, particularmente a ela própria. Para ser justa, ela também não gosta que coisas ruins aconteçam comigo, então, ela finge que não acontecem. Seu modo de repelir as coisas ruins envolve uma vigorosa revisão da realidade. Quando eu era criança, por dois anos seguidos, ela me disse: "A vovó está na Flórida e não pode vir no natal". No terceiro ano, eu a coloquei contra a parede e descobri que a vovó estava morta.

Desde a desagradável decisão da guarda, sempre que alguém pergunta sobre mim, ela diz que a ex-pessoa e eu estamos "dando um tempo".

Li cautelosamente o seu *e-mail*. Ela queria saber se tínhamos planos para Darcy nos próximos meses. Ela novamente menciona sua afeição pelo médico que cuidou do meu pai no fim de sua vida. Numa imbecil onda cerebral ativada pela cafeína, eu saquei. Minha mãe estava planejando se casar com o médico e queria que Darcy fosse a dama de honra.

"Todos nós seguimos em frente, não é?", pensei, descaridosa. Ela parecia estar lidando com a morte do meu pai como uma ausência temporária de marido.

Depois de usar todos os palavrões que pude pensar para a profissão médica, me ocorreu que eu teria de usar um vestido. Jamais daria para usar a Calça em seu casamento.

Respondi o *e-mail* para minha mãe.

Há algum papel para o Sam em seu matrimônio que se aproxima?

Sua filha.

P.S. Ele está maior.

(Minha mãe pensa que sou vidente, mas, com ela, eu acho mais fácil simplesmente cortar preliminares.)

P.P.S. Eu não possuo um vestido.

Bem, é melhor do que ter de ir ao casamento da ex-pessoa com a assistente social, se eles se casassem. Então, eu lembrei como seria improvável que fosse convidada. Desliguei o computador e, por precaução, tirei da tomada. Subi para começar o café da manhã.

Para as crianças, fiz ovos cozidos com gema mole e torrada. A torradeira veio com a casa. Era da época de Vera e Vladimir, e era arredondada com um *trailer* Airstream, com uma capa de tecido suja.

Para mim, arrisquei um "crepe saudável". Foi uma má ideia, e eu só percebi isso no instante em que liguei o liquidificador com um único ovo e um monte de germe de trigo. O germe de trigo fez um tufão, aterrissando na torradeira e nos meus pés descalços. Não sei qual foi a minha inspiração para esse café da manhã – algo integral sobre o qual eu pudesse despejar melado?

Eu gostaria de ser uma daquelas pessoas que possuem seu próprio e identificável café da manhã. Para mim, o café da manhã iniciava a natureza improvisada e imbecil dos meus dias: segunda-feira, quem sou eu? Ovo pochê. Terça-feira, quem sou eu? Granola. E assim por diante.

Vladimir provavelmente acordava todos os dias com o bom café de Vera e um pão com geleia, depois entrava, veloz e graciosamente, em seu dia planejado de escrita.

Durante o café, contei às crianças sobre a intenção da avó deles de se casar novamente. Tive que explicar detalhadamente à Darcy a ideia da dama que leva as flores. Ela sumiu em seu quarto, e eu fiquei com Sam enquanto recolhia a louça e bebericava uma segunda xícara de chá. Lutei contra a sensação de que o fim de semana estava acelerando, com a chegada do momento em que eles teriam de me deixar.

Sam tinha passado sua pilha de livros culinários para a mesa e agora os folheava.

— Você faz tudo que eles dizem? — ele me perguntou, virando as páginas de *O Chef Nu*.

— Eu leio as receitas, mas depois faço o que quero. — Tento sempre dizer a verdade aos meus filhos.

— Eu não gostaria de comer a comida de alguém que não estivesse vestido — disse Sam, e eu concordei. — De qualquer forma, ele pode se queimar. — Sam, assim como o pai, era uma pessoa prática.

— Nós poderíamos fazer um livro de culinária, Barb — disse Sam. Ele não me chamava de mãe desde que a ex-pessoa e eu nos separamos. — Precisaria de um título chamativo, como *Prazer de Cozinhar*, mas não exatamente isso.

Darcy passou do lado de fora da janela. Sob seu casaco de inverno, ela vestia um vestido longo preto. Ela desenhara sobrancelhas grossas no meio da testa, com meu rímel. No peito, segurava um pequeno punhado de galhos, que quebrava e jogava na neve, à sua frente.

— O que ela está fazendo? — Sam me perguntou.

— Acho que ela está ensaiando para o casamento da vovó — eu disse. — Ela será a dama das flores.

— Eu tenho que ser alguma coisa nesse casamento? Não quero carregar as alianças! — a voz de Sam soou assustada.

— A vovó talvez precise de alguma ajuda para decidir sobre a comida. Você gostaria de dar algum conselho sobre quais aperitivos servir?

— Não, obrigado. Bem, talvez — emendou ele. — Brie assado no *croûte* é o meu predileto. — Ele pronunciou "craut".

— O meu também — eu disse. — Você poderia colocar isso em nosso livro de culinária.

Darcy deu outra volta ao redor da casa, seguindo suas pegadas pela neve lamacenta, cruzando nossa visão. Ela estava com um novo punhado de varetas que distribuía. Sam e eu a observávamos da janela, mas ela não olhou para nós.

— Ela está bonitinha — disse Sam —, mas não do jeito de um casamento.

Ele voltou à pilha de livros culinários.

— Meu livro talvez tenha muitos erros — disse ele. — *Chefs* de verdade fazem algo de dez maneiras diferentes para ver qual é melhor. Quando eu cozinho com você, nós juntamos as coisas. Algumas de nossas receitas não dão certo e a gente come assim mesmo.

Ele estava certo, é claro. Eu não sabia que ele tinha notado. Ele continuou:

— A maioria de nossos pratos jamais seria servida num restaurante.

— Restaurantes não são os únicos lugares onde se encontra comida boa — eu disse. — Às vezes, a melhor coisa é fazer uma comida, comer junto e seguir com a sua vida.

Sam pensou sobre isso.

— Poderíamos chamá-lo de *Comemos Assim Mesmo* — sugeriu ele.

Darcy passou marchando mais uma vez. O ziguezague da divisão de suas madeixas reluzia em branco, como um raio. Suas varetas haviam acabado, e ela estava jogando punhados de pedras no caminho. Sua expressão era séria sob as sobrancelhas grandes de rímel.

Coloquei minha mão sobre o ombro macio de Sam.

— *Comemos Assim Mesmo* parece bem preciso — eu disse. Ele não sacudiu para que eu tirasse a mão. E nós ficamos assim, esperando que Darcy passasse outra vez.

O pai deles veio rápido demais. A ex-pessoa era meticulosamente pontual, chegando às três em ponto para pegá-los. Eu os levei até o carro e fiquei do lado, acenando para eles através do vidro traseiro e sorrindo da melhor forma que eu podia.

Conforme eles se afastavam, meu coração parecia ser arrancado do meu corpo. Meu relacionamento com o pai deles passou diante de mim e eu tentei reconstruí-lo de uma forma positiva, tornando-me uma pessoa mais agradável, mais magra, mais capaz de seguir instruções. Então, como se minha memória fosse sugada para minhas vísceras, meu "eu" real jorrou de volta.

Eu me virei para a casa, passando por cima da trilha de varetas e pedras de Darcy para chegar à porta da frente. Lá dentro, recolhi as coisas das crianças, percebendo as pilhas sistemáticas de Sam e o notável caos de Darcy. Desejei imaginar seus rostos, mas doía demais, então não fiz.

CREME

Eu não aguentava ficar mais nem um minuto em casa sozinha. Dirigi até a Laticínios Old Daitch para pegar mais selos e fazer um *lobby* pelo sabor descontinuado, pelo qual eu tinha recebido mais cartas, o de baunilha com cereja.

A fazenda ficava num campo onde ventava muito, com vista para o lago. A estrada dividia o celeiro da casa, ambos bem próximos do asfalto recém-alargado.

Era uma época fria do ano. Dentro do celeiro estava agradável, com a respiração das vacas. Era maravilhosamente bem mantido, o piso varrido e as valetas escoando. Havia até um aquecimento nos rodapés.

Ao lado da entrada do escritório havia uma pintura redonda, que eu desconfiava ter sido feita pelo jovem Sr. Daitch, sob efeito de LSD, décadas atrás. Era uma mandala do tipo Amish, pintada com um pincel de duas cerdas. De longe, parecia um redemoinho colorido, mas, conforme eu passei por ela, pude ver que era feita de milhares de formigas marchando em espiral rumo ao inferno.

Embora fosse recluso e tentasse me evitar, o jovem Sr. Daitch trabalhava sete dias por semana e estava no escritório, sentado num banco de madeira junto à sua mesa. Ele era um homem magro, com uma imobilidade interior quase arrepiante. Isso me dava vontade de assustá-lo, para fazê-lo dar um pulo, só pra ver se era possível.

Cumprimentei-o com um tom ligeiramente alto e observei sua cabeça girar deliberadamente em minha direção.

O Sr. Daitch me intrigava, assim como todos os homens. No colégio, eu nunca gostei realmente de brincar com os meninos, até mais tarde, quando eles começaram a correr atrás de mim. Mas mesmo então, eles continuavam estranhos para mim. Achei que era melhor não olhar para o Sr. Daitch ao falar com ele. Dessa forma, seu comportamento não me enervava.

Olhei para as pernas da mesa e cada uma delas estava numa lata de aguarrás. Em nossa primeira reunião, fiquei sabendo que essa era a sua proteção contra formigas. Durante minha entrevista de emprego, ele me disse que as formigas são um grande problema por todo o norte do estado de Nova York. Aceitei sua palavra como certa, embora nunca tivesse visto formiga alguma dentro do celeiro.

Ele destrancou uma gaveta e tirou uma folha de selos.

— Imagino que tenha vindo por isso.

Ele me passou um formulário da contabilidade para assinar e postar para Ginna. O selo para esse envelope estava anotado no formulário como "entre escritórios", um termo grandioso para um trajeto que ia do celeiro à mesa da cozinha. Agradeci e disse a minha parte:

— Parece haver um forte desejo pelo regresso do sabor baunilha com cereja.

O Sr. Daitch suspirou.

Eu esperei.

Ele estava me assimilando. Pude sentir seus olhos em meus sapatos, minha calça, meu corte de cabelo feito por mim ("apenas para aparar a franja", menti para mim mesma), minha capa de chuva encobrindo o fato de que eu estava usando duas camisetas rotas.

Esperei mais um pouco, enquanto seus olhos se desviavam para uma vaca emoldurada na porta de entrada do celeiro, seu focinho quadrado e molhado apontando para o lago.

— Temos creme extra se você quiser — disse o Sr. Daitch, do nada.

Lembrei a mim mesma que alguns homens precisam ser tratados como criaturas florestais. Fiquei totalmente imóvel e foquei num ponto perto dele, na parede; não perto o suficiente para que ele ficasse preocupado com o encontro de nossas pupilas. Fiquei com as mãos abertas, ligeiramente à minha frente, onde ele pudesse vê-las.

— Creme — eu disse. — Tem certeza de que não vai fazer falta?

Foi uma pergunta fútil, e o Sr. Daitch não respondeu. Em vez disso, ele desceu de sua banqueta, rápido e de lado, como uma aranha atrás de uma mosca, e sumiu dentro da sala refrigerada, voltando com um galão cheio de creme, quase até a boca, e o colocou sobre a escrivaninha, depois de erguer o fundo para inspecionar em busca de formigas.

Eu o agradeci, imaginando se voltaríamos à discussão da baunilha com cereja. Antes que eu pudesse encontrar um jeito, o Sr. Daitch falou:

— As pessoas não conhecem mais o gosto do creme. — Sua voz parecia triste. — Na época do meu avô, nós costumávamos fazer *creme* puro com gelo, sem sequer adicionar baunilha, só um pouquinho de açúcar. Agora, querem tudo doce demais, e querem que dure para sempre. Estabilizantes, goma guar — ele fungou debochado. — As pessoas não conseguem mais saborear.

Meu patrão era seu próprio cara. Eu não tinha certeza do que ele queria dizer, mas estava claro que tinha muito pouco a ver comigo. Isso era outra coisa que eu havia aprendido com a ex-pessoa sobre os homens: só porque você estava compartilhando uma conversa não significava que essa conversa tivesse algo a ver com você.

Eu novamente agradeci pelo creme e imaginei se teríamos terminado. Eu poderia ter feito o convencional, ter dito a ele o quanto eu gostava do trabalho e também o quanto eu era boa nisso. Nenhuma das duas coisas pareceu muito verdadeira, e eu estaria me lisonjeando se pensasse que responder correspondência de laticínios era uma habilidade especial. Voltei ao ponto principal:

— Sr. Daitch — eu tinha ensaiado essa parte —, sua mãe contribuiu com um dos sabores mais populares que esse município já experimentou.

Nem todo mundo gosta de baunilha com cereja, mas algumas pessoas viriam de carro de locais tão distantes quanto Onoontchewa para terem a baunilha com cereja dela. Existe alguma possibilidade, para que eu lhes dê esperança, de que esse sabor regresse?

Esse foi o discurso mais longo que eu já tinha feito ao Sr. Daitch e me deixou sem ar. O Sr. Daitch olhou para o creme, depois apontou o rosto para a janelinha de madeira acima de sua mesa. Seus olhos passaram da linha de cerejeiras que margeavam o pasto.

— Quando as coisas acabam — disse ele —, elas acabam.

Ele voltou-se para os papéis em sua mesa. Eu o agradeci pelo creme, pela terceira vez, guardei os selos e ergui o pote pesado com as duas mãos.

Depois de voltar para casa, procurei na internet como fazer manteiga. A receita instruía bater o creme por exatamente sete minutos, enfatizando que isso devia ser feito à mão: *em circunstância alguma use o liquidificador*. Depois, descarte o soro e acrescente sal a gosto do cozinheiro – como se a cozinheira fosse comer as toneladas de manteiga sozinha. Fui dormir.

O ENSINO FUNDAMENTAL DE ONKWEDO

Pela manhã, programei o *timer* para quarenta e sete minutos. Coloquei uma música *zydeco*[2] e bati o creme até meus braços ficarem exaustos. Tentei amarrar uma corda no pescoço e sacudir como uma bola de futebol. Isso até que funcionou bem, exceto pela irritação atrás do pescoço. Algumas pelotas de manteiga começaram a se formar, e lá pela décima segunda música – eu não consegui ouvir o despertador por cima da música –, o galão inteiro já tinha se transformado.

Decantei o soro, guardando para os iogurtes do café da manhã, caso algum dia eu tivesse vontade de começar o dia assim. Salguei levemente a manteiga, experimentando antes, depois e durante, e coloquei num pote na geladeira. Aposto que Vera Nabokov nunca fez sua própria manteiga.

Comecei a fazer um pouco de pão na máquina de confeiteiro para o lanche vespertino das crianças – pão fresco e manteiga fresca pareciam perfeitos –, mas lembrei que eles não voltariam para mim, não desceriam famintos do ônibus precisando de mim.

---

2 Estilo de música *folk* norte-americana com influências francesas, como o som do *acordéon*.

Fiquei em pé, no meio da cozinha, com os braços pendendo ao longo do corpo. O relógio da parede tinha um tique-taque alto. Ainda não era meio-dia; as crianças ainda estavam na escola.

Num ímpeto cego, coloquei minha echarpe de boa mãe, algo do museu das calcinhas, a Calça, é claro, e segui para a Escola de Ensino Fundamental de Onkwedo.

Na caminhada de quatro quarteirões, parei no Elsie's Emporium para comprar jornal. A vitrine do Elsie's estava enfeitada de cinza e verde, as cores da Universidade de Waindell. Elsie me desejou um bom-dia e eu cantei "Pra você também", do jeito que fazem ali.

Caminhando em direção à escola, olhei o *Onkwedo Clarion*. Cobrindo a primeira página, havia uma foto da equipe Waindell de remo, com suas camisas cinzas e verdes. Era de se pensar que não havia novas notícias no mundo. O artigo convidava os leitores a seguir a série sobre os atletas, que duraria um mês, apresentando "um novo rosto a cada dia".

Na escola, enquanto eu esperava que a recepcionista desligasse o telefone, abri na seção de esportes para ver o remador do dia. Era um belo jovem com as maçãs do rosto saltadas. Tim Alguma Coisa. Ele avaliava seu condicionamento físico como "ótimo" e tinha como *hobbies* jogar videogame e dormir. Eu rasguei e guardei seu perfil em minha bolsa, mais para parecer ocupada do que qualquer outra coisa.

Quando a recepcionista desligou, disse a ela que queria ser voluntária no jardim de infância.

— A senhora é a mãe de Darcy? — perguntou ela, duvidosa. Talvez ela tivesse meu nome na lista de sequestradores potenciais, mas ela acenou para que eu fosse em direção à sala da Sra. Contorini.

A Sra. Contorini estava prestes a iniciar uma atividade com a letra S. As crianças tinham que rasgar papel preto de construção em formato de gambá e colorir com giz branco. (Nas escolas de Onkwedo, tesouras eram consideradas armas.)

Darcy não pareceu feliz em me ver.

— O que você está fazendo aqui? — ela rosnou, como se eu estivesse estragando seu disfarce.

— Vim ajudar — eu disse.

— Ajude o Corey. — Ela apontou uma criança com ranho escorrendo do nariz em dois filetes; um pequeno Hitler ranhoso. — Ele precisa de ajuda.

Eu sorri para a Sra. Contorini, que me lançou o sorriso mais terno e falso do mundo.

— Você gostaria de ajudar o Corey?

— Claro. — Eu não queria pegar o que ele tinha, mas estava disposta a rasgar papel preto com ele enquanto espionava minha filha.

Darcy virou suas costinhas para mim. Eu ofereci uma caixa de lenços de papel a Corey, para a qual ele olhou vagamente.

— Ele é *fenorento* — ele me informou —, o *gampá*.

Corey era um garoto interessado em cheiros ruins. Logo vi. Nós rasgamos o rabo e as patas do gambá e fizemos a listra branca com giz – todo esse tempo sem usar um lenço de papel. Quando a Sra. Contorini tocou a sineta para a limpeza, eu a ajudei a juntar os recortes de papel do chão.

Darcy entrou em seu lugar, no fim da fila, sem olhar para mim. Ela segurava a lancheira preta junto ao peito. As outras meninas estavam com seus parceiros. Corey foi bem-vindo em um grupo de meninos que riam. Darcy ficou ali, em pé, sozinha, muito linda e diferente, com uma pena branca presa por um clipe na parte traseira de seus cabelos escuros.

A Sra. Contorini fez as crianças me agradecerem por ajudar e as fez marchar até o corredor. Lavei minhas mãos três vezes, esfregando até os cotovelos. Sem tocar em nada, eu saí da sala à procura de Sam.

Sua turma estava escalando uma corda no ginásio. Eu não sabia que escalada de corda ainda era feita no Ensino Fundamental, mas em Onkwedo há influências dos anos 1960 que continuam perfeitamente intactas. Através do vidro da porta do ginásio, eu via Sam segurando a corda para outro garoto. Pela testa franzida, dava pra ver que ele não estava torcendo para que chegasse sua vez.

Observei os meninos-macacos magrinhos escalando a corda. Até as meninas conseguiam. Recuei da porta para que ninguém no ginásio visse que eu estava observando.

Sam subiu na corda: primeiro, 15 cm do chão, depois, 30 cm. Seus braços brancos na pequena camiseta branca tentavam corajosamente afastar suas costas do chão seguro. A professora ficou perto dele, para incentivá-lo e protegê-lo dos olhares de seus colegas de classe, que estavam todos petrificados, em posturas diferentes, vendo meu filho fracassar em se erguer na corda.

Não pude suportar. Dei as costas, saindo pela porta da escola cegamente.

Caminhei para casa sem saber. Nada parecia familiar. Entrei em casa e fechei a porta. Tirei a roupa, entrei na banheira e chorei. Não sei por que tive que ficar nua para chorar apropriadamente, mas tive. Depois, peguei um cobertor e levei para o sofá, e li novamente o *Babe Ruth*.

Tentei ler além da história, para ver com o que se importava a pessoa que a escreveu. Era um livro que mudava de forma. O autor entendia que, mesmo em meio às circunstâncias mais felizes, a vergonha e a exposição estão à espreita. Eu nem tinha certeza se o autor acreditava no amor, embora houvesse muito amor no livro. Também havia longos parágrafos pervertidos, pontilhados de terror – pequenos pontos de terror, como farpas de vidro embaixo das unhas.

Pensei em Nabokov vivendo aqui, olhando por essas mesmas janelas, imaginando se iria chover quando caminhasse até a Waindell para dar sua aula. Imaginei se Vera lhe dera o casaco certo para o clima ou o levara de carro, no imenso Oldsmobile 46. Imaginei se alguma vez eles teriam ido a um jogo de *baseball* e, se positivo, por quê?

Nenhuma dessas coisas era importante, nem tinha como saber, mas pensar nisso era um alívio para os pensamentos sobre as crianças e para a terrível desolação de viver sem elas.

ALMOÇO

Margie me ligou no meio da semana.

— O Salomon está morto, mas eu li seu livro.

— Lamento — eu disse.

— Bem, ele estava velho, treze anos. Bill o encontrou quando ele era um gatinho de celeiro.

— Você tem outros gatos? — perguntei a ela. Eu não gostava muito de animais de estimação, mas achava que isso era algo a meu respeito que não devia deixar as pessoas saberem. Além disso, eu estava empolgadíssima para falar sobre o livro com uma agente. Só que nós não estávamos falando sobre ele.

— Sete. — Ela tossiu. — É alergia. — Ela parou para respirar. — Conte-me sobre você.

Contei tudo: das crianças morando com a ex-pessoa, do trabalho de escrita de cartas, do meu pai. Contei até que eu gostava de cozinhar.

Houve um ruído de algo quebrando, que Margie explicou ser um dos gatos derrubando seu refresco ligth de cereja.

— Devíamos almoçar — disse ela.

— Seria legal — eu concordei, torcendo para que a empolgação não reverberasse em minha voz. Eu tinha ouvido dizer que com agentes era assim: eles a levavam para almoçar; e eu queria ir a um bom restaurante em Onkwedo – talvez o Bistrô Moutarde, mas, na verdade, qualquer restaurante – com um agente.

— Que tal à uma hora? — Margie não esperou a resposta. — Venha até minha casa. Bill pode lhe dar as direções. — Ela desligou.

Eu tirei roupas do armário e comecei a tentar me vestir apropriadamente. Coloquei a maldita Calça, botas de camurça e uma blusa laranja de gola rolê. Fiquei parecendo um membro da equipe de funcionários rodoviários. Escutei o caminhão de Bill parado junto à minha caixa de correio, e ele buzinou quando eu saí. Bill me explicou como chegar à casa deles seguindo pela Lucy Lane.

— Não é longe — disse ele. — Sete décimos de uma milha.

Troquei de roupa mais umas seis vezes, até chegar a uma versão da mesma coisa – a mesma Calça, é claro. Mas agora estava tarde, eu estava com fome e saí sem me olhar novamente no espelho. Com meus vinte anos, eu jamais teria feito isso, mas, com quase quarenta, vivendo na terra da moda devastada de Onkwedo, eu pensei: "Será que dá pra ficar bonita?".

A casa era um rancho branco, como a maioria das casas em Onkwedo. Do lado de dentro, tinha paredes amarelas e uma decoração ao estilo country-chintz, mas eu não notei isso à época, pois estava olhando para minha agente. Ela era alta e imponente, como se alguém tivesse medido tudo antes de montá-la. Sua roupa parecia ter saído de uma revista; tudo combinava com tudo. Cada peça do traje tinha o mesmo tom de cinza-amarronzado, mas as texturas eram diferentes, algumas felpudas, outras lisas.

— Entre. — Margie pegou minha jaqueta. — Ora, mas que miudinha bonitinha! — disse ela. Eu não estava acostumada a pensar sobre mim como bonitinha nem miudinha, mas, perto de Margie, talvez eu fosse.

— Você gosta de queijo quente?

— Sim — eu consegui dizer. Segui Margie até a cozinha. A casa tinha cinzeiros de gato por todo lado, talvez uns vinte e cinco. Vários estavam nas prateleiras da parede da cozinha.

— Sente-se — disse ela.

Eu sentei. A toalha de mesa era de linho com ponto cruz, como um jogo de palavras cruzadas. Margie estava me fazendo um sanduíche em sua grelha elétrica. Observei, cautelosamente. Eu não conseguia me lembrar da última vez que alguém me fizera um queijo quente. Ela não me perguntou se eu queria mostarda, simplesmente mandou ver, espremendo um monte, pois tudo na cozinha parecia vir de um frasco de apertar. Ela até colocou um pouco de manteiga na grelha.

— Zero calorias — ela me informou. Eu não conseguia imaginar do que poderia ser feita a manteiga sem caloria. Cera de vela?

Depois de servir nossos sanduíches e colocar copos de refresco azul sobre a mesa, Margie sentou. Foi a primeira vez que eu consegui estudá-la apropriadamente. Ela era bonita. Tinha bons músculos faciais, talvez por sorrir muito, conversar muito ou mastigar muito chiclete. Tudo em seu rosto era erguido.

Os sanduíches de queijo quente aparentemente haviam evoluído desde o lanche que minha mãe me preparava depois do colégio. Esses pareciam perfeitos, contendo novos alimentos que não eram, de fato, comestíveis. O queijo se chamava Soyarella. Margie salgou o seu, mas mal deu uma mordida.

— Que tal seu novo advogado? — ela me perguntou.

Eu ainda estava engasgada com a primeira mordida, então assenti entusiasticamente.

— Ele é a pessoa mais inteligente que eu já conheci. Nós o chamávamos de Summa na faculdade, de *summa cum laude*. Ele ganhou o dinheiro dos estudos dando aulas e foi aceito na Waindell, mas descobriu que o pai tinha bebido o dinheiro todo. Então, ele foi para a faculdade estadual.

Eu assenti um pouco mais, com meus dentes cobertos de Soyarella.

— Seu pai era um verdadeiro beberrão, o único judeu alcoólatra que eu conheci.

Pensei nisso. Eu não conhecia nenhum judeu alcoólatra, mas tinha que haver algum por aí.

— Ele lhe mostrou fotos dos filhos? — Margie pareceu saudosa. — Belas crianças!

Com a língua, eu limpei a soja dos dentes.

— Conheci o Max, seu assistente.

— Ele contrata o mesmo tipo de criança que ele era: alguém esperto, sem sorte alguma.

Terminei metade do meu sanduíche, engolindo com a bebida, que era exatamente da mesma cor de desinfetante. Não sabia qual deveria ser o sabor, possivelmente algum tipo de chiclete.

— Ele tem um escritório bem bacana.

— Excelente endereço — disse Margie. — Três portas depois da termas mais quente da cidade.

Eu sorri. Não tinha a menor ideia do que ela estava falando, mas realmente queria que ela gostasse de mim.

Um de seus gatos estava arranhando uma coluna forrada de tapete, no canto da sala, de um jeito que deixava os pelos do meu braço em pé.

— Você está namorando alguém? — Margie me perguntou.

Eu sacudi a cabeça. Não sei por que, mas engoli o resto do meu sanduíche.

— Tem alguém por aí pra você — disse ela. — Alguém maravilhoso. O universo o está preparando. — Ela remexeu os cubos de gelo em seu copo. — Agora, vamos falar do livro.

Fiquei na expectativa enquanto Margie falava. Ela achava que as cenas de amor eram ótimas e o cenário excelente. (Não disse nada quanto a ser Onkwedo sob outro nome.) Ela também achou o diálogo ótimo.

— Quem quer que tenha escrito isso, e realmente não saberemos até que a Sotheby's nos diga, que ouvido ele tinha! Absolutamente um gênio do cacete!

— O que você acha que poderia acontecer com o livro? — perguntei a ela.

— Nunca especulo sobre dinheiro — disse Margie. — Fazer isso a deixará maluca. — Ela empurrou o sanduíche de lado e acendeu um cigarro. — O problema é que uma história de amor e de *baseball* é uma combinação infeliz.

Os gatos e eu observamos um anel de fumaça subir.

— Não o teria matado colocar mais trama, não é? — Ela apagou o cigarro quase inteiro na comida quase intocada. — Bem, não se pode fazer nada.

Os gatos circulavam ao redor de seus pés. Um deles ficou em pé no encosto de sua cadeira, me encarando, com as costas curvas e o rabo esticado para cima, como um gato de bruxa. Eu estava grata por eles terem me deixado em paz até agora, mas sabia que era só uma questão de tempo até que viessem pra cima de mim.

Nos levantamos. Ou, Margie levantou-se, então eu me levantei também. Ela deu uma olhada em mim.

— Quando você for novamente à cidade, para ver o velho Summa ou o pessoal da Sotheby's, eu vou lhe emprestar um suéter.

Eu não quis dizer a ela o quanto a lã me dá coceira. Eu queria qualquer coisa que Margie quisesse me dar.

— Obrigada. E obrigada pelo almoço. — Eu não podia acreditar que já tinha acabado.

Mas não tinha. Margie me levou pela grande sala quadrada, parecida com um *trailer*, com uma claraboia. Ela abriu um portão de madeira e nós entramos. Havia prateleiras por toda parte, poltronas junto à janela, poltronas enormes, com luminárias de leitura e uma imensa escrivaninha.

— Esse é meu escritório — disse ela. — Bill construiu essa sala com o lucro do meu primeiro sucesso.

— Que foi qual? — perguntei cautelosamente, incerta se já deveria saber.

— Foi imenso. Você provavelmente viu o livro em brochura. Foi uma autobiografia. *Sleeping and Eating*.

Do lado de fora, havia árvores e alimentadores de pássaros. Os gorjeios passavam pelas janelas fechadas.

— Eu mantenho os gatos lá fora, ou eles ficariam malucos tentando caçar os passarinhos — disse ela.

Notei que ali não havia cinzeiros.

— Como você consegue trabalhar sem fumar? — perguntei, antes de perceber o quanto isso era pessoal, mas Margie não pareceu ligar.

— Fumar só tem a ver com comida — disse ela. — E os gatos, eu adoro, mas não suporto o cheiro.

As prateleiras perfiladas na sala estavam abarrotadas. Uma parede era toda de lombadas cor-de-rosa, douradas e roxas: os romances. As almofadas nas poltronas junto às janelas tinham palavras bordadas. *Beijo de língua* estava bordado em vermelho. Fiquei com medo de ler as outras. Em vez disso, fiquei admirando a claraboia.

— Não vaza — disse Margie, orgulhosamente. — Quando Bill constrói alguma coisa, ele faz direito.

Para mim, aquilo soava como um casamento verdadeiro, cheio de compreensão.

Decidi que era hora de partir. Conforme peguei minha jaqueta, notei um fio comprido pendurado no punho. Margie também notou.

— Sua aparência é importante. — Ela observava meu rosto para ver se eu estava assimilando essa informação. — Principalmente na cidade de Nova York. Só não importa muito quando você tem vinte anos; há menos chance de errar.

Eu esperei, ouvindo.

— Quando você é mais velha, é importante que aparente prosperidade, como se tivesse feito algo com seu tempo.

— Quanto ao suéter... — eu comecei a dizer.

Ela claramente se antecipara, pois esticou a mão até a porta do *closet* e me entregou um saco de lavanderia. O rufar do plástico eriçou os gatos.

— Apenas seja você mesma, é isso que eles querem ver.

— Mas, por que eles iriam querer me ver? — eu perguntei.

— Foi você quem achou — disse ela. — Se eles acharem que é verdadeiro, provavelmente, terão de acreditar em você como uma pessoa plausível de achar um manuscrito valioso. Você está essencialmente se vendendo para eles.

Não sei por que fiquei feliz em estar à venda, mas assim que saí do ângulo de visão da casa dela, fui pulando pelos outros seis décimos de milha até em casa, com o suéter dentro do saco plástico sacudindo sobre meu ombro como uma pipa malfeita.

INSPEÇÃO

Em casa novamente, eu me dei um crédito como ser humano produtivo. Às vezes, você pode ser um ser humano produtivo e, às vezes, você simplesmente tem que ler ficção, até mesmo ficção romântica.

Quase sem sair do sofá, acelerei lendo vários dos romances de maior sucesso de Margie. Cada um deles era sobre duas pessoas que, absolutamente, não deveriam estar juntas, vivendo felizes para sempre. As heroínas pré-orgasmo eram mais jovens, menores e mais pobres que os homens com quem faziam amor e que as completavam. Segundo esses critérios, a ex-pessoa e eu deveríamos ter sido um sucesso estrondoso. Eram histórias redentoras, nas quais a heroína passava de seu *status* de "antes" para "depois" da satisfação sexual, dando um passo extasiante que ia mais além: compromisso, também conhecido como casamento. Era propaganda, invocando o fervor das mulheres abatidas por toda parte: mesmo tendo se afastado do rebanho, ovelhinha, você ainda pode chegar ao céu, atrás – ou melhor, na frente – de um bom homem.

Algo na leitura desses livros faz com que você queira comer chocolate e se esfregar nas almofadas. Eu resisti.

Como se eu o tivesse invocado, a ex-pessoa ligou. Ele me pediu para encontrá-lo para um café, no Horizon Inn. Nos livros de romance, os casais compartilham seus pensamentos mais profundos, mas eu descobri que era melhor não falar com a ex-pessoa sobre nada. Até a época em que ele realmente falou comigo, ele já tinha conversado comigo em sua cabeça, portanto, o que saiu de sua boca foi mais um pronunciamento do que uma discussão.

— Quando você gostaria de me encontrar? — perguntei, educadamente.

— Amanhã, às nove da manhã. — O telefone foi desligado, sinalizando o fim de nossa comunicação. Será que havia alguém em minha vida com uma etiqueta apropriada para o uso do telefone?

Eu tinha um caminhão de tempo até descobrir o que a ex-pessoa precisava me dizer e me recusava a pensar nele até que tivesse que ver seu rosto. Em vez disso, continuei a ler os romances.

Eu ainda estava no sofá, em meio a uma cena fogosa de sexo, quando a campainha tocou. Um homem alto, com uma jaqueta do Município McLean, estava segurando uma prancheta. Por conta da minha leitura dos romances, em princípio, eu achei que ele fosse um duque, ou um astro do *rock* disfarçado.

— Boa tarde. Esta é uma inspeção da vara de família — disse ele, lamentoso. Ele foi gracioso em evitar olhar minha roupa, meu traje habitual do tipo *ninguém vai ver essa roupa ralé*. — A senhora é Barbara Barrett?

— Sim.

— Obrigado. — Ele fez uma anotação em sua prancheta. Eu me perguntei se a maioria de suas visitas era a pessoas hostis ou doidonas demais para assinarem seus nomes. Ele me entregou um documento explicando que estava ali para uma inspeção, por ordem da corte, e que minha cooperação era "fortemente aconselhável".

— Eu posso ir almoçar e voltar em uma hora — ofereceu ele, cauteloso para não olhar por cima do meu ombro, vendo minha casa bagunçada, livros empilhados por todo lado. — Duas horas. Aqui está o *website*, com as perguntas e respostas. — Ele apontou para o rodapé da página.

— Obrigada. — Depois que ele saiu, eu verifiquei o *site* e li sobre aspiração de pó e asma, fumo indireto, a probabilidade de incêndios com gordura numa cozinha suja e a inalação de tinta *spray*.

Comecei a limpar e aspirar o mais rápido que podia. Escondi o removedor de esmalte e solventes na garagem. Comecei a limpar o fogão com cotonetes, mas desisti e saí correndo até o Apex (evitando a fila do garoto rebelde), e comprei embalagens multicoloridas de iogurte infantil, para colocar na primeira prateleira da geladeira, junto com uma porção de maçãs, que estavam em promoção. No banheiro, arranjei aparadores individuais para as escovas de dentes, com avisos de "O fio dental é seu amigo". Tirei o pijama da minha filha do meu quarto e o coloquei embaixo de seu travesseiro. Empilhei os livros no tamanho e formato de um sofá turco e joguei um cobertor por cima. Quase parecia uma casa mobiliada.

Quando o funcionário municipal voltou, notei que ele estava de luvas beges de camurça. Ele abriu a porta da geladeira. Várias maçãs saíram rolando. Ele pareceu surpreso.

— Eu asso tortas — eu disse, pegando as maçãs no chão e colocando-as de volta na geladeira. Isso soou defensivo.

— Não gosto de torta — ele disse, quase triste. — Fruta quente. Não é a minha. — Ele se esticou com seu 1,90 m e eu fui novamente lembrada da vantagem injusta de gente alta.

— Pode olhar — eu disse. — Pergunte qualquer coisa.

O inspetor pegou a foto do belo remador que eu tinha arrancado do *Onkwedo Clarion*. De alguma forma, ela tinha aterrissado num lugar de destaque, na mesa da cozinha. Ele me olhou, interrogativo.

— Faço *scrapbook* — eu disse.

— Minha irmã faz isso. — Ele pousou a foto. Sob as três camadas de roupa que eu estava vestindo, para não ter que ligar o aquecedor, dava para sentir que começava a suar.

O inspetor andava diligentemente pela casa. Ele admirou a pilha de livros culinários do meu filho. Pegou uma foto de Sam num porta-retrato antigo, de prata.

— Ele é um garoto de ossos grandes — disse ele. — Eu também. Eu era assim. Adorava comer.

O quarto da minha filha tinha uma parede de páginas de revistas que ela cuidadosamente colara. Eram anúncios de perfume, com amostras das fragrâncias abertas e pungentes. Ela chamava de sua parede do cheiro.

— Quantos anos ela tem? — perguntou ele.

— Cinco.

Ele parou na porta do meu quarto e olhou lá dentro.

— Parece bom — disse ele. Nós dois sabíamos que ele quis dizer que parecia solitário. — Obrigado — disse ele. — Mais uma coisa: onde está a TV? — Ele perguntou isso enfatizando o T.

— Estou economizando para comprar uma. — Apontei um pote cheio de moedas no aparador.

— Aham — disse ele, não convencido, e marcou alguma coisa em sua prancheta.

— Posso lhe perguntar uma coisa?

— Claro — disse ele, sem erguer os olhos.

— Quem solicitou essa inspeção? — Eu o vi arrastando os pés. Nunca tinha visto ninguém fazer isso, mas ele fez, mexendo primeiro um dos pés grandes, depois o outro.

— É por parte do responsável pela guarda.

— Obrigada — eu disse. — Gostaria de ver a lavadora de louça?

— Não, tudo bem. — Ele foi embora parecendo grato em estar novamente sob o céu cinzento, com suas costas largas seguindo em direção ao Lincoln sedan que já vivera dias melhores.

— Tenha uma boa noite! — eu gritei.

Ele acenou com sua mão enluvada, sem se virar.

DUAS COISAS

Dirigindo rumo ao Horizon Inn, lembrei-me do quanto a ex--pessoa era específica em suas escolhas de lugares. Nenhum onkwedense frequentava o Horizon Inn, exceto para o bufê boca-livre de cinco dólares nos finais de semana. Era meio de semana. Eu desconfiei que ele tivesse escolhido o Horizon por não querer que ninguém nos visse juntos.

Lá dentro, o restaurante estava tão escuro que podia servir de estufa para o cultivo de cogumelos. Sentei num lugar onde podia olhar a porta, numa mesa marrom, na sala marrom e verde-floresta que estava quase vazia. Peguei a colher grudenta e limpei com o guardanapo verde. Talvez a ex-pessoa e Irene desejassem mais tempo conjugal e ele quisesse se livrar das crianças. Sorri para mim mesma, na colher.

Exatamente nesse momento, ele entrou e sentou-se de frente pra mim, colocando o *Onkwedo Clarion* na mesa, entre nós. Na capa, havia outro remador de estrutura ossuda.

— Café? — ele me perguntou. Eu sabia que quando você era convidado para um café com a ex-pessoa isso significava café, e não um pão doce, ou café com pão doce e sexo num quarto lá em cima.

Ele pegou dois cafés do bar *self-service*, porque não podia esperar mais trinta segundos para que a garçonete de 150 quilos viesse até a mesa. Mas ela se virou e acenou.

— Oi, John. Como vai indo?

John, certo. Esse era seu nome.

Para esse acontecimento, eu passara rímel e enfiara na bolsa verde de camurça um chocolate pré-Halloween de Sam. Eu estava tentando respirar sem sentir o cheiro da ex-pessoa, John. Eu sabia que se sentisse seu cheiro, talvez eu fizesse qualquer coisa que ele quisesse. John tinha um aroma leve, mas atrativo.

Ele colocou meu café à minha frente e empurrou o pote de creme.

— O que você quer? — eu perguntei. Não foi uma abertura muito suave e ele ignorou.

John começou a me contar como estava indo bem. Aparentemente, sua aposentadoria estava bombando: uma de suas invenções de borracha tinha sido comprada pela Subaru. Sam tinha perdido um centímetro ao redor da cintura. Darcy... ele ficou meio perdido ali, porque não conseguiu encontrar nada mensurável para relatar sobre Darcy.

Eu esperei. Tive o pensamento improvável de que ele me queria de volta.

Continuei esperando. O café não tinha gosto de nada. Eu bebi mais.

— Você está indo bem? — perguntou ele.

Eu nem podia imaginar o que ele queria dizer. Eu tinha dinheiro suficiente? (Não.) Estava fazendo amigos? (Não.) Meu carro estava andando? (Mal e porcamente.) Meus filhos tinham partido – como eu poderia estar indo bem?

Como sempre, com John, eu comecei a perder o chão. Ele me encurralara num canto e estava prestes a marcar um ponto, de um jeito que eu não conseguia enxergar. Senti meu sangue esquentar. Todos os cheiros do salão – *waffles* velhos, cascas de ovos, xampu de carpete, gordura – explodiam no meu nariz.

— Ficarei bem quando meus filhos estiverem bem — eu disse, e dei uma golada no café horrendo para tomar coragem. — E eles não estão. Sentem a minha falta. Precisam de mim. E não há substituto para o tempo comigo. Um tempo de qualidade, não — disse estrilando diante de seu rosto suave —, longas semanas de tempo.

Ele estava inexpressivo. Continuei tagarelando.

— Meus filhos precisam de tempo comigo. Meu tempo não tem um valor específico para o mundo. Mas foi isso que ganhei do meu pai: tempo. Sei como meu pai fazia coisas comuns, porque passávamos tempo juntos. — Afastei minha xícara de café para o lado. — Ele fazia sanduíches de requeijão com cebolinha em pão de centeio integral. — O café tinha derramado na mesa e eu tentei limpar com um guardanapo encerado. — Ele engraxava nossos sapatos.

John empurrou a cadeira para trás, evitando que pingasse café em sua calça.

— Ele dirigia o carro pelo acostamento para fugir dos engarrafamentos.

O jornal de John estava ensopado, o rosto do remador de Waindell estava manchado de marrom.

— Ele cantava para que eu dormisse à noite.

John ergueu o guardanapo para proteger o colo.

— Ele abria as cortinas para ver a lua.

— Barb, isso acabou. Essa parte acabou. Você não é mais uma criança.

— John ergueu o jornal ensopado e a garçonete delicadamente o pegou de suas mãos. Ela limpou a mesa e nos serviu mais café.

— Temos pão doce de queijo — ela disse, antes de seguir adiante.

— Meu pai não tinha medo de nada, nem da morte.

John abanou a mão.

— A garotinha do papai.

Meu pai não odiava as pessoas como eu estava fazendo, sentada ali, atrás de uma xícara cheia de café, odiando John. Ele simplesmente deixava pra lá. Eu senti o ódio encher um balão imenso sobre a minha cabeça, um balão verde-floresta, e deixei pra lá. Deixei que ele flutuasse até o teto engordurado.

Metade de mim queria estar em qualquer lugar, exceto no Onkwedo Horizon Inn. A outra metade queria um pão doce para engolir com esse café horrendo. Era minha sensação habitual perto de John; a sensação de que eu jamais teria o que queria, mesmo se quisesse apenas um pão doce.

— O que é? — eu disse. — Apenas diga o que é.

— Duas coisas. — Ele deu um gole no café, mantendo as mangas longe da mesa ainda úmida. — Eu comprei um cachorro.

Eu assenti. O cachorro não era o assunto da reunião no café, até aí, eu sabia. Tinha mais coisa.

— Sei que você detesta cachorro — disse John.

Como sempre, certo.

— Eu sempre quis um cachorro e comprei um. Isso ajudará Sam a fazer um pouco de exercício e fará companhia ao pai de Irene.

— Como? — eu perguntei, mas os pelos do meu braço já estavam eriçados.

— As crianças e eu vamos nos mudar para a casa deles em Oneonta, no mês que vem. Haverá o recesso de Ação de Graças, e, depois disso, as crianças podem começar na nova escola.

Eu o olhava. Segundo o acordo de custódia, John era obrigado a me dar duas semanas de aviso prévio antes de qualquer mudança significativa. Esse foi o único ponto ganho pelo meu patético advogado, indicado pela corte, e eu acho que o juiz só concedeu por pena. Então, era isso: nós estávamos nos encontrando vinte e cinco dias antes que eles partissem. Eu nem precisava consultar um calendário. John teria se assegurado de seguir as regras.

— O trajeto é muito pesado para Irene. Ela está cuidando do pai num lugar e da família em outro.

— *Minha* família — eu disse. — Eles são a *minha* família.

As lágrimas desciam pelo meu rosto em duas linhas. Tirei um dos lencinhos do meu pai da bolsa. Todo ano, eu lhe dava lenços de natal, e, depois que ele morreu, minha mãe me deu tudo de volta. Eu assoei o nariz.

— Oneonta é longe demais. Meu carro não aguenta a viagem. Verei as crianças menos ainda.

John estava olhando a abóbora de chocolate que estava em cima da mesa. Ela tinha pulado da minha bolsa quando eu puxei o lencinho.

— Você está dando doce a Sam?

Eu desembrulhei o chocolate e o enfiei na boca.

Eu não achava que vida de gente grande seria assim. Não achava que teria a ver com ficar encalhado numa cafeteria, com gente que você não ama, que não liga para os seus interesses, sendo obrigado a engolir tudo isso. Mas, no fim das contas, a vida de adulto era assim nove décimos do tempo.

Chocolate e lágrimas combinam. É o sal. Amargo com doce é um sabor desequilibrado; acrescente sal e fica completo.

Olhei para John. Como eu não conseguia falar e não podia dar-lhe um soco na cara, não tinha ideia do que fazer. Ele estava esperando que eu dissesse alguma coisa, eu achava. Depois, percebi que ele estava esperando a conta. Pesquei uma nota de cinco dólares na bolsa e coloquei na mesa. Fiquei olhando a minha xícara. Eu nunca quis tanto derramar café ruim em alguém durante toda a minha vida de quase quarenta anos. Mas eu tinha perdido a minha chance, derramando ou bebendo, e agora minha xícara estava vazia.

John tirou a carteira do bolso e pôs de volta.

Eu levantei, puxei a calcinha sem elástico do lugar onde ela havia entrado e deixei o Horizon Inn.

No estacionamento, a caminhonete de John estava ao lado do meu velho carro surrado. Pensei em arranhar a tinta brilhosa de seu capô. Não fiz.

Dentro do seu carro, havia um cachorro latindo. Eu não sabia se ele estava dando o latido de "me dá um pouco de chocolate" ou se era o latido de "afaste-se do carro".

Em minha mão dormente, as chaves tilintavam. Fui cambaleante até meu carro e encontrei a chave certa, que parecia grande demais para o buraquinho. Enfiei e ela virou. O motor ligou.

Fechei os olhos e esperei até saber o que fazer em seguida. John bateu no vidro. Eu abri.

— Seus pneus estão baixos.

Eu concordei. Sim, estavam moles e murchos. Ele se ajoelhou ao lado do pneu de seu carro e apertou com o polegar.

Ouvi novamente o cachorro, com seu latido baixo e profundo. Torci para que ele mordesse a jugular de John.

Acelerei com tudo, apertando o freio. Pelo retrovisor, pude ver as duas listras de borracha que deixei ao lado de seu carro e sua cara de raiva. John sempre detestou meu jeito de dirigir. Em sua caminhonete, a cabeça do cachorro deu um solavanco para cima. Ele era do tamanho de um urso.

Não sei o que aconteceu depois. Não tenho lembrança alguma dos quinze minutos seguintes da minha vida. Foi um tipo de blecaute, ou estado de fuga.

Acordei no balcão da loja de departamentos Good Times, imediatamente após comprar um jeans de setenta e cinco dólares.

Em minhas mãos, estavam meu cartão de crédito e um cartão-postal do Babe Ruth, que eu talvez tenha roubado em alguma livraria. Era uma foto em close do rosto grande de Babe. Ele parecia estar pensando: "Que porra vai acontecer agora?".

CALÇA DA GOOD TIMES

Em casa, ainda anestesiada, eu coloquei meu jeans. Milagrosamente, serviu. Ou talvez não fosse milagre, talvez eu tivesse experimentado no provador da Good Times – eu não lembrava. Ele fazia minha bunda parecer ter apenas trinta e cinco anos, talvez trinta e dois.

Preguei o cartão do Babe Ruth na parede, ao lado do meu computador. Lá fora, o sol fazia uma aparição rara e, ao alto dos pinheiros, estava quase prateado. Caminhei a extensão da minha propriedade com meu jeans novo, as etiquetas ainda penduradas. Andei pela borda irregular do terreno por quase uma hora, fazendo o terrier do meu vizinho latir sem parar a cada volta. Pensei no meu pai e em como ele trabalhou quieto e constantemente, por toda sua vida, quando não estava brincando. Havia uma frugalidade em suas ações, um foco absoluto. Eu podia olhá-lo a qualquer momento e, para mim, ficaria claro que ele estava fazendo o que pretendia naquele instante de sua vida: pintar a varanda, ler sobre política no *New York Times*, comer um pequeno *brunch* de suas uvas Concord favoritas.

"Por que estou aqui?", pensei. "Por que estou *aqui?*". Eu não tinha resposta.

Não podia suportar voltar para dentro de casa. Uma casa era para pessoas, para uma família, para um casal, para mães e filhos. Mas a minha berrava, sozinha. Entrei como uma flecha, peguei as contas da Laticínios

Old Daitch e uma embalagem de manteiga, e caminhei seis quadras até a casa de Ginna.

Ela atendeu à porta parecendo desgrenhada e suada.

— Eu lhe trouxe as contas e um pouco de manteiga — eu disse. Nós ficamos na antessala, onde se deixam os sapatos sujos, mas não tinha um cisco de sujeira; ainda bem, pois tinha um carpete bege de uma parede à outra. Em contraste com sua camisa manchada de suor e a calça suja, a casa de Ginna estava imaculada.

— Calça legal — disse ela. — Imagino que seja nova?

Eu percebi que tinha me esquecido de tirar as etiquetas e as arranquei.

— Agora não dá pra trocar — disse ela.

Havia uma TV ligada, em algum lugar, lá dentro.

— Seu marido está em casa? — perguntei. O marido de Ginna era um homem de semblante meigo, grandalhão e de fala mansa.

— Mark? — perguntou ela, como se talvez tivesse outro marido. — Não faço ideia de onde ele anda.

Aquilo não soou bem, mas eu não conhecia Ginna o suficiente para perguntar mais.

— O jovem Sr. Daitch me deu creme e eu fiz um pouco de manteiga.

— Como você conseguiu fazer uma coisa dessas? — perguntou ela. Antes que eu pudesse responder, ela disse — Deixa pra lá, eu detesto cozinhar.

Entreguei-lhe o pote de manteiga.

— Talvez seja melhor você colocar na geladeira. — Fiquei ali me sentindo estranha, imaginando se ela tinha a intenção de me convidar para entrar e me perguntando se eu aguentaria ficar com alguém de qualquer forma. Subitamente, a casa dela pareceu mais fria do que o lado de fora.

— Te vejo na semana que vem — eu disse.

— Você gostaria de tomar um chá? — ofereceu ela. Mas o momento tinha passado, e nós duas sabíamos disso.

— Obrigada, mas tenho que ir pra casa — eu disse, embora não tivesse razão alguma para voltar pra lá.

— Leve alguns pãezinhos; nós temos toneladas. — O trabalho de Mark era dirigir o caminhão de um distribuidor de pães. — Como eu disse, não sei quando ele volta, e, de qualquer forma, ele sempre come fora.

— Você não sente falta dele? — eu perguntei.

Ginna sacudiu os ombros.

— Já me acostumei. Mesmo quando está aqui, ele é bem quieto. — Ela colocou pãezinhos num saco.

— Onde está seu filho?

— Na escola — respondeu ela, parecendo surpresa. É claro que eu saberia que crianças estão na escola durante o dia se eu fosse uma mãe de verdade.

— Obrigada pelos pãezinhos.

Ela fechou a porta e eu dei meia-volta, ambas aliviadas por ter acabado.

AUTÊNTICO

Eu estava olhando a geladeira, decidindo a identidade do meu café da manhã e pensando se pãezinhos dormidos combinavam bem com manteiga caseira, quando o advogado da cidade de Nova York ligou. Max, o assistente, passou a ligação.

— O trabalho pode ser um manuscrito genuíno de Vladimir Nabokov — disse ele, sem qualquer rodeio. Ele parecia empolgado. — Um especialista da Sotheby's deu uma avaliação preliminar de alta possibilidade de autenticidade. Eles gostariam de nos encontrar em meu escritório. — Ele parecia satisfeito com o fato da grande casa de leilões ir até ele. — A Sotheby's precisa ver o original completo, é claro, antes da reunião. — Ele mudou de tom bruscamente, gritando algo sobre "a porra da declaração juramentada de Goldsmith". Percebi que ele estava em outra ligação. Sem pestanejar, ele voltou a mim. — Aqui está a parte interessante: eles perguntaram se você consideraria vendê-lo antes da certificação oficial.

— Por quê?

— Do nosso ponto de vista, se for um manuscrito genuíno de Nabokov, você evitaria quaisquer processos caros, desafiando seus direitos de possuí-lo. Eles assumiriam inteira responsabilidade. — Sem dúvida, ele sabia que eu não podia pagar um processo caro, nem mesmo um processo de barganha. — Caso não seja autêntico, ele seria essencialmente sem valor, e nós teríamos perdido a única oportunidade de remuneração.

Ele provavelmente sabia mais das questões financeiras do que eu.

— Mas eles iriam publicá-lo? — eu perguntei.

— Essa seria uma área além de sua alçada. Minha opinião é que talvez possa haver algum capital agora. Se for o caso, você deve pegar. — Eu o ouvi dando instruções a Max quanto a Goldsmith. — É claro que você pode arriscar a sorte de ser real e de sua propriedade não ser desafiada, e aí pode entrar uma bolada. Você poderá comprar uns sapatos. Nossa, poderá comprar uma casa! — Ele parecia exultante quanto a essa possibilidade. Parecia ter esquecido que eu tinha uma casa. — Fique na linha para falar com Max.

Enquanto eu esperava que Max voltasse à linha, fiquei imaginando quanto dinheiro ele quis dizer. Se ele estivesse falando de uma casa na região onde ele morava, seria uma montanha de dinheiro.

Dinheiro. Eu ficava pensando sobre o dinheiro, ou tentando pensar, sugerindo significados para mim mesma. Dinheiro significava consertar meu carro. Dinheiro significava comprar roupas. Dinheiro significava comer comida tailandesa na Tailândia. O que significava o dinheiro? O que ele significaria para minha vida? Sem as crianças, em que eu gastaria? Tratamentos de beleza? As primeiras edições de livros que eu jamais leria, pois isso arruinaria seus estados de novos? Aulas particulares com um *chef*? Um consultor para organizar minha vida? Eu não conseguia me imaginar com dinheiro e sem filhos. Qual seria o sentido?

Quando Max entrou na linha, eu disse:

— Acho que é real. Acho que Vladimir Nabokov escreveu e deixou para trás. — Ele parecia escutar. — Não quero receber para sair. Quero ir até o fim. Não quero desistir agora.

Max não fez comentários. Em vez disso, me instruiu sobre como mandar os cartões e o texto digitado de forma segura e me disse que eles precisariam de um mês para lê-lo. Nós marcamos um encontro, para que eu fosse novamente à cidade, no primeiro dia útil depois que meus filhos tivessem se mudado de Onkwedo.

Então, ele explicou que eu me encontraria com representantes do departamento de mídia, para que eles pudessem avaliar minha "TVQ". Eu sabia vagamente o que ele queria dizer – como eu me sairia na televisão. Merda, merda, merda: roupas, novamente. Apresentação era o meu pior talento. Depois do casamento.

ÚLTIMA VISITA

O MÊS SEGUINTE FOI AGONIZANTE. JOHN ME DEU UMA VISITA BÔNUS, um dia antes das crianças partirem. A condição era que eu fosse buscá-los de carro no jogo de hóquei de Sam. Coloquei uma boa golada de óleo no meu carro e tentei encher os pneus com a bombinha da bicicleta de Sam. Não deu certo.

O trajeto até o ringue foi longo e eu forcei muito a minha latinha velha. Ele quase não bebia gasolina, mas eu tinha que lembrar de parar frequentemente e colocar uma lata de óleo. Eu estava me esforçando muito para não me atrasar para o jogo de Sam.

John o colocara num rigoroso regime de condicionamento físico e dieta, porque estava preocupado com o peso dele. Depois que eu fui embora, meu menininho roliço se transformara num garoto rechonchudo. Eu esperava que Sam ficasse mais alto, e até mais encorpado, mas não aconteceu. John é o tipo de pessoa que parte para a ação; e condicionamento físico era sua nova fixação. O último parágrafo que ele conversou comigo tinha a ver com o peso do meu filho. Ele disse que Sam estava se tornando um "gorducho" e que precisava de exercícios vigorosos.

— Ele não puxou o meu lado da família — disse ele, com um sorriso malicioso. Ele me disse para parar de dar carboidratos a Sam. Descreveu o almoço ideal que eu deveria preparar para ele nos dias de aula: uma vasilha de peru fatiado com um picles ou tirinhas de cenoura. Eu não estava mais falando com ele, não que ele tivesse notado.

Pensar nisso me dava vontade de atropelá-lo, o que me fez acelerar loucamente. Perto do ringue de gelo, eu passei por um policial, que estava ocupado multando outra pessoa. A traseira de seu uniforme preto voltou-se furiosamente em minha direção conforme eu passei, como uma bala. A tremedeira do carro me implorava para diminuir, e assim o fiz, baixando à velocidade quase permitida de 120 km/h. Fiquei pensando que tipo de motorista era Nabokov. Ele às vezes sentava em seu carro para escrever. Soube disso através de fotografias, mas não sabia se ele, de fato, sabia dirigir um carro. E, se realmente dirigia, será que ele obedecia à lei, era alguém que andava dentro do limite de velocidade? Eu duvidava.

No ringue de gelo, eu torcia para me entrosar com as outras mães, talvez papear sobre nossos filhos. Não reconheci nenhuma delas. Acima da minha cabeça, elas discutiam a estratégia ofensiva de "blitz" do treinador.

Na área da defesa, Sam patinava em círculos, erguendo um patim, e depois, o outro. Ele quase parecia com os outros garotos, pois todos usam ombreiras, mas sua camisa azul de jérsei estava mais apertada e seus patins pareciam pequenos demais para equilibrarem seu peso. Ele parecia estar ouvindo a transmissão de uma valsa de Schubert dentro de seu capacete, tranquilo como o touro Ferdinand.

As mães ao meu redor sabiam os nomes de todos os jogadores. Foi somente quando elas começaram uma torcida cruel contra as crianças vestindo camisas iguais as de Sam que eu percebi meu erro. Eu tinha sentado com as mães do time adversário. Estava em território inimigo.

Algumas fileiras abaixo, eu vi minha colega Ginna, a contadora. Acomodei-me no banco frio ao seu lado e nós sorrimos uma para outra. Seu filho estava jogando de goleiro no time de Sam e, até agora, já tinha tomado sete gols.

— Use os joelhos, Ronald! — Ginna gritava para ele.

O time adversário passou como um raio por Sam, que estava fazendo uma pirueta lenta, mandando o disco de passagem por baixo dos joelhos de Ronald e ao fundo da rede, aumentando a surra para oito a zero. No fim do segundo tempo, nosso time saiu deslizando do gelo, com Sam atrás de Ronald.

Ginna virou-se para mim e perguntou, num tom falso que queria passar como agradável:

— Esta é a primeira temporada de Sam?

Eu pedi licença, fui até a barraca de lanches e comprei um *donut*, que estava duro, como ficam os *donuts* dormidos; quando terminei, limpei uma camada de farelos da minha jaqueta. "Preciso de um amigo aqui", eu pensei. Eu precisava de uma mãe para sentar ao lado; não um fanático por esportes, mas alguém que estivesse ali somente porque seu filho estava no gelo, alguém para quem o fato de ganhar fosse secundário, alguém como eu.

O jogo recomeçou e eu voltei ao ringue; fiquei em pé, sozinha, junto às arquibancadas. Dava para ver John, do outro lado, gritando para o gelo:

— Preste atenção, Sam! — Ao seu lado, havia uma mulher que se parecia muito com a assistente social. Era apenas o meu cérebro resistindo a admitir que *era* a assistente social. Irene. Acomodada no meio dos dois, estava Darcy, com um gorro e um aquecedor de mão de pelúcia. Eles não me viram.

Uma vez que você tenha fracassado no amor, fica muito difícil não acreditar que simplesmente tenha sido culpa sua. Que você poderia ter feito as coisas de forma diferente, que poderia ter sido mais tolerante, mais gentil, esforçada, ter pedido aqueles três quilos – bem, talvez cinco.

Meu único consolo era imaginar que John poderia estar pensando na mesma linha. Mas como ele tinha achado rapidamente uma nova parceira, e dava pra ver que eles estavam às mil maravilhas, eu sabia que ele nunca tinha pensado nada disso.

Subitamente, eu me senti um ano mais velha do que quando entrei no ringue; talvez dois anos. Era como se o tempo estivesse passando mais depressa ali, me levando para mais perto da morte. Talvez fosse desespero, ou uma sensação aguda de deslocamento, ou a infelicidade de ter de assistir meu filho fracassando publicamente nos esportes, sendo que esporte é algo que pareço ser a única a não ligar.

Para me alegrar, pensei em minha agente e seu casamento feliz, sua boa vida profissional, seu belo escritório, cheio de almofadas com palavras escritas. Lembrei a mim mesma que, um dia, eu tive amigos na cidade, que eu sabia ser uma amiga. A amizade era baseada em interesses mútuos. Tentei pensar no que me interessava ali em Onkwedo, algo que pudesse ser compartilhado: comida, livros, sexo. Talvez eu pudesse ingressar numa turma de culinária... Não, eu era uma cozinheira rebelde demais. Um grupo de leitura? Talvez, mas alguém precisa convidá-lo para entrar, e isso parecia improvável. Além disso, para grupos de leitura, você tem que ser um bom anfitrião. Eu era tão boa anfitriã como era ferreira. Sobrava o sexo. Bem, não; não sobrava nada.

Finalmente, o jogo acabou. O tiro final foi do goleiro do time adversário. O disco bateu na perna rechonchuda de Sam, passou por Ronald – o manobrista para estacionar discos – e entrou na rede. O placar final foi de dois dígitos.

Enquanto Sam mudava de roupa, eu me escondi no banheiro feminino, para não ter que ver John, e me obriguei a contar minhas bênçãos. Estava feliz que Sam estivesse indo para casa comigo. Estava feliz por não ter chegado atrasada para seu jogo como frequentemente chegava. Estava feliz por ter assado seu pão predileto de passas (obrigada, máquina de pão, sobra do dia do meu casamento) e, por isso, poder lhe dar pão com manteiga para consolá-lo por sua derrota no hóquei no gelo.

Lavei minhas mãos e fiquei embromando, lendo os nomes nas paredes do banheiro. Todo mundo era da mesma cidade de Illinois. Fiquei imaginando se esse seria particularmente um lugar sanitário, aquela cidade de Illinois.

Mas saí do banheiro feminino cedo demais. Sam ainda estava no vestiário, mudando de roupa, e lá estava John, ladeado por Darcy e Irene. Darcy estava com as mãos dentro de seu aquecedor.

— Temos um cachorro — disse ela, tirando uma das mãos do aquecedor e afagando a pelúcia. — Ela come quase três quilos de comida por dia.

— Ela é meio Bull Mastiff e meio dinamarquês — disse John. — O chefe de Irene que os cruza.

Irene estava sorrindo para mim, um de seus sorrisos de assistente social bem equilibrada dizendo "você também poderia amar-se o bastante para ter um bicho de estimação".

Sam saiu do vestiário puxando seu equipamento de hóquei numa bolsa do tamanho e no formato de um saco de cadáver. Eu o arrastei para meu ombro e sorri radiante para Irene.

— A raça tem nome?

— Meu chefe está tentando registrar no American Kennel Club como Bull Dinamarquês. Ele já tem até um *website*.

Sei que eu deveria ter dito algo positivo e encorajador, do tipo "Que bacana que seu chefe é um assistente social tão abrangente!", mas eu disse:

— Tomara que sejam treinados para defecar na rua. — John me fulminou, como se eu estivesse tentando trazer fezes para uma conversa educada.

Todos nós conseguimos dizer boa-noite. Eu consegui não bater as cabeças do casal feliz uma na outra, como cocos, e fui embora com as crianças; Sam e seu saco de cadáver, Darcy e seu acessório peludo de mão.

Dirigindo para casa, eu podia ver meu belo e rechonchudo garotão no espelho retrovisor. Sua pele era branca como leite. Seus cabelos estavam desmazelados e eram quase incolores. Seus cílios quase brancos davam-lhe um ar de coelhinho assustado. Ele parecia triste e muito reprimido. Eu o observei esticar os braços para cima e apalpar o teto acolchoado do carro.

— Eu fui uma droga — disse ele.

— É mesmo? Achei que você estava patinando muito bem — eu disse, cuidadosamente.

— Barb, você não sabe de nada.

Ele estava certo. Eu não sabia muito sobre esse mundo. Eu sabia de tudo quando morávamos juntos. Se eu soubesse o que perderia, talvez ainda estivesse tendo aulas de como abastecer corretamente uma lavadora de louça.

Sob o ruído do motor, comecei a balbuciar uma cantiga de ninar. Pelo espelho, vi sua cabeça loura recostar no banco do carro. Ouvi sua respiração saindo como um suspiro. Quando ele era bebê, costumava dar exatamente esse grande suspiro antes de pegar no sono.

Darcy se acomodara na cadeirinha, ao lado do irmão, e cochichava com o aquecedor de mão. Ela parou e o segurou perto do ouvido, como se ouvisse uma resposta.

Em casa, eu coloquei um pedaço de queijo na mesa e fiz torrada de passas com manteiga, uma atrás da outra. Sam ficou de cabeça baixa, comendo, quieto, talvez mal-humorado – eu não forcei. Darcy só comeu a manteiga não derretida que conseguiu salvar da torrada. Ela parecia estar dando a torrada a um companheiro invisível ao seu lado.

Descasquei algumas tangerinas. Sam comeu um gomo, silenciosamente. O telefone tocou e eu deixei que a secretária eletrônica atendesse. Nós dois ficamos olhando o alto-falante, através do qual a voz da ex-pessoa entrava na cozinha. Ele queria falar com Sam sobre o jogo, repassar algumas jogadas. Também queria saber o que eu ia servir no jantar. Estiquei o braço e abaixei o volume a um sussurro. Sam ergueu os olhos para mim pela primeira vez.

— Quer geleia na torrada? — eu perguntei a ele.

— Não, obrigado. — Sam franziu o rosto para mim. — Geleia é puro carboidrato. O papai não come geleia.

Eu me virei e comecei a abastecer a lavadora de louça. Coloquei a louça de qualquer jeito.

— Veja isso — Sam me chamou. Ele jogou um gomo de tangerina para o alto e pegou com a boca. Jogou outro, e outro, posicionando a boca embaixo dos gomos que caíam com a destreza de uma foca de zoológico.

— Incrível! — eu disse, contente em incentivar seu interesse por esporte. — Onde você treina?

— No refeitório, às sextas. Os monitores do refeitório têm um *workshop* particular de desenvolvimento.

Darcy queria discutir sobre o novo cachorro.

— Ela cava — disse Darcy —, assim. — Ela abaixou e começou a raspar o chão. — E a terra voa, assim. — De cabeça para baixo, pelo meio das pernas, ela jogou o aquecedor de mão.

— O papai fica zangado — disse Sam.

— Isso incomoda Irene? — eu perguntei.

As duas crianças me olharam vagamente, desacostumadas à ideia de que Irene talvez tenha uma vida interior.

Mudei de assunto.

— Vocês querem sobremesa? — Coloquei uma vasilha de uvas congeladas na mesa, uvas de casca grossa dourada, chamadas Himrod, doces e suculentas. — São da época da colheita, — eu expliquei —, de quando as abóboras estavam maduras.

— O queijo também está maduro — disse Darcy, arrancando um pedaço do cheddar da Old Daitch. — Os ratos estão doentes!

Sam e eu a olhamos mordiscar o pedaço com os dentinhos da frente, fungando com o narizinho, para cima e para baixo.

A manhã chegou rápido demais após uma noite em que não dormi nada, andando de um quarto para o outro, olhando seus rostos adormecidos, ouvindo suas respirações. Ao som da campainha, observei os ombros de Sam se erguerem, as costas se curvarem. Abri a porta para o pai deles.

— Precisamos checar Matilda — Darcy disse a Sam. John deixou que ela desse o nome à cadela. — Se ela cavou mais algum buraco.

Sam vestiu a jaqueta. Eu beijei a parte de trás de sua cabeça e cheirei, memorizando. Seu cheirinho de bebê havia sido ligeiramente tropical, como uma manga madura. O de Darcy era inebriante, mas não como uma flor ou uma fruta, mais como a brisa noturna do mar, e algo quase enfumaçado. Sam ainda tinha a doçura, mas estava mais para capim fresco.

— O caminhão de mudança vem às nove da manhã — disse John. — Os dois carros estão carregados. Estaremos em Oneonta com o pôr-do-sol.

— Quem leva o cão? — eu perguntei.

John parou.

— Ela é imatura demais para o canil; eles me recusaram. Você está se oferecendo?

As crianças me olharam.

— Ela cava muito bem — disse Darcy.

— Você poderia lidar com ela por uma noite? — perguntou John.

— Claro — eu disse, sem jamais ter passado nem dez minutos sozinha com um cachorro.

John disse que a traria pela manhã, com todos os seus apetrechos, e a pegaria no dia seguinte.

— Ótimo — eu disse.

Eu estava desesperada para abraçar minha menininha, mas ela estava rija ao lado do pai.

— Ela é uma boa cadela — disse Darcy. — Suas orelhas são sedosas e ela tem um cheiro bom, um cheirinho bom canino.

— Ela gosta de correr atrás de varetas — disse Sam.

Eu os observei se afastando, descendo o caminho de tijolinhos. Darcy segurava a manga de Sam.

Entrei no quarto de Darcy e sentei no chão, no meio de todas as suas coisas de menininha, até que a parede cheirosa me pôs para fora.

CÃO

Às sete da manhã, em ponto, a campainha tocou. Eu ainda estava de pijama; o meu pijama secular de flanela marrom, que minha mãe me mandara quando eu estava na faculdade, presumivelmente para me manter casta.

John estava lá fora com o cão imenso. As crianças não estavam com ele, o que significava que deviam estar em Oneonta. Tentei não imaginá-los com Irene, curvados sobre as vasilhas de cereal e leite desnatado.

Ele arrastou a criatura imensa porta adentro, trazendo um saco de comida seca e uma vasilha do tamanho de uma bacia.

— Ela não é muito esperta — disse ele, como se eu fosse achar confortante o bicho não ser mais inteligente que eu. — Dê-lhe somente a comida seca, nada de restos da mesa. Passeie com ela duas vezes por dia — ele me entregou uma coleira. — Pelo menos 800 m.

— Ela vai fugir se eu a deixar sem coleira? — eu perguntei.

— Não descubra.

Fechei a porta atrás dele, desejando que ele estivesse a caminho de Petaluma, ou Dubai, ou do Inferno. Eu não conseguia lembrar a última vez que fizemos sexo, nem de vez alguma. Era a tela vazia protetora da memória bloqueada. Às vezes, eu adorava meu cérebro.

Eu queria entrar na cozinha e tomar café, mas o maldito cachorro estava sentado no meu chinelo, achatando meus metatarsos.

— Cão — eu disse, firmemente —, saia. — Ela suspirou e recostou em minha perna, com seu peso quase rompendo um ligamento do meu tornozelo.

Enquanto eu estava imobilizada, identidades diferentes de café da manhã passavam pela minha cabeça. Talvez eu fosse uma pessoa do tipo frutas fatiadas com iogurte e aveia. Improvável.

A cadela finalmente ergueu seu peso para uma posição inclinada, soltando meu pé.

Fiz uma torrada para cada uma de nós. Coloquei minha parca e minhas luvas e prendi sua coleira. Usando a torrada como isca, eu a fiz levantar e a levei lá para fora comigo para esperar pelo Bill. As nuvens estavam mais baixas que o habitual. Sentei na mesa de piquenique. A cachorra fungava o chão, ao redor dos meus pés, em busca de farelos de torrada.

Ela era o maior cão que eu já vira de perto, manchada de preto e branco, como uma vaca Holstein. Pousei a mão no alto de sua cabeça, longe das mandíbulas babadas. Ela fechou seus olhos caninos de bordas rosadas. Pensei em Darcy beijando seu focinho horrível e Sam arremessando-lhe uma vareta. Afaguei alegremente sua cabeça manchada. "Isso era o que gente solitária devia fazer", pensei, "arranjar um bicho de estimação".

Não fiquei tentada. Ainda assim, o pelo curto era macio e morno, e as orelhas moles, com veias saltadas, tinham um apelo acetinado. O fato de meus filhos adorarem esse monstro dava-lhe um lugar em minha vida. A cadela era recebedora, portadora do amor deles.

Flocos de neve começaram a cair das nuvens baixas quando o caminhão de Bill encostou. Margie desceu, segurando meu pacote de cartas. Ela virou-se e acenou para Bill, mandando um beijo.

— Volto a pé para casa! — ela gritou.

— Ei, Margie, estou feliz em vê-la!

— Ando por aí com o Bill, às vezes. É contra as regras, mas ninguém realmente liga. — Margie estava usando botas de cano alto e um traje perfeitamente equilibrado; não elegante demais nem comum demais. Sob sua jaqueta de carneiro, a camisa estava para dentro da calça, um visual que poucas mulheres americanas arriscavam.

Margie lançou o saco de correspondência na mesa de piquenique e sentou-se ao meu lado, com as pernas compridas cruzadas nos tornozelos. Ela ignorou totalmente o cachorro de mais de cinquenta quilos. Gostava de gatos. Caía mais neve. Margie olhou ao redor do meu quintal.

— Tem um bom espaço para brincar — disse ela, com um tom ansioso na voz. — Seus filhos gostam?

Eu não conseguia olhar para ela.

— O pai deles se mudou para Oneonta, hoje. Só os terei de volta em duas semanas.

— Como consegue suportar isso?

— Não consigo.

— Por que não briga por seus filhos? Não entendo isso em você. Deixar um homem é uma coisa, mas como pode perder seus filhos?

Eu não sabia responder a essa pergunta. Era exatamente o que eu me perguntava todo santo dia, toda manhã e toda noite da minha vida infeliz.

— Do que precisa para tê-los de volta? Dinheiro? Quanto?

— Não consigo ganhar de John. Ele tem um plano para tudo. Além disso, ele conhece todo mundo da cidade. Todos o adoram. Eu perdi na corte, na frente de todos eles. O julgamento foi contra mim, e nada da minha vida mudou. Se eu brigasse com ele agora, perderia novamente.

— Mas você é mãe deles, pelo amor de Deus!

Eu encarava a grama congelada.

— Eu os quero de volta, desesperadamente — eu disse às botas de Margie.

Ela se levantou.

— Então, consiga-os de volta. Faça seu próprio plano e o siga. Não viva de esperança.

A última palavra caiu como uma pedrada. Ela estava errada. Eu não tinha esperança.

— Arranje um advogado, um psicólogo, porra; arranje um boneco de vodu! — Margie parecia aborrecida. Eu não sabia se era comigo ou com as circunstâncias. Ela saiu andando, gritando por cima do ombro: — Eles deveriam estar aqui com você, pegando os flocos de neve!

Olhando-a partir, eu pensei em como meu pai sempre sabia o que fazer. Não sei como ele fazia isso, mas sempre conseguia se livrar das coisas ruins. Com quatro ou cinco palavras, ele as fazia sair voando. Meu pai era um mestre Zen na arte de deixar pra lá. No fim, ele deixou o mundo todo pra lá. O mundo talvez continuasse na mesma órbita de quando ele ainda estava vivo, ou talvez estivesse perdendo o prumo, não dava pra saber.

Sentei-me na mesa fria de piquenique, sentindo falta dele. A perda parecia mais aguda antes de dormir ou no instante em que eu acordava, de manhã, quando eu novamente tinha que dizer a mim mesma que ele se fora.

Mesmo sabendo que era uma má ideia, resolvi ligar pra minha mãe. Eu disse a Matilda que ficasse quieta e trouxe o telefone para o quintal congelado. Em vez de dizer alô, minha mãe perguntou, desconfiada:

— Quem está *falando*?

Eu expliquei que era sua única filha. Como eu raramente ligava, tentei perdoá-la por não me reconhecer. Além disso, ela estava no inferno matrimonial.

Escutei o sinal do micro-ondas e o som de mastigação.

— Cachorro-quente de peru — murmurou ela. — Sem pão, ketchup sem carboidrato à vontade. — Ela estava na quarta semana da dieta de Atkins e reclamou que não podia nem olhar um biscoito.

— Que tamanho é o seu vestido de noiva, mãe? — Ela vestia perfeitamente 38.

— É 34. Achei que seria um bom número para começar, já que o casamento engorda as pessoas.

— Não a fez engordar antes — eu frisei.

— Bem, isso foi porque eu tinha o seu pai, mas agora ele se foi. — Escutei uma engolida que podia ser um soluço de choro ou uma bola de carne descendo a garganta.

Ela apresentou esse tipo de lógica tonta durante toda minha vida. Eu não era tola de forçar para saber o verdadeiro significado.

Contei que John tinha se mudado com as crianças para Oneonta.

— Eles virão para o casamento?

Mesmo sabendo da capacidade da minha mãe de ignorar a realidade, eu fiquei perplexa.

— Mãe, meus filhos se mudaram para um lugar que fica a duas horas de mim. Nem estamos mais no mesmo município.

— Eu lamento, meu bem.

— Não paro de pensar no que meu pai faria — eu disse. — O que o papai faria?

— Ele os pegaria de volta. Seu pai não temia ninguém. Ele poderia falar com qualquer homem do mundo. Ele poderia falar com *Osama* bin Laden — frisou ela, como se houvesse outro bin Laden mais sociável. — E ele nunca perdia tempo.

Isso foi uma censura. E também era verdade. Minha mãe acreditava que eu era extremamente preguiçosa. Ao longo da minha infância, ela criticava quando eu sentava junto à janela, memorizando meus livros. Ela não achava que eu deveria me tornar alguém melhor, apenas me esforçar mais, fazer uma aula de sapateado.

— Você tem quase quarenta anos, Barb. Seu pai se foi. Seu pai era destemido e ele podia consertar qualquer situação ruim. Ele dava um jeito. Ele jamais perderia a família dele. — Ela estava certa. Mas nada útil. Eu ainda não sabia o que fazer.

Depois de desligar, descobri que fiz um desenho na neve sobre a mesa de piquenique, com uma vareta. Três figuras em gravetos: a mais alta era eu, Darcy num vestido de triângulo, Sam parecendo um pequeno boneco de neve. Eu havia desenhado o sol em cima, com raios, exatamente como costumava fazer no primário, e, embaixo de nossos pés, rabisquei o convés de um barco. A parte de baixo do barco parecia flutuar na neve.

Eu não precisava da *Psychology Now* para apontar o óbvio do meu subconsciente. Ali estava eu: fazendo uma arca, pelo amor de Deus, em vez de um plano. Um maldito barco à deriva no Ártico, sem bússola. Eu era patética e imbecil, e, pela primeira vez, em vez de ficar com raiva de John, fiquei absolutamente furiosa comigo. Como pude deixar que isso acontecesse? Como eu podia sequer fingir ser filha do meu pai?

A menos que a arca fosse o livro de Nabokov. Talvez *Babe Ruth* fosse a saída: dinheiro, talvez até legitimidade, um barco para me levar para fora dessa bagunça medonha de custódia, para longe de Onkwedo, de vez.

A PORTA AZUL

Eu não suportaria outra viagem no ônibus moroso, então, depois que John pegou seu cachorro (fiquei escondida na cozinha, fingindo estar ao telefone, para que eu não fizesse nada que pudesse me pôr de volta no xadrez), peguei meu carro moribundo e segui para a cidade de Nova York. Estacionei em Newark e peguei o trem até Manhattan. Essa era a beleza do meu carro; eu podia deixá-lo em qualquer lugar que ninguém mexia. Ser indesejado o tornava invisível.

Após a jornada sozinha em meu automóvel, o metrô foi um alívio. Sentada no banco duro de um vagão, atravessando a cidade, eu estava cercada de gente. Algumas pessoas liam livros, outras pensavam, outras se beijavam, algumas dormiam. Diferentes corpos, rostos, escolhas de roupas – era maravilhoso ser lembrada de que havia uma variedade tão grande entre nós aqui na Terra.

Como sempre, todo mundo parecia estar indo a algum lugar, e agora eu também estava. Dei uma caprichada para a reunião, engraxei meus sapatos que rangiam e tentei fazer meus cabelos se comportarem. O suéter de Margie pinicava demais para vestir, mas eu imitei seu visual com a mesma cor e texturas diferentes: berinjela felpuda, berinjela lisa, berinjela brilhosa, recolhendo as peças dos restos do meu guarda-roupa. Não consegui decidir se o efeito era "artístico-estético" ou "professor dementado". Eu trouxera minha própria versão digitada do manuscrito. Estava feliz em ter negócios ali, negócios de verdade, negócios importantes. Encontrei um tesouro e os especialistas que poderiam analisá-lo melhor, que saberiam seu valor real, estavam prontos para me receber.

O lobby fervilhava de gente bem hidratada, começando o dia de trabalho apressadamente, todo mundo fortificado com Ritalin e Xanax, expresso duplo, meditação, preces, yoga e *tae bo*, e barrinhas de proteína. Todo mundo de preto. Recebi um crachá com meu nome e fui mandada ao trigésimo segundo andar.

Max me encontrou quando eu saí do elevador. Ele usava outro blazer enorme. Explicou que seu chefe estava na corte, mas que ele, Max, estaria comigo na reunião com a Sotheby's e o pessoal da TVQ.

A sala de reunião cheirava a carne de almoço. Quatro pessoas se levantaram para me cumprimentar e se plantaram novamente ao redor da mesa – um homem com uma testa que parecia um capô e três mulheres. Fiquei pensando qual delas seria da Sotheby's. Os sorrisos eram sinistramente ternos, como se fôssemos velhas amigas.

— Primeiro, nós queremos que você saiba o que fazemos — disse a mais baixa. Imaginei que ela fosse a pessoa da TVQ.

Assistimos a um DVD corporativo numa tela plana montada na parede. Eram clipes de programas televisivos de entrevistas, com diferentes convidados que eles conseguiram arranjar, todos parecendo suaves e perfeitos. A música era alta. Quando terminou, alguém disse:

— Excelente, não é? — Outra pessoa concordou, antes que eu tivesse a chance de responder.

Eu não queria que eles soubessem que eu nunca tinha visto aqueles programas e não sabia quem eram aquelas pessoas. E mesmo que eu soubesse quem eram, não sairia correndo para comprar uma televisão para assisti-las. O anestesiante som alto do vídeo se misturou ao cheiro de carne e me deixou tonta.

Houve uma pausa quando elas se alinharam de frente para mim. Uma mulher alta disse:

— Conte-nos sobre a descoberta do livro.

Comecei com a coleção de bolsas de Darcy. Vi que elas estavam pensando, tentando lembrar se seus filhos tinham hábitos estranhos; ou se tinham filhos, e a babá os teria levado de volta com ela para o Tibet.

O testa de capô fez uma moldura com as mãos, como se estivesse me olhando através da lente de uma câmera.

— TV, sim? — ele perguntou às colegas.

A mulher mais alta, que provavelmente era a representante da Sotheby's, falou comigo lentamente.

— Pode nos contar como se sentiu quando o achou?

Comecei a explicar que primeiro li de joelhos o assombro da escrita de Nabokov.

— Fabuloso! — ela interrompeu. — Mas que história fascinante! — Ela esticou a mão em direção à sua bolsa de trabalho e tirou a pilha de cartões pautados, embrulhada em papel lignina. — Na melhor das hipóteses, talvez seja um artefato para uma coleção de biblioteca, talvez sob a categoria de mistérios literários ou trabalho não reivindicado. Mas chegamos à conclusão de que seus cartões não foram escritos pela mão de Vladimir Nabokov. — Ela disse o nome dele como se estivesse soltando algo do fundo da garganta. O testa de capô assumiu.

— Todos nós concordamos quanto a isso. — Ele sorriu olhando ao redor da mesa, como se isso fosse algo raro e bom. — Estamos prontos para emitir uma declaração juramentada de que o livro foi encontrado na casa onde ele um dia viveu. — Ele me olhou radiante, como se tivesse descoberto a América. — Estamos pensando que a verdadeira história está no achado. É perfeito para um *reality-show* televisivo: mulher de cidadezinha deposita suas esperanças num astro. Bem narrável. Muito interesse humano. É a antítese da história do ganhador de loteria.

— Mas eu não sou a história. O livro em si é a história — eu disse.

— Pense a respeito — disse ele. — Você decididamente ganharia seus quinze minutos de fama. — Todos se levantaram. A mulher alta da Sotheby's me entregou as pilhas de cartões nos lenços de papel. Eu cuidadosamente os coloquei em minha bolsa. A baixinha me beijou no rosto e o homem apertou minha mão tão ternamente que senti o calor chegando ao meu peito.

— Foi maravilhoso conhecê-la — disse ele. — Max, mostre à Srta. Barrett a saída dessa confusão. — Fiquei imaginando se Max seria seu verdadeiro nome ou se a firma insista em algo monossílabo.

Enquanto eu seguia Max pelos corredores, pegando dois elevadores para chegar ao lobby, meus dedos descobriram um cartão de visita. O testa de capô deve tê-lo entregue. Num papel grosso e sedoso estava impresso "Nancy Cohen, Consultora de Imagem". Isso entregava: eu tinha sido reprovada na TVQ.

Max não dissera nada na reunião. Nós ficamos em pé, do lado de fora de uma imensa planta ornamental corporativa.

— Eu li *Lolita* na faculdade — ele disse, agora. — Mas que mente doente aquele homem tinha! Muito à frente de seu tempo. — Ele soava cheio de admiração.

— E se eles estiverem errados? — Eu plantei o cartão de visita nos cascalhos de madeira que cercavam a planta.

— Os especialistas têm a última palavra a respeito. Se dizem que é não real, não há como você fazer coisa alguma com isso. — Ele sacudiu os ombros dentro de seu imenso blazer. — Eu gostei de ler *Babe Ruth*. Bem doente, mesmo com a cena de ação que falta. — Ele virou-se para partir.

— Max — eu chamei, bem na hora em que ele estava pegando o elevador especial para assistentes e carteiros. Ele voltou até mim como se estivesse numa trilha. — Há uma termas famosa nessa rua. Você sabe onde é?

Max nem piscou.

— Oito portas adiante, deste lado.

— Obrigada. Posso perguntar mais uma coisa?

— Claro.

— O que é uma termas?

— Prostituição. O grande negócio da hora do almoço. Umazinha no almoço. — Ele deu meia-volta e foi embora, planando.

Eu estava de volta às ruas da cidade que não precisava de mim. Acharam que eu fosse uma farsante ou que estava querendo chamar atenção. Mas que coisa ridícula, hein? A última coisa que eu queria era atenção.

E quanto a Nabokov? Agora ninguém saberia o quanto ele tinha se dedicado a esse livro e como era maravilhoso.

Minha solução a curto prazo era um croissant de chocolate, e eu encontrei um na loja da esquina, provavelmente feito por uma fábrica, com conservantes na massa para aumentar sua vida na prateleira, um salto para a morte na pirâmide dos doces depois da perfeição do croissant de Pierre, da Ceci-Cela.

E agora? Havia um croissant ruim em meu futuro imediato, porém, depois disso, muito horizonte vazio. Entrar em minha lata velha, dirigir de volta ao norte do estado, onde eu não conhecia quase ninguém e poucas pessoas gostavam de mim, com a possível exceção de Margie? Ir sentar no chão de Margie e chorar para ela que eu tinha perdido meus filhos, o manuscrito não tinha valor algum e o pagamento da minha hipoteca estava chegando? Não.

Era quase meio-dia. Recostei-me num prédio e tirei a embalagem plástica do croissant. Dei uma mordida. Não estava dormido, mas só porque nunca foi fresco. As pessoas passavam por mim, apressadas, na calçada, a caminho de comidas bem melhores. Do outro lado da rua, havia um prédio com aparência bem quieta, de tijolinhos marrons, oito portas depois do escritório de advocacia.

Não tinha porteiro, apenas um teclado do lado de fora. As janelas eram emolduradas com um aço azul e combinavam com a porta da frente, um belo tom de azul-esverdeado. Era de bom gosto e discreto, principalmente para uma casa de prostituição.

Minha bolsa de couro pesava no ombro. John a comprara pra mim, na Dooney & Burke, quando eu estava grávida de Darcy. Custou quatrocentos dólares. Ele estava tentando me fazer parecer mais profissional. A bolsa era absurdamente pesada, mas fazia parecer que eu estava indo a algum lugar importante.

Mastigando meu desagradável *croissant au chocolat*, eu observei a porta azul da termas. O equilíbrio da massa delicada e do chocolate ligeiramente amargo estava totalmente ausente; em vez disso, havia um grude doce de uma textura só. Comi, mesmo assim.

Enquanto eu fazia hora, um homem foi até a porta, carregando o mesmo modelo de bolsa profissional que a minha. Combinava com seus sapatos – "Mostarda Mel" era o nome da cor no catálogo. Ele parecia feliz. Nas minhas cinco horas na cidade, ele foi a única pessoa que parecia realmente feliz.

Presumi que ele devia estar indo atrás de uma surra. Embora estivesse andando em frente, ele tinha um jeito de andar que dizia "exibindo a minha bunda".

Lá onde eu morava, ele poderia conseguir uma surra grátis, mas na cidade tudo tinha a ver com contratos e propriedades. Eu o observei apertando os botões no teclado. A porta azul de aço apitou e o prédio marrom o engoliu, com seus mocassins mostarda mel e tudo.

Meio-dia e dez, a mulher da Sotheby's, da reunião, parou diante da porta azul para ajustar a sapatilha de couro. Quando ela se curvou, sua bolsa de couro caiu à frente e bateu em sua cabeça. Também era a mesma bolsa profissional da Dooney & Burke, só que a dela era a "Obsidian". As bolsas volumosas e caras, pesadas quando vazias, habitavam o quarteirão todo. Eles podiam renomear a rua como Leste Rua Quarenta e Oito Dooney & Burke Lane. Ela se endireitou, com uma das mãos na testa, e seguiu acelerando de volta à Sotheby's, para arruinar a vida de outro. Junto à porta azul, mais dois clientes elegantes estavam interpretando algo do tipo "Você primeiro, Alfonse". Nenhum dos dois querendo seguir o outro rumo à casa de má reputação.

Às 13h59, eu tinha contado trinta e seis pessoas entrando no prédio, a maioria de terno ou sobretudos da Burberry. A maioria saiu com cara de contente, tranquila, seguindo de volta ao trabalho ou reuniões com outras pessoas importantes. Eu desconfiei que houvesse uma porta dos fundos, porque não vi mulheres chegando ou saindo.

Fazia tempo que eu tinha terminado o croissant, mas eu lambi os dedos e comi os farelos da embalagem do doce vagabundo, quase mastigando o plástico. Paixão. Propósito.

MODELO

Dirigindo para o norte, passando pelas colinas escuras e frias e me distanciando de Nova York, tive a sensação de que eu estava deixando a própria vida para trás, deixando a paixão e o propósito, deixando toda a ligação com um Nabokov real. Meu tesouro descoberto se tornara uma pilha inconsequente de cartões.

Em minha mente, eu puxei um deles. Às vezes, ele escrevia tão rápido que nem colocava os pingos nos "is". Ele ia a lugares. Esse era um dos elementos da paixão: urgência. Ele não tinha tempo para complacência, tédio. Essa não era uma marca garantida do gênio?

Parei para levantar a capota, tremendo, com minhas roupas da cidade, e despejei um quarto de óleo da embalagem que eu tinha no porta-malas. Pensei em meu primo, tão impetuoso. Para ele, o tédio tinha de ser evitado a qualquer custo. Quando estávamos viajando juntos pela estrada, independentemente de nossa destinação, sempre íamos parar na água. Quando meu primo ficava entediado de dirigir, ele virava à esquerda. Não era um ato consciente, ele simplesmente seguia um caminho diferente. Tinha destreza em fazer com que nos perdêssemos, mas encontrávamos um lugar para nadar. Às vezes, era o ancoradouro de algum rico, e meu primo dizia: "Ninguém é dono da água".

Ele vivia pela paixão. Estava sempre com tanta pressa de chegar ao próximo lugar que nunca se preocupou com meias, usando sandálias ou sapatos náuticos mesmo no inverno e sua jaqueta leve, sempre esvoaçante e aberta. Sua mente o mantinha aquecido. Ele namorou todas as amigas louras que eu tinha. Gostou de todas. Nem se importou com a tal atriz/atroz; dizia que ela era revigorante.

Encostei na entrada da garagem e fiquei sentada, olhando a minha porta. No meio de outra noite tranquilíssima de Onkwedo, eu não queria entrar novamente em casa, sem meus filhos. Por um instante, pensei na garagem arejada, imaginando se seria abafada o suficiente para um suicídio por envenenamento de gás carbônico. "Cale a boca!", eu disse ao meu cérebro. "Arme um plano". Além disso, eu estava quase sem gasolina.

Lá dentro, eu soltei a bolsa profissional Dooney & Burke e tirei os sapatos. Esquentei um pouco de leite. Desembrulhei os cartões pautados e comecei a lê-los novamente. Havia tanta paixão em *Babe Ruth*, nos personagens, que queriam algo desesperadamente, e nas palavras em si. Não de uma forma constrangedora; apenas palavras lindas de morrer, ou horrendas, ou hilárias, vorazes em suas individualidades, como se só pertencessem ao autor e ao leitor. Cada frase era uma arrancada para longe do tédio.

Por que Nabokov não teria escrito o livro? Mas, por que o *teria* escrito? Talvez Vera e Vladimir fossem solitários nessa casa, tendo partido da Europa, deixando para trás todos os seus amigos escritores e artistas. Talvez isso o tivesse conduzido a Babe Ruth como um assunto, uma forma de pensar sobre a América ou sobre a fama. Gente solitária pensa muito em celebridades – outro fato deixado da *Psychology Now* –, embora eu não pensasse; eu pensava em gente morta.

Se ao menos ele tivesse deixado algo que indicasse que havia escrito ali, mas autores famosos não escrevem as histórias domésticas de suas vidas: *Vera me fez um ovo exatamente do jeito que eu gosto, depois eu abasteci a lavadora de louça, qualquer coisa para evitar voltar ao* Babe. Ou, a versão dela: *Hoje eu fiz sanduíches de queijo quente e Vladimir limpou os banheiros. Escondi seu último trabalho para que ele não o destruísse. O livro de* baseball *é muito frustrante para meu marido.*

Dane-se o pessoal da TVQ e suas ideias estúpidas sobre o que interessa aos humanos! Dane-se a Sotheby's e sua descrença! Por que acham que sabem tanto? Eu estava furiosa com eles, por fazerem dessa jornada um beco sem saída.

A metade da vida tinha dessas coisas. Se você tem vinte anos, pensa: "Certamente vou a algum lugar", e, mais tarde – como agora –, você pensa: "Neca".

Fui para a cama. Deitada ali, sozinha, passei as mãos pelo meu corpo, imaginando como um amante poderia me sentir: ossos, extensão de pele, alguma musculatura ou tendão, os locais molinhos. Fiquei deitada pensando em como era estranho envelhecer. Logo quando o corpo ficava mais sábio e esperto, ele se tornava irrelevante.

Pela manhã, eu liguei para Margie. Max devia tê-la informado, porque ela estava sendo muito gentil comigo.

— Foi um tiro no escuro, Barb.

Não sei por que todos sabiam disso, menos eu.

— Você ainda está pensando em tentar vender *Babe Ruth* por seus próprios méritos, como um romance?

Margie disse que duvidava que fosse me render uma quantia de dinheiro que mudasse minha vida. Nós duas sabíamos o que ela queria dizer com "mudasse minha vida".

— E quanto à cena ausente? — eu perguntei a ela.

— Você é escritora. Poderia produzir isso.

Não sei como Margie interpretava minha escrita em "Obrigada por sua carta referente à quantidade de manteiga..." para daí falsificar Nabokov, então, fiquei em silêncio.

— Você gosta de esportes?

Isso era outra coisa sobre mim que eu tentava não dizer às pessoas. Eu gostava de gente que gostava de esportes, assim como gostava de gente que gostava de animais de estimação. Mas eu nunca entendi essa gente. Era melhor ficar quieta sobre essas minhas facetas sombrias, mas eu não podia mentir para Margie.

— Na verdade, não — eu disse.

— Quero que você conheça Rudy. Ele é um velho amigo e treinador na Waindell. Colocou o time numa forma incrível. Rudy consegue fazer qualquer um gostar de esportes. Direi a ele para te ligar. Não é um encontro romântico, mas pode vir a ser. Vista algo decente, pelo amor de Deus.

— Obrigada — eu disse, mas Margie já tinha desligado, me deixando a pensar sobre conhecer pessoas e me vestir decentemente. Em vez disso, voltei a pensar nas pessoas cuja falta eu sentiria eternamente.

Já no fim da vida do meu primo, quando ele podia suportar minha companhia, eu me sentava ao lado de sua cama, no hospital elegante, e conversava sobre o que ele quisesse. Ele disse que gostaria de ter tido filhos, que provavelmente tinha perdido a melhor parte da vida. Perguntou se eu ia me casar com John. Quando eu disse que não sabia – eu também não sabia que estava grávida de Sam –, meu primo disse: "Tedioso demais?". Gente moribunda pode dizer essas coisas. O que tem a perder?

Depois, ele me disse para pegar todas as meias que a mãe havia tricotado para ele. Elas estavam empilhadas na janela de seu quarto de hospital, ao lado de seus livros. As meias eram cinza e marrom, feitas da mais macia lã de alpaca.

— Tire-as daqui — pediu ele. — Como se eu precisasse de roupa nova.

Essa foi nossa despedida.

Uma semana depois, eu recebi a ligação de que ele estava morto. Fui de carro até o ancoradouro de seu barco e sentei no deque, embaixo do tilintar do mastro. O balanço não me consolou, mas o movimento de um lado para o outro era o ideal para cair em prantos. Usei a chave reserva que ficava embaixo da churrasqueira para abrir a cabine e juntei os livros de capa mole. Alguns eram em inglês; outros, em línguas diversas. Tranquei a cabine e coloquei a chave de volta no esconderijo. Peguei os livros e não disse a ninguém. Eu não tinha a cabeça boa do meu primo nem seu voraz apreço pela vida, mas talvez tivesse mais tempo que ele para ler.

Sacudi a cabeça para voltar ao presente. Sim, ler. Das prateleiras, eu peguei a edição de *Fogo Pálido* do meu primo. Talvez eu pudesse fazer um tipo de modelo da escrita de Nabokov, alguns parâmetros, para me ajudar. Eu sabia que precisava visualizar a ação para escrever a cena de *baseball*, então, recolhi oito dos bonequinhos de plástico do meu filho e os arrumei sobre a mesa. Não havia jogador suficiente, portanto, a Barbie teve que ficar no lançamento. Ela estava nua, como sempre fica pela casa, e com um braço faltando. "Deve haver lançadores canhotos", eu pensei. Comecei uma lista de perguntas para fazer a Rudy, o especialista esportista, se ele um dia me ligasse.

Eu me perguntei se Margie tinha me vendido como um encontro para Rudy. Fazia uma década desde a última vez que eu tinha saído para um encontro. Teria que montar um traje, puxar conversa. Porém, ainda não, porque o telefone estava totalmente mudo.

Esperar que ele tocasse enfatizava minha sensação de isolamento. Eu disse a mim mesma que esse isolamento era bom para escrever. Reli o começo do manuscrito, tomei quase um litro de chá e comi quatro torradas. Entre um e outro, trabalhei na elaboração do modelo.

Não consegui fazer um modelo a partir de *Fogo Pálido*, pelo amor de Pete, é escrito em verso. Tentei *Ada*. Resultou no seguinte: adjetivo, nome próprio, depois uma palavra inventada. Uma mudança de POV, verbo que tem ao menos uma conotação sexual além de seu propósito evidente na frase, algo grotesco e algo belo, um ao lado do outro. A imagem final seria algo que o faria puxar o ar, um showzinho de terror.

Isso não foi exatamente útil e não parecia nada esportivo. Ler Nabokov era como comer patê puro, sem torrada, com uma bebida de chocolate. Tentei outra tática: finja que você é a pessoa mais inteligente do mundo e conhece todas as palavras que existem. Agora, conte uma piada a você mesma. Uma piada sobre esportes.

Troquei o braço da Barbie para o outro lado. A troca fez com que seu olhar de lançadora ficasse ainda mais exótico. Fiz os homenzinhos de plástico correrem pelas bases. No que imaginei ser uma jogada apertada, um deles chegou à base final. Escrevi duas páginas de um troço horrível, usando as palavras esportivas de um dos cartões. Margie dissera que a cena precisava ter seis páginas de "entusiasmo", mas eu já tinha exaurido tudo que eu sabia sobre *baseball* e a torrada acabou.

Deitei no chão e fiquei pensando se Nabokov alguma vez sentiu-se desanimado. Imaginei se alguma vez ele teria comido toda a torrada da casa. Eu duvidava. Em *Fogo Pálido,* havia uma descrição dele observando uma nevasca da janela de uma "casa caindo aos pedaços" que eles haviam alugado. Só pode ter sido essa casa; dava pra ver a neve de onde eu estava deitada.

Eu quase o sentia ali, sem conseguir extrair nada das paredes de madeira, dos janelões de frente para a colina, e menos ainda do céu cinzento de *toujours*. Eu podia imaginar sua frustração porque a vida o jogou nesta casa simples e nesta cidade sonolenta, onde ele tinha que trabalhar num emprego desgastante, educando jovens americanos privilegiados.

O telefone tocou e eu levantei do chão. Era o Rudy. Ele parecia estar no item quinze de sua lista de tarefas, e não era nem meio-dia. Concordei em nos encontrarmos para um drinque à noitinha e assistirmos a um jogo na TV.

— É um jogo histórico — disse ele. Mas eu estava pensando na parte dos drinques. Cerveja é uma bebida masculina e eu decidi tomar uma Coca. Pedir uma Coca significaria que eu não era uma pessoa exigente. Isso, é claro, era mentira.

— Esteja pronta quando eu chegar — disse Rudy, e desligou.

Droga, agora eu tinha que lidar com a roupa. A Calça, é claro, e um conjunto de suéter claro. Homens de mais idade gostam de verde, eu me lembrei, do meu antigo emprego.

Encontrei um batom rosa enfornado na bolsinha rosa de Darcy. Roubei de volta.

Durante a noite, eu pediria a Rudy que me explicasse o drama do *baseball*, o sentido do jogo, se chegássemos a esse ponto de entrosamento.

Nabby não tinha esses recursos.

Se Rudy conseguisse tornar o *baseball* dramático para mim e eu conseguisse transferir isso para o papel, talvez houvesse esperança de que o trabalho chegasse aos leitores.

Deitada em cima do conjunto de suéter verde, senti essa esperança. Era uma sensação desconhecida, porém, boa.

Antes do encontro, tive tempo para terminar de reler o romance todo. Era lindo. O buraco esportivo era um problema, já que ocorria num ponto crucial, mas Nabokov, ou quem quer que fosse, fazia com que as palavras voassem em sua mente. Tem que haver um lugar para esse livro no mundo. Então, estava eu ali, com uma ótima agente, Margie, que conhecia simplesmente todo mundo e sabia como chegar até eles – em parte, por conta do trabalho do marido. Talvez, tudo que eu precisasse era que Rudy me ajudasse a trazer o drama para aqueles homens de uniforme. Ele vinha me buscar às cinco e meia, em seu Miata – Por que ele teve que me dizer a marca de seu carro? Eu tive a sensação implausível de que tudo daria certo.

Enquanto me vestia, eu disse a mim mesma que, com Rudy, eu tinha que prestar atenção, fazer anotações. Enfiei os homenzinhos de plástico na bolsa, caso eles fossem necessários para ilustrar as jogadas. Barbie ficou em casa.

HAPPY HOUR

Às cinco e meia, Rudy buzinou, me chamando. Ele se esticou e abriu a porta do passageiro para que eu entrasse. Não dava para saber sua altura ou qualquer coisa sobre seu corpo. Ele parecia estar vestindo uma calça preta de couro. Eu quis cheirá-lo, mas sabia que isso me prejudicaria. Eu disse a mim mesma, séria: "Quietinha, não pule".

Até chegarmos ao bar, eu ouvi muita coisa que não guardaria sobre o Miata.

O bartender do happy hour no Hanrahan's cumprimentou Rudy pelo nome. Nos sentamos em uma mesa perto da televisão. A pele de Rudy tinha um tom quente de quem passou a vida no sol. Seus cabelos eram grisalhos. Tentei não encarar, mas percebi que eu não via um adulto de perto há muito tempo. Ele parecia tão... bem, velho.

As bebidas vinham em pares. Era isso que significava o happy hour no Hanrahan's: duas bebidas de cada, e você as recebia ao mesmo tempo. Isso intimidava: quantas Cocas gêmeas eu conseguiria beber?

Rudy parecia bem à vontade com sua calça de couro. Dava pra notar que ele não estava preocupado por comer muito salgadinho, nem por tomar muitas margaritas (por enquanto, quatro), nem se o tinha achado interessante. Um pouco antes do início do jogo, ele me perguntou o que eu mais gostava de fazer.

— Ler — eu respondi.

Acho que ele estava torcendo por algo mais ativo.

— Assista ao jogo — ele me disse. Ele apontou para a TV de tela grande, como se eu pudesse deixar de vê-la. Eu preferia olhar seu rosto. Pela intensidade de seu foco na ação que se passava na tela dava pra ver que aquilo significava algo pra ele.

Rudy começou a narrar o que estava acontecendo, quem eram os jogadores.

— *Baseball* é como cinema — explicou ele. — Um cara com um passado e um futuro e todos o assistem.

Rabisquei as anotações num guardanapo do drinque. Por um instante, achei que tinha entendido.

— Sabe, na vida, ninguém ganha ou perde, você só segue em frente. Mas lá no campo, isso fica estipulado. Fica tudo claro. — Ele me olhou. — Você não está seguindo a bola.

Ele estava certo. Eu estava observando para ver se os jogadores estavam se falando no banco. Estava imaginando se aqueles eram corpos verdadeiros ou se eles usavam enchimento por baixo do uniforme, fazendo com que seus quadris ficassem tão quadrados. Rudy tamborilava enfaticamente na mesa, me contando exatamente o que observar e por quê. Eu ouvia sua calça de couro rangendo quando ele se mexia. Escrevi as palavras que poderiam ser relevantes nos guardanapos.

Houve um intervalo no jogo de *baseball*, depois do sétimo tempo. Rudy me perguntou sobre meu trabalho. Eu disse a ele que era funcionária da Laticínios Old Daitch. Aquilo soou respeitável, eu pensei, como se eu tivesse um lugar para ir durante o dia. Esperei que ele me perguntasse sobre meu emprego, mas, aparentemente, minha vez já passara.

Rudy inclinou-se à frente para falar comigo.

— Eu adoro meu trabalho — disse ele. Pude ver que ele acreditava em si próprio, mesmo sem margaritas. — No inverno, eu superviciono o condicionamento da equipe masculina. Na primavera, estamos novamente ao ar livre. Em fevereiro, nós quebramos o gelo para remar. O frio acumula resistência.

Rudy me contou sua teoria sobre trabalho: todos que amam seu emprego têm dois campos especiais simultâneos que acompanham aquele trabalho específico. Os dois campos de Rudy eram inspirar as pessoas a fazerem o melhor e transformar a vida numa proposição de ganhar ou perder.

Embora ele não tivesse perguntado, eu também tinha encontrado uma área de trabalho que envolvia dois campos com os quais eu me sentia bem à vontade: laticínios e ser gentil com pessoas que eu jamais precisaria conhecer.

Depois do jogo, ele me levou para casa. Não dava para saber se seis margaritas prejudicavam sua direção, mas ele estava bem concentrado. Ele encostou lentamente na entrada da minha garagem e parou. Fazia muito tempo que eu não beijava ninguém. Se ele tivesse me beijado, acho que eu teria retribuído, só como experiência. Cheguei comigo mesma para ver se sentia alguma atração por ele. Em vez de uma reação erótica à proximidade de seu braço peludo, me veio uma imagem forte da vaca que havia doado a vida por aquela calça de couro barulhenta.

— Poderíamos fazer isso de novo — disse ele. — Você ainda não entende nada de *baseball*.

— Poderíamos — eu disse.

Ele se esticou para abrir a minha porta. Depois, afagou meu cotovelo levemente, como se eu fosse uma tiazinha velha.

Uma hora depois, eu ainda sentia o leve afago de Rudy em meu cotovelo. Aquilo até prometera, mas não tinha ido a lugar algum. Ficou em meu braço como um toque fantasma. Lembrou-me da menina que apertou a mão do presidente Kennedy, em Dallas, e *ainda* não tinha lavado a mão. Isso deve ter afetado o curso de sua vida. Ela nunca poderia ser uma enfermeira, por exemplo. E deve ter diminuído seus namoros.

Eu sentia falta de toque, mas recusava-me a pensar nisso.

Pendurei o conjunto de suéter, tirei a Calça e coloquei uma camiseta enorme. Enrolei um cobertor ao meu redor, sentada em minha cadeira junto ao computador da Daitch. Da minha bolsa entulhada, tirei os guardanapos, junto com o batom rosa e o time de bonequinhos de plástico. Usando as palavras de Rudy da melhor forma que podia lembrá-las, impelida por minhas anotações borradas, voltei ao meu péssimo início da cena de *baseball*.

Sentar diante da tela vazia me fez querer morrer ou sair correndo da sala, então, em vez disso, comecei a escrever no papel. Fiz o desenho de um taco. Eu sabia que precisava ser muito cuidadosa com a cena, ou não daria certo. Tentei imaginar o que significava para Babe Ruth pisar na base, acreditando nele mesmo. Por que será que ele quis jogar *baseball*? Talvez fosse por ser melhor nisso do que qualquer outra pessoa? Seria pelo fato de poder ser um ganhador e apreciar o amor da multidão? Era uma diversão gloriosa?

Eu não conseguia pensar em nada físico na minha vida que talvez fosse semelhante à sua experiência. Gostei muito de amamentar meus filhos, mas era bem diferente de ganhar um campeonato mundial. Fiz um desenho de um seio. Fiquei tentada a ligar para Rudy e pedir ajuda. Ele entendia de homens, de esportes e vitórias. Mas eu sabia que ele estaria dormindo profundamente.

Revisei os poucos fatos "não-Nabokov" que sabia sobre a vida de Babe Ruth de uma biografia que eu havia lido, em pé, na biblioteca. Soube que ele adorava mulheres e elas o adoravam. Ele era briguento e bebia destilados. Ele foi criado num lar de enjeitados depois de roubar dinheiro do pai, que era dono de um bar. Nesse lar, ele descobriu seu talento extraordinário para o *baseball*. Mais tarde, teve uma esposa que conseguia mantê-lo na linha. Ela o fazia beber cerveja, em vez de destilado. Fiz o desenho de uma caneca de cerveja. Ela fazia cheques de cinquenta dólares para ele, em vez de deixá-lo controlar o dinheiro. Ela o vestia com belos ternos. Ela viajava com o time, e quando mulheres ligavam para seu quarto de hotel, ela atendia ao telefone.

Fiquei imaginando se Darcy se casaria com alguém famoso. Eu esperava que não. Ela não parecia ser do tipo mulherzinha. Fiz o desenho de um véu de noiva. Tentei banir todos os pensamentos irrelevantes.

Peguei alguns cartões pautados em branco e tentei escrever palavras à mão, como Nabokov fazia. Eu as misturei. As palavras faziam tão pouco sentido quanto na ordem pretendida. Eu gostaria que Nabokov – ou quem quer que fosse – voltasse e terminasse o que deixou para trás. Por que isso era meu trabalho?

Preencher os vazios de um autor tão extraordinário provavelmente estava além do meu alcance. Talvez, se eu seguisse atentamente seu trabalho existente; porém, a maioria tinha menos ação do que eu precisava. *Pnin* parecia o mais pautado por ação. Eu o abri aleatoriamente e li algumas frases. Eram longas, enroladas e absolutamente impossíveis de imitar. Eu precisava de algo mais simples. Então, algo saltou de dentro de mim: *"Meio abafado", disse o atendente de braço peludo, que começou a limpar o para-brisa.*

Isso eu podia imitar: *"Meio nublado", disse o batedor de braço parrudo, indicando a estratosfera, com a pontinha do taco, ao se aproximar da base.*

Ufa! Até que não ficou terrível. "Pontinha do taco" soava meio gay, mas não faz mal. Achei outra: *Ele animadamente contornou o capô e mergulhou com seu pano pelo outro lado do para-brisa.* Certo. *Ele animadamente correu ao redor das bases e mergulhou na primeira delas pelo outro lado.*

Eu estava chegando a algum lugar. Encontrei outra, uma frase gorda, que poderia acomodar qualquer coisa, profundamente útil. Eu estava progredindo. Era hora de digitar. Ordenei os cartões e as frases falsas de *Pnin* sobre a mesa, junto com os guardanapos, a Barbie e os bonequinhos de plástico.

Eu sabia que não podia escrever a cena como de vitória ou de derrota. Eu realmente não entendia de ganhar ou perder, não no sentido esportivo, como Rudy e Babe Ruth entendiam. Então, escrevi a cena para capturar aquilo que eu me lembrava quanto a fazer amor, como risco e entrega. Eu mal conseguia me lembrar das sensações de fazer amor, mas escrevi, mesmo assim. Como uma forma de prender a atenção do leitor, usei todas as palavras estimulantes possíveis de forma subliminal. Ali, eu recorri a um artigo da *Psychology Now* que nunca havia sido publicado. Certas palavras impressas na página são totalmente eróticas para mulheres, dizia o estudo. Algumas são óbvias, como "prazer" e "*peignoir*", mas outras não. Para os homens, "duro", é claro, e qualquer variação em termos de pênis, mas também muitas palavras sem motivo, como "panqueca", "garagem", "metragem". Usei todas elas com todos os verbos relacionados a sexo que pude imaginar ("enfiar", "bater", "deslizar" etc.), além de cada uma das palavras de Rudy, dos guardanapos. Bati seis páginas.

Eu tinha terminado. O jogo tinha acabado. O Babe tinha ganhado. Duas das minhas maiores fraquezas tinham acabado de se encontrar: esporte e falsificação de gênio. Eu estava com uma leve camada de transpiração em meu rosto e no peito, como suor de orgasmo.

A cena não estava boa. Eu já podia até ouvir a voz da minha agente dizendo que era ruim, mas a voz dela foi um pensamento confortante. Eu poderia mandar para Margie e tocar a vida adiante.

Imprimi a cena ruim de *baseball* e coloquei num envelope, ao lado da porta da frente. Tomei um banho e fiquei embaixo do chuveiro quente, sentindo cada agulhada da água. Coloquei minha roupa mais macia e fui até a caixa de correio, na escuridão, deixar as páginas para Bill. Levantei a bandeirinha metálica da caixa e fiquei ali um pouquinho, desfrutando da noite.

O céu estava estrelado, e eu pensei em quando estive no veleiro com meu primo durante a chuva de meteoros, num mês de agosto. "O Perseid", ele me disse. Nós ficamos deitados na proa, de barriga pra cima, olhando para o alto. Eu fazia pedidos às estrelas cadentes – perder 3 kg, arranjar um emprego, namorar alguém que tenha um cheiro gostoso e seja estável –, e ele me explicava como fazer sopa de sorrel. Primeiro, faça um caldo de galinha – com um franguinho novo –, cozido com a pele da cebola para dar cor. Coe e bata quente, com punhados de sorrel picadinho, tirando a maioria dos talos. Acrescente creme. Se você não tiver creme, pode fazer a sopa mesmo assim. Seja como uma vaca adulta: coma o capim à sua frente e deixe que os bebês bebam o creme.

TINTA

De manhã, enquanto eu estava tentando achar identidades para o café da manhã – quem é a galera do cereal de trigo integral? –, John ligou. Ele estava na vizinhança e perguntou se poderia deixar o cachorro comigo, por uma noite. Quem era eu, agora? Babá do cãozinho? Ele confiava em mim com seu cão, mas não com seus filhos. Eu só disse sim porque queria ver o que ele estava aprontando, já de volta à cidade.

A campainha tocou rápido demais.

— Aqui está — disse John, me entregando uma coleira retrátil. — Isso é mais seguro pra você, já que deve ser difícil fazer com que ela te obedeça. — Ele não teve a intenção de ser escroto. Ele se achava um cara legal. Outros caras o achavam um cara legal. Irene o achava um cara legal, ou um bom partido. A cadela claramente achava que ele era Deus; ela estava recostada em sua coxa, olhando para cima, com uma adoração que ele não merecia.

Pude ver Irene por trás da janela de vidro fumê do carro esporte.

— Ficarei com ela, mas quero outro dia com Darcy e Sam.

— Barb, nós temos um acordo sobre isso. É um documento legal.

— Ótimo. Então, fique com seu cachorro. — Eu estiquei a mão com a coleira.

Ele baixou a cabeça, como se estivesse tentando se recompor.

— Por que é sempre impossível com você? — Eu sabia que não precisava responder. — Tudo bem, um dia a mais neste mês.

Eu peguei a coleira de volta.

— Aonde você vai? — eu perguntei, embora não fosse nem um pingo da minha conta.

— Terapia de casal — respondeu ele.

Isso me injuriou profundamente. Ele estava indo ouvir os sentimentos de Irene, sendo que nunca quis ouvir os meus. Peguei a coleira do cachorro e a arrastei para dentro de casa, embora ela tivesse cinco quilos a mais que eu. Ou talvez fosse o contrário.

Bati a porta.

— Estou furiosa! — eu disse a Matilda, depois que estávamos lá dentro. Ela sentou no meu pé. Sua pele enrugava toda, como se ela fosse desenhada para crescer ainda mais. Se eu acreditasse em animais antropomorfos, seu olhar me diria: "Qual é a novidade?".

Enquanto eu estava imobilizada, lembrei que não tinha nada na cozinha para combinar com minha identidade de café da manhã de pessoa do tipo *bagel* com requeijão espalhado. *Bagels* abrandam o ódio, eu me lembrei de uma antiga reportagem de capa da *Psychology Now*. Serotonina liberada pelo consumo de carboidrato alivia tanto a ansiedade quanto a raiva, mas não afeta a vergonha.

Desvencilhei meu pé achatado e coloquei a roupa de ontem – que também seria de amanhã.

Não confiando em deixar Matilda sozinha em casa, eu a coloquei no banco da frente do carro e fui até a padaria. Na janela do *drive-thru*, eu peguei meu café da manhã. Parei no estacionamento da loja de material de construção ao lado e desembrulhei meu *bagel* torrado de gergelim.

Aparentemente, no norte do estado, não se usa a expressão "espalhar", pois meu requeijão parecia uma montanha alpina no bagel. Olhei em volta, procurando o que fazer com ele, e me vi encarando os olhos castanhos opacos de Matilda. Um fio de baba aterrissou no meu joelho.

Eu não sabia se requeijão fazia mal para Bull Dinamarquês, mas raspei o excesso e ofereci a ela, num guardanapo de papel. Matilda comeu numa bocada só, com papel e tudo. Ela parecia querer o *bagel* também, então dei metade para ela. Mantive meu café bem longe de seu focinho, para ela não arranjar ideia de querer dividir.

O estacionamento estava cheio de carros. Na vitrine da loja de material de construção, havia uma pirâmide de latas de tinta, com um banner que dizia: "Tintas de Designer: Todas pela Metade do Preço".

Mulheres entravam na loja em pares e sozinhas. Saíam na mesma velocidade, parecendo decididas, arrastando latas de tinta.

Enquanto Matilda passava o focinho no para-brisa, fazendo trilhas de requeijão, eu me aventurei até a loja.

Havia um burburinho feliz ao redor do mostruário de cores. Fui até lá e peguei uma tirinha de amostra das tintas, mais para me entrosar com as outras mulheres do que por qualquer outro motivo. Os tons de azul de Benjamin Moore eram muito bonitos, sutis e elegantes. No alto da tirinha, o número 184 era exatamente o tom de azul-esverdeado da porta da termas na cidade.

Pedi uma lata de látex para pintura externa, do número 184, e esperei enquanto o vendedor misturava para mim.

— Está frio demais para pintar — frisou ele. Em Onkwedo era assim; ninguém estava ansioso para fazer uma venda. Havia um comportamento do tipo "você fica com seu dinheiro, eu fico com meus produtos, e vamos todos para casa". Era uma atitude difícil de entender no comércio.

Em casa, eu pintei um quadrado do lado de fora da porta. Ficou bom, então, eu pintei outro quadrado do lado de dentro.

Lavei meu pincel na pia e alimentei Matilda com um pouco de sua ração regular. Misturar água à comida seca de cachorro naquela bacia imensa me curou de qualquer desejo de comer pelo resto do dia.

Deitei no sofá. Matilda, tendo devorado sua comida em quatro segundos, juntou-se a mim. Ela olhava pela janela, observando os esquilos pulando nas árvores peladas. Havia praticamente uma praga de esquilos em Onkwedo, enterrando e escavando a nozes, se jogando embaixo dos carros. A respiração de Matilda fazia uma espiral de fumaça junto ao vidro da janela. Pousei uma mão em seu imenso ombro – se é que se pode considerar que cães têm ombros – e olhei pela janela, para o nada.

John me deixara esta cidade; não que eu a quisesse. Tendo as crianças partido de Onkwedo, eu não tinha motivo algum para ficar ali.

Era o exato momento do dia e da vida em que, se eu tivesse uma televisão, estaria assistindo ao canal pornô; ou ao canal de compras, canal de culinária, e bebendo meu café irlandês matinal. Talvez eu até bebericasse algo mais repulsivo, como o bartender bebia durante meu emprego de dois dias (contratada num dia e despedida no outro) como garçonete do clube de jazz: uísque com leite.

Fiquei deitada no sofá esperando que minha agente ligasse ou algo acontecesse. Tentei invocar um estado de felicidade. Movi meus músculos faciais para a posição de sorriso. Tentei me lembrar de uma piada. Pensei em pegar frutas com a boca. Passei a língua nos dentes. Minha boca dava a sensação de subutilizada.

Voltei os olhos ao quadrado azul em minha porta. Parecia perfeito, acolhedor e indiferente. Ele dizia: "Entre e você partirá enriquecido". Ele dizia: "Entre agora". Ele dizia: "Entre".

Pensei em todas as mulheres da vizinhaça pintando seus quartos, os rodapés da cozinha, o banheiro. Parecia desesperadamente injusto que, por causa da localização, essas mulheres não tivessem os grandes prazeres da vida, as paixões. Nada de croissants de chocolate feitos por um parisiense, nada de sapatos frívolos e magníficos, nada de dança pelas calçadas.

Estendi minha mente como uma rede por cima da cidade de Onkwedo, verificando as atividades das mulheres. Além da pintura, limpeza e dos lanches, meu olho mental viu uma mulher tirando o lixo. No escritório municipal, uma mulher fazia abdominais no chão, com os pés presos embaixo da cadeira da escrivaninha. Margie estava ao telefone, com um de seus lucrativos clientes autores de romance.

Ninguém em Onkwedo estava fazendo sexo. Ninguém, exceto o casal ao lado, com deficiência de fertilidade. Eles estavam prestes a fazer, com seus corpos chegando à temperatura hormonal ideal – mas teria que ser rápido, já que ambos precisavam voltar a seus empregos.

Essa visão de minhas irmãs-residentes famintas por sexo deveria me despertar compaixão, mas, em vez disso, aquilo me pareceu uma incrível oportunidade de negócio. Por que alguém não abria uma termas aqui? Por que a termas não serviria às mulheres de Onkwedo, que estavam necessitadas de prazer, de paixão? Minha boca salivou.

Sim, paixão era algo que a cidade precisava, e precisava da pior maneira. Dava para ver a morte terrível da paixão nos corredores excessivamente abastecidos de carboidrato do Mercado Amistoso Apex. Podia-se ver isso nos livros de romance que voavam das prateleiras da biblioteca, na movimentação dos limpadores de carpete, nas longas filas de carros, no lava-rápido. Paixão é uma coisa muito bagunçada, e Onkwedo estava reprimindo isso nos mínimos detalhes, eliminando sua existência.

Comecei a sentir um rio de opções – nada específico. A cidade era um bom lugar para ideias, uma ilha num rio de potencial, mas o rio de potencial flui para qualquer lugar. Eu podia sentir as possibilidades ao meu redor, prontas para serem descobertas.

Havia uma forma de me levantar novamente, conseguir meus filhos de volta e eu ia encontrá-la.

Doidona de café e cheiro de tinta, recortei umas fotos lindinhas do time estelar de Waindell, do *Onkwedo Clarion*. Havia um Sid Alguma Coisa, de cachinhos dourados, e um Jason, com cara de modelo, ambos campeões. Este é mesmo um mundo de ganhar ou perder, eu pensei; depois, lembrei que não sabia nada de ganhar nem de negócios, absolutamente nada. Na onda do café, cheguei à percepção de que não sabia nada de nada. Isso me pareceu o pensamento mais profundo do dia.

Resolvi ligar para minha agente.

Margie me disse que estava fazendo exercícios, mas que eu fosse até lá e nós poderíamos conversar enquanto ela suava.

Arrastei Matilda para fora, onde ela parou, ao lado do carro.

— Vamos a pé — eu disse, firmemente.

Na casa de Margie, eu amarrei a cachorra à caixa de correio, onde ela se deitou e instantaneamente adormeceu.

Margie estava em sua academia doméstica, no quarto extra, de calça e *collant* cinza, caneleiras cinzas, uma faixa cinza na cabeça. Ela estava fazendo supino com vinte e cinco quilos e parecia tão bem quanto a Lady Di.

— Ãhh — gemeu ela, ao empurrar a barra ao alto na última repetição da série. Ela sentou e secou o rosto com uma toalha dobrada. — Fale comigo — disse ela. — Eu respondo depois.

Descrevi a viagem à cidade e o povo patife da TVQ. Margie estava trabalhando peitoral. Desviei dos pesos de mão que vinham na direção do meu rosto.

Tentei contar-lhe sobre o fechamento da Ceci-Cela e sobre o insuperável croissant de chocolate.

— Não fale de comida — pediu ela, ofegante.

Resolvi, então, fazer uma pequena pesquisa evasiva.

— O que as mulheres fazem em Onkwedo o dia todo? — perguntei a ela. — Não as que trabalham, mas as outras. O que fazem depois que as crianças vão para a escola? Ficam limpando o tempo todo?

Margie gemeu, o que poderia ser uma afirmativa ou o esforço. Ela pousou os pesos.

— Algumas, sim — disse ela. — As malucas limpam.

— E quanto às outras? Elas cozinham?

— Ninguém mais cozinha.

— Elas fazem compras? Não há nada para comprar aqui.

Margie estava prendendo as alças das caneleiras. Ela gemeu novamente.

— Elas certamente compram um monte de romances. — Sua voz ofegava enquanto ela contava suas repetições. — Hobbies, trabalho voluntário, pedicure. — Seus músculos se retraíam com o esforço.

Isso parecia desanimador.

— Vinte e um, vinte e dois... — Ela soltou os pesos.

Perguntei se ela havia lido a cena que eu escrevi. Uma das vantagens de ser casada com um funcionário dos correios é que você logo recebe sua correspondência.

— Não é *Nabokov* — resfolegou ela —, mas tem um tchan.

Achei que agentes deveriam falar gírias atuais, mas as de Margie eram dos anos 1950.

Ela ficou em silêncio absoluto ao terminar uma série que deduzi ser para os glúteos. Tirou as caneleiras e borrifou um pouco de refresco na boca, de uma garrafinha *squeeze*.

— Vamos precisar colocar o nome de um autor. Eu estava pensando em algo forte e ligeiramente falso, tipo Lucas Shade.

Aquilo soou bem para mim. Olhei para minha amiga Margie, linda e suarenta, em sua roupa de malhação; ela sempre sabia o que fazer. Margie desdobrou uma toalha cinza e secou o suor das pálpebras.

— Vou mandar *Babe Ruth* para um ou dois editores, para saber o que acham.

— Ela continuou falando comigo, através da porta, de dentro do chuveiro. — Talvez demore um bom tempo para termos uma resposta.

Acima do som da água, ela gritou:

— Você deveria escrever outra coisa! Tente um romance!

— Não consigo — eu disse. — Estou enferrujada.

Ela surgiu com uma toalha enrolada e outra de turbante. Parecia uma moça bem alta num comercial de limpeza.

— Rudy te achou uma gracinha.

Fiquei surpresa.

— Achei que eu não fosse o tipo dele.

— Rudy sabe se dar bem com as mulheres desta cidade. Se você é um treinador da Waindell, é um príncipe na cidade. Ele sabe o que as mulheres querem e tem se ocupado em não lhes dar isso nos últimos vinte anos.

Era de se imaginar.

— Você está ótima. Com que frequência faz isso? — perguntei a ela.

— Seis dias por semana, duas vezes aos domingos.

Eu gostaria que houvesse segredos verdadeiros para se ter um corpo fabuloso, mas não há.

Margie puxou a toalha dos cabelos.

— Vou levá-la para almoçar na quarta-feira. É o dia em que eu como.

— Ótimo — eu disse, torcendo para parecer casual, como se almoçar com a minha agente não fosse o apogeu das minhas aspirações.

Lá fora, eu desamarrei Matilda e despertei-a de seu coma.

Me peguei saltitando. Saltitar era a velocidade perfeita para manter o ritmo do trote de Matilda, e isso a impedia de arrancar meu braço do corpo. Por que as pessoas não saltitam? Isso dava muito mais prazer do que correr. Darcy ainda não aprendera a saltitar; ela dava um passo e pulava, e chamava isso de saltitar, mas não era. E agora, como eu ia ensiná-la? Pensar em minha menininha desacelerou meus pés.

Matilda continuou me arrastando atrás dela, com o focinho erguido para farejar o lago congelado, abaixo de nós. Deixamos a área da vila. Os quintais cercados deram lugar à mata e a estrada mudou bruscamente de asfalto para pedrinhas. Surgiu uma placa dizendo: "Você Está Deixando Onkwedo". A mata descia pela beira do lago, seguindo seu contorno direto até a fazenda Daitch e além.

Tentei manter o ritmo de Matilda, pensando no que Margie dissera sobre as mulheres de Onkwedo. Hobbies. Trabalho voluntário. Pedicure. Rudy para namorar! E nem sequer um croissant de chocolate para iluminar o dia. A cachorra me puxava à frente, pela entrada de garagem íngreme, ansiosa para chegar até a água. A caixa de correio ao lado da entrada da garagem havia sido atropelada, provavelmente por uma máquina de remoção de neve. Parecia estar caída há muito tempo.

O caminho serpenteava, mudando de direção para acomodar o declive. Eu me esforçava para manter o equilíbrio sobre as pedrinhas soltas. Paramos numa clareira, uma área ampla de estacionamento. Através das árvores desfolhadas, via-se o perfil de um telhado.

A cachorra e eu descemos pela rampa, contornando a edificação, uma antiga estalagem, talvez para caça. Contei as janelas de dormitórios no segundo piso. Devia haver uns seis quartos lá em cima. Paramos nos degraus da frente, que levavam a uma varanda larga e ligeiramente afundada. A porta da frente estava coberta por um tapume. A estalagem parecia negligenciada, mas não abandonada.

Matilda recostou-se em mim, me forçando para baixo, na direção do lago, acessível apenas por um conjunto de degraus íngremes. Mas eu finquei o pé, olhando a construção. Mesmo com sua aparência surrada, o sol que refletia do lago dava ao local uma sensação de expectativa, como se fosse banhado por luzes de chão.

Para Matilda, nós ainda estávamos longe demais da água. A cadela me puxou pelos degraus abaixo, até uma pequena praia de pedrinhas, aninhada entre uma doca cimentada rachada e um antigo galpão náutico que parecia flutuar na água. Caminhamos pela doca, passando por cima das fissuras, nas quais a água batia. No final, em ambos os lados, havia duas argolas de ferro enferrujadas e dois conjuntos de cunhas para amarrar barcos.

Do outro lado do lago, as casas de Long Hill se aninhavam solitárias na encosta da colina. O som da água batendo na doca era suave. Matilda suspirou e deitou, como se ela soubesse seu destino final desde o começo. Sentei bem perto dela, precisando do calor de seu corpo imenso.

Eu olhei de volta para a margem íngreme do lago junto à estalagem, que ficava bem no limite municipal de Onkwedo – a reprimida e faminta por amor Onkwedo. Olhando a porta da frente, eu a vi sem o tapume, limpa e pintada. De azul-esverdeado. Em minha mente, a cor azul-claro da porta vislumbrava possibilidade. Eu podia imaginar os carros no estacionamento: os carros das mamães e os carros menores, das garotas trabalhadoras. "Reclusão", eu pensei. "Vista do lago", eu pensei. "Amplo estacionamento", eu pensei. Local ideal para uma termas.

Lambi meus lábios. Há momentos em que seu destino se desdobra à sua frente como um lençol fresquinho.

RUDY NOVAMENTE

Pousei a mão sobre o telefone, tentando criar coragem para ligar para Rudy. Fiquei imaginando se seria melhor conversar com ele sobre negócios tomando café ou drinques. Nesse momento, eu quase desisti. "Estas são as novas regras", eu disse, seriamente, a mim mesma. "Você não tem mais nada a perder". Endireitei a postura. Peguei o telefone. Inalei e soltei o ar. Liguei.

Ele atendeu assim:

— Fala.

Eu falei.

Encontrei Rudy no bar da faculdade, perto do alojamento dos barcos de corrida. Dessa vez, eu levei um caderno. O local era pouco iluminado e um telão no canto exibia desenhos animados pornográficos. Os alunos estavam sentados próximos uns dos outros na escuridão do bar. Eles pareciam estar discutindo Camus. Ninguém dava a menor bola para a tela. Betty Boop estava fazendo algo indecente ali, e eu não queria decifrar o que era. Betty Boop é horrendamente lindinha. Ela é a metamorfose de um bebê e uma vampira, desenhada para invocar a pedofilia interior.

Uísques pedidos. Eu já tinha resolvido que tomaria o que Rudy pedisse.

— Misturado — especificou ele, apontando o Johnny Walker Vermelho. Fiquei surpresa em descobrir que era muito bom.

Rudy me olhou cautelosamente.

— Você é a ex do John, não é?

— Sim, somos divorciados — eu adorava dizer isso.

— John e eu estudamos juntos. Ele costumava ganhar a feira de ciências todo ano. Como vai ele agora?

— Ótimo. Está indo muito bem — eu disse.

— Ele ainda tem aquela cabeleira?

— Sim.

— Que bela cabeleira — disse Rudy, saudoso. — Oi, Sherrie, me arranje outro — Rudy olhou agradecido para a *bartender*.

— Ela faz seu tipo? — eu perguntei.

Rudy fungou.

— Ah, sim — disse ele. — Ela faz exatamente o meu tipo. — Ele tomou um trago de seu segundo uísque.

Decidi que era hora de adiantar minha agenda. Dei uma golada em meu drinque e comecei a falar. Expliquei que estava pensando em começar um negócio. Vi seu rosto se retrair; ele achou que eu fosse lhe pedir dinheiro, e eu disse que não precisava de capital, precisava de aconselhamento. Ele relaxou um pouquinho e deu um gole em seu drinque.

— Estou na fase de planejamento — eu disse, com o álcool me dando coragem. Descrevi a ideia da termas, porém, indiretamente, deixando a parte do sexo de fora. Cheguei a falar em prazer e relaxamento, e disse que as mulheres eram as clientes e os homens os trabalhadores.

Rudy ouviu atentamente. Ele observava seu drinque, em vez do meu rosto. Era isso que os homens faziam quando queriam ouvir sua voz em busca de mentiras ou fraquezas. Era isso ou estaríamos de volta ao problema da mudança de modalidade objeto-pessoa do cérebro masculino.

Usei meu copo para bater no dele, ao longo do balcão do bar.

— Rudy — eu disse —, as mulheres desta cidade são... — eu busquei as palavras certas – carentes de atenção. — Bati meu copo no dele, com força. — Você sabe disso tão bem como todo mundo.

Ele esticou a mão para pegar o drinque e o segurou como se ele fosse sair voando.

— Qual é a melhor forma de começar um negócio em Onkwedo?

— Este é um lugar difícil para despontar; não há muito dinheiro dando sopa. — A *bartender* ergueu uma sobrancelha para mim e eu sacudi a cabeça. — Esta cidade é realmente uma empresa. Se o seu negócio não estiver ligado à Waindell, de alguma forma, será difícil decolar.

— Que tipo de negócio a Waindell apoia?

— Qualquer coisa que tenha a ver com pesquisa. A Waindell é expressiva em pesquisa.

Peguei meu caderno e coloquei sobre o balcão do bar.

— Isso é pra quê? — perguntou Rudy.

— Fazer anotações — eu disse. Peguei minha caneta e tamborilei no caderno. Rudy virou o restante de seu drinque e recebeu outro, de um *bartender* homem, sem qualquer sinal visível entre eles. Essa comunicação imperceptível é um exemplo do universo paralelo em que os homens habitam.

— Eu era um bom partido, sabe — disse Rudy.

Eu assenti.

— Namorava três ou quatro de cada vez. — Ele estava terminando seu terceiro uísque rapidamente. — Fiquei exausto. — Minha caneta estava em posição. Rudy gemeu. — Cunilíngua — disse ele. — Tão tedioso. — Dei uma olhada em volta para ver se ele estava comentando sobre o desenho animado pornô, mas, aparentemente, não.

Para ter algo a fazer, escrevi no meu caderno "cunilíngua". Para ter mais alguma coisa a fazer, dei mais um gole no meu uísque. O drinque parecia encorajar uma existência paralela. Rudy claramente estava num mundo diferente. Ele esticou a mão e puxou minha bolsa pela alça.

— E quando elas aparecem com bolsas enormes, eu sei que estou encrencado. — Ele pareceu tranquilo em ver que minha bolsa era pequena.

— Elas trazem seus próprios brinquedos sexuais — reclamou Rudy. — Isso é progresso? Eu me sinto como o cara do aspirador Hoover. — Rudy estava em seu quarto uísque.

Então, como se fôssemos dois caras no meio de uma rodada de bebidas, numa noite de sexta-feira, Rudy me contou uma longa piada sobre uma mulher fazendo sexo de meia-calça. Era tão velha que eu quis socá-lo, para trazê-lo ao século XXI. Quando ele terminou, fiquei olhando e esperei.

— Isso é uma piada — disse Rudy.

Eu me aproximei dele. Ele podia olhar o meu decote se quisesse, apesar de nós dois provavelmente termos pensado – por motivos diferentes – "Pra que se dar ao trabalho?", e eu disse:

— Rudy, é uma piada quando a outra pessoa ri.

— Você é engraçada — disse ele.

— Por quê? — dei outro gole naquele uísque fascinante.

— Você é bonitinha e tal — ele balançou a cabeça —, mas é como se fôssemos do mesmo time.

— Obrigada, eu acho. — O uísque tinha gosto da melhor coisa que já me aconteceu.

— Você não é gay, certo?

— Não. — Eu comecei a sentir calor no corpo inteiro.

— Você bem que podia usar um pouco de batom — disse Rudy, sem autoritarismo.

— Estou usando — eu disse.

— Não importa. Eu gosto de você.

— Obrigada — eu disse. — Nós dois olhamos a *bartender* bonitona. Senti o cheiro do pescoço de Rudy. Ele tinha cheiro de homem, de gente grande. Lembrei a mim mesma para não ser tão promíscua quanto a cheiro.

Rudy estava mexendo o gelo no fundo do copo, parecendo quase triste.

— Em algum momento você se pergunta o porquê de tudo isso? — ele me perguntou.

— Não — eu disse, o que era verdade.

Era hora de ir embora. Eu me sentia sóbria o bastante para dirigir de volta pra casa, e isso não ia levar a lugar algum, ou lugar algum onde eu quisesse ir. Levantei. Tirei uma nota de vinte dólares da minha bolsinha. Eu gostaria que fossem duas de dez, para que não tivesse que pagar tudo. Deixei o dinheiro no bar.

Enquanto eu engolia o restinho do meu uísque, Rudy disse:

— Contrate gente jovem. Mais ambição, mais chance de encontrar vencedores.

Em seu mundo, eu poderia ter lhe dado um beijo de boa-noite. Em meu mundo, cheirei o que restara de seus cabelos e saí pela porta.

Ao dirigir para casa, pensei no que Rudy me dissera: Onkwedo era uma cidade-empresa. Com todos os campos que a cercavam, Onkwedo era como uma plantação, com a Waindell de patrão. Se você conseguir a chancela da Waindell no projeto, provavelmente terá carta branca. E o patrão adorava ciência. Chame algo de "pesquisa" e você provavelmente terá qualquer coisa que quiser.

Essa ideia me levou até quase metade do caminho. Quando virei em minha rua, me ocorreu que eu tinha um amigo, um amigo homem, um relacionamento que eu nunca tivera na cidade depois que meu primo morreu. E uma agente também. Eu não tinha isso na cidade. Como minha primeira amiga local, Margie era espetacular. Dois amigos e uma agente. Onkwedo estava se tornando a minha cidade. Eu tinha até um cachorro de meio período. Isso alegrou meu coração.

Quando abri a porta da frente, Matilda estava dormindo no tapete. Ela talvez estivesse esperando que John voltasse, mas não tinha importância. Eu dei um beijo de uísque em sua cabeça.

BISTRÔ MOUTARDE

Minha mãe tinha me mandado um e-mail às seis da manhã:

Querida Barb,

Espero que você esteja dormindo bem. – Minha mãe achava que uma boa noite de sono resolvia tudo. E, para ela, resolvia.

As coisas vão indo muito bem para o evento – Ela não escreveu "casamento", num raro momento de tato. – *Contratei um harpista do conservatório. Não precisamos de uma banda, eu acho, mas espero que tenha um pouco de dança.* – Será que ela nunca ouviu falar em DJs? Será que ela pensava que íamos dançar ao som de Angel Stomp, à harpa? – *Nossa família inteira estará lá – nossa "família inteira"* era eu e as crianças – *e alguns médicos muito agradáveis.* – As últimas três palavras estavam em negrito. – *Só lhe peço uma coisa, e isso é para seu próprio bem: use um vestido! Ficarei feliz em levá-la para comprar um, você sabe disso.*

Com amor,

Mamãe

> *P.S. O que aconteceu com aquele vestido azul que eu mandei para sua audiência da guarda? – Ela estava se referindo a uma maravilha de primeira linha, da cor que julguei ser azul do azar, que se transformara em tapete e cortinas do apartamento de papelão da Barbie.*
>
> *P.P.S. Você experimentou colocar Sam em uma dieta com pouco carboidrato?*

Ignorando minha mãe, algo em que eu era excelente em fazer, comecei a me arrumar para almoçar com a minha agente. Logo soube o que vestir: meu novo jeans apertado – sem etiquetas –, suéter excêntrica, mas legal – Ok, suéter excêntrica e legal de Margie –, a bolsa de couro cru de Darcy e botas de camurça com franjas. Olhei no espelho e achei que estava quase bonita, precisando apenas dar um jeito nas unhas e sobrancelhas.

Quando eu estava espirrando no espelho, pinça em punho, sobrancelhas doendo e afinando, ouvi o caminhão de Bill estacionando. Misturada à minha correspondência da Laticínios, havia uma carta com seis selos. A escrita era bruta e não tinha nome. Quando abri, caiu um chumaço de cabelos escuros. Dentro do envelope havia uma folha roxa de papel de carta, na qual estava escrito: "Cortei meu kabel. DARCY".

Fiquei imaginando de que parte da cabeça de Darcy o cabelo havia sido cortado. Provavelmente, da frente e do meio, onde ela poderia ver o trabalho no espelho. Juntei o cabelo na palma da mão. Tinha facilmente uns 8 cm de comprimento. Darcy devia tê-lo cortado perto da raiz.

Mais dezesseis dias e eles estariam de volta. Até lá, eu ficaria com o cão. Aparentemente, Matilda estava muito agitada na casa nova. Era patética a forma como eu estava começando a gostar da companhia dela. Principalmente por ela continuar indiferente a mim, se oferecendo, sem entusiasmo, para que eu a coçasse ou afagasse, ávida somente por comida.

Do lado de dentro, a decoração do restaurante gritava "bistrô", com uma mão pesada: forração de madeira, espelhos ovais, Piaf sussurrando, anúncios de absinto e pôsteres de Toulouse-Lautrec nas paredes. Apesar disso, tinha um cheiro autêntico, um ponto de encontro de carne e gordura quente. Margie estava sentada diante de um prato de carpaccio – fatias de carne crua salpicadas de alcaparras e regadas a azeite de oliva. Eu pedi uma salada de chèvre e uma palavra que eu não conhecia, que acabou sendo ameixas com glacê, estranho, mas saboroso; e um *frisée*, algo que fazia cócegas em minha garganta ao descer. Era divino comer algo que eu não conhecia desde a meia-idade do produto na prateleira do mercado Apex.

Na mesa ao lado, duas mães discutiam aulas domésticas. Duas crianças estavam embaixo da mesa, fazendo algo que parecia ser uma união de fogueiras de acampamentos, com palitos de pão e talvez fósforos. Um bebê estava apoiado no ombro da mãe, de frente para nós. Ele – acho que era menino – segurava firmemente um palito de pão. Era um daqueles bebês sérios, que não piscava. Ele observava Margie, que estava enrolando as fatias finas de carne no garfo e devorando-as lindamente.

— Deixe-me colocá-la em dia quanto ao livro — disse ela, depois de comer um bocado de carne crua. Uma ameixa com glacê congelou em minha língua. Senti minha vida prestes a mudar. Tive uma visão de uma livraria espaçosa, de vidraças perfiladas com o romance perdido de Nabokov, escrito por "Lucas Shade", piscando, piscando. Vi também um galpão cheio de contêineres de livros. Vi um modesto agradecimento a mim, na última página, me indicando como a descobridora do livro.

Margie afastou seu prato, ainda pela metade. Ela olhou em volta, procurando por um cigarro que não tinha permissão de fumar.

— O primeiro editor que leu o manuscrito disse que a cena crucial de *baseball* foi escrita com toda a bravata de um anúncio pessoal — disse ela. Ela repetiu a anotação do editor: — "Essa cena afunda como o *Titanic*". – Essa foi a forma que o editor da Smith College encontrou para dizer que era uma porcaria.

O *frisée* quase me fez engasgar.

— Nesse negócio é preciso ter casca grossa — disse Margie, espetando um pedacinho de carne, sem comê-lo. Ela fez uma bola com o guardanapo e jogou na mesa. — Aguente firme. Ainda temos vários editores para ouvir.

Tentei engolir o bolo que estava entalado na minha goela.

O garçom rodeava como se tivesse acabado de aprender os primeiros--socorros de Heimlich e torcesse para colocá-los em prática. Margie começou a me contar sobre o mercado emergente dos leitores *baby boomers*, nascidos em períodos de alta taxa de natalidade, e das mulheres em relacionamentos PFE, pós-função erétil, em busca de livros de romance. Ela me disse que diversos editores estavam lançando linhas fortemente promovidas por sites, como o da Associação Americana de Aposentados e blogues de vovós, com títulos como *Amor Verdadeiro*, *Enfim* e *Sorte da Terceira Idade*. Margie me incentivou a escrever uma cena de amor para leitores mais velhos.

— É como esporte — explicou ela, gentilmente acrescentando —, só que você sabe mais sobre isso.

Eu não tinha certeza se ela estava certa.

O bebê fez um barulho para Margie e chamou sua atenção. Nós duas entortamos a cabeça para a querida pessoinha de rosto sério, condenada a uma vida de aulas domésticas e incêndio culposo. Ele estendeu o lábio superior na direção de Margie, formando um biquinho em forma de amora. Ela respondeu com um sorriso. Apontando seu palito de pão no ar, como um excêntrico maestro de orquestra, ele reuniu todos os músculos de seu rosto e sorriu de volta.

A conversa morreu entre nós conforme os comensais se viravam para observar o flerte que se desenrolava.

Fiquei com ciúme do bebê, ganhando tanta atenção da minha agente.

— Vou tentar, Margie. Eu vou.

Margie e o bebezinho fixaram os olhares. Aproveitei a oportunidade para depositar o chumaço não mastigável de *frisée* em meu guardanapo. O garçom tinha se aproximado de outra pessoa, mais propensa a um engasgo.

— Quando acha que teremos notícias desses outros editores? — eu perguntei, lembrando-a do motivo de estarmos ali.

— Um mês, talvez dois — respondeu ela, sem tirar os olhos do bebê. Nenhum dos dois piscava.

O garçom trouxe os cardápios de sobremesa. Para mim, era uma dura escolha entre *crème brûlée* e *tarte tatin*, mas eu estava mais inclinada ao *tart*. O menu de Margie estalou na mesa de mármore falso.

— Não posso fazer isso com meu corpo — disse ela. — Mas, você, vá em frente.

Então, não fui. Pousei o meu menu, corada de desejo por um doce.

— Enquanto isso, escreva aquela cena de romance — disse Margie. — Tire a cabeça do livro de *baseball*. A espera mata tudo.

— Você quer me dar algumas dicas sobre a escrita do romance? — Minha língua ainda estava na sobremesa.

Margie virou-se para mim. Deu para sentir que seu foco tinha voltado, como se finalmente estivéssemos chegando ao motivo do almoço.

— Escreva a cena da primeira vez que ela sente que o homem está ligado a ela, em que ela sabe que ele se importa com ela. Leitoras mulheres – e *todas* as leitoras são mulheres – adoram compromisso.

Eu suspirei.

— Você consegue fazer isso, Barb. — Margie sinalizou para que o garçom trouxesse a conta. — E é muito mais tolo do que você pensa. — Ela puxou um envelope grande da bolsa e o deslizou para mim sobre a mesa. — Aqui dentro tem algumas capas para os novos lançamentos. Olhe-as para encontrar inspiração. Elas lhe darão uma ideia do público-alvo. — Ela anunciou o fim do almoço. — É um trabalho fácil. Apenas siga as regras e torne-o sexy.

"Siga as regras", eu pensei. Certo.

O *frisée* havia deixado uma sensação de limpeza recente no fundo da minha garganta. Ainda querendo uma sobremesa, eu parei na Sorveteria Bear Witness para tomar um sorvete de café.

A cultura da Bear Witness era tipo uma religião baseada em laticínios que reverenciava os grandes mamíferos. A religião proibia o uso de máquinas para tirar leite das vacas. Não era exatamente Amish, mas também não era nenhuma outra coisa.

Eles tinham ao menos um segredo sujo, o único que eu sabia, que era o fato de servirem o sorvete da Laticínios Old Daitch como sendo de suas próprias "vacas de laticínios alimentadas a capim". O jovem Sr. Daitch orgulhosamente me revelara essa duplicidade. Ele não considerava isso uma mentira, apenas um marketing inteligente.

O teto alto da Bear Witness era suavemente iluminado, em respeito ao consumo tranquilo do sorvete. A restauração do prédio, uma antiga estação de trem, havia sido o trabalho da vida de alguém. Eles haviam mantido o telhado de ferro com quadrados entalhados. Os ventiladores giravam lentamente, dirigindo o calor para baixo, mantendo as poucas moscas de inverno em movimento. Luminárias pendiam por longas correntes de cobre acima das mesas. O rodapé e o piso de mármore eram absurdamente lindos. O balcão da bilheteria havia sido revestido para o serviço de milk-shake, sundae e casquinhas. A Bear Witness era o único local da cidade que servia creme verdadeiro, em jarrinhas, nas mesas.

Parecia apropriado que a estação de trem da cidade agora fosse uma sorveteria. Aqui em Onkwedo ninguém ia a lugar algum. Nós não fazíamos parte do negócio. Os onkwedenses apenas ficavam num só lugar e consumiam. Éramos o fim da linha.

Eu era uma cliente solitária. Sentei numa mesa de canto, onde podia observar a rua principal e o estacionamento. Acima da lista de sabores, um homem, numa escada, pregava algo na parede.

A garçonete vestia um vestido marrom de estopa, ou talvez fosse de fibra de maconha, e seu crachá de identificação dizia "Penitence". Depois que serviu minha sobremesa, ela voltou a polir as tigelas metálicas dos sundaes, equilibrando-as em cuidadosas pirâmides de seis unidades.

Se você despejar lentamente um filete de creme em seu sorvete, ele irá endurecer, transformando-se numa casca deleitável. Sam que descobriu isso. Ele é a única pessoa que eu conheço que já investigou a aplicação de creme fresco em sorvete. Eu estava praticando na mesa do canto da Sorveteria Bear Witness, lentamente despejando o creme no sorvete de café, depois quebrando a casca com minha colher. Dentro, o sorvete estava cremoso e derretido, mas o creme endurecido, dando a sensação de chocolate na boca, sem a doçura para distrair da textura perfeita.

Abri o envelope de Margie e uma pilha de capas de brochuras se espalhou. Elas retratavam modelos de cabelos grisalhos andando de mãos dadas pelas praias, ou andando em conversíveis, com as cabeças jogadas para trás, sorrindo, um cesto de piquenique visível no banco traseiro.

Imaginei se Penitence já teria lido esse tipo de livro. Sem ter intenção, eu a visualizei sem vestido. Por baixo, ela usava uma roupa íntima religiosa.

Eu não conseguia imaginá-la com exatidão – não tinha elástico, mas alguns botões e um cadarço? Entre as colheradas de sorvete, eu organizei as capas por ordem de preferência, a preferência de Penitence, certamente nada muito frívolo. Eu sabia que ela não era da faixa etária correta para o livro, porém, vestida como os Pilgrims, ela logo chegaria lá.

Penitence teria de ser cortejada por alguém sério e digno. Alguém que apreciasse a beleza das culturas simples, de vidas ordeiras. Que tipo de homem seria esse? Alguém capaz e com habilidade de fazê-la sentir-se segura, mesmo que seu desejo ardesse lentamente. Talvez um professor. (Professores nunca fizeram meu desejo arder lentamente, mas eu vira mais que uma colega de classe ceder à pessoa por trás do estande de leitura.) Talvez ele tivesse cabelos grisalhos.

Ele se devotaria a ela – "O que as mulheres querem", disse Margie –, persistindo em fazê-la tirar as peças íntimas estranhas. E ele, com sua paixão, seu amor, sua atenção, libertaria o espírito animal dela ao grande mundo moderno.

Fiquei encarando o homem na escada e a parte traseira de seu jeans, pensando em como era injusta a forma como o jeans cai bem nos homens, a retidão estreita de seus quadris descendo até as coxas, passando a ser vestido da forma certa ao longo dos músculos das pernas. Como quem não quer nada, eu me perguntei por que o marido de Penitence – se o marceneiro fosse mesmo seu marido – não estaria usando a roupa de estopa e por que os homens tinham a liberdade de usar roupas comuns.

Voltei à minha tarefa, espalhando as capas na mesa, em volta da minha tigela de sorvete, pensando em qual imagem mexeria com Penitence. O carro vermelho conversível era materialista demais. Ela precisava de algo que atraísse sua mente à moda antiga. Uma capa mostrava um casal em pé, na frente de uma parede coberta de era, que poderia ser a biblioteca da Universidade de Waindell. *O Amor, Enfim: O Amor, Enfim*, tinha sido intitulado por alguém que provavelmente colecionava palíndromos.

No livro, com Penitence como heroína, aconteceria assim: o herói desceria a escada, soltaria seu cinto de ferramentas, pousaria o prumo no balcão, encaparia a broca. Ele ficaria intrigado pela beleza oculta de Penitence, percebida somente por ele; a possibilidade do corpo delicioso sob as roupas desprezíveis.

Enquanto eu pensava nisso, o marceneiro desceu a escada e recuou para olhar a vitrine que havia montado na parede. Ele tinha o que Margie chamaria de "bunda arrasadora". A vitrine era uma série de tacos de madeira, que eu sabia serem antigos batedores de manteiga, que agora formavam um semicírculo. As pontas dos tacos eram como cabeças, suaves e gastas, e os anéis de madeira ao redor do pescoço pareciam simples adornos. Vistos dessa forma, os batedores de manteiga pareciam artefatos africanos, como as esculturas longas e simples colecionadas pelos Modigliani. O marceneiro havia feito uma bela vitrine, séria e bem equilibrada.

Penitence enrolou o pano em volta do punho e ficou em pé, ao lado dele.

Era nesse ponto onde, no livro de romance, o ombro dele tocaria o dela, o calor dele penetraria o pano áspero por baixo, torridamente chegando à pele dela. Torridamente?

Em vez disso, ele parecia estar discutindo a conta com Penitence. Ela gesticulou para o balcão, oferecendo-lhe uma casquinha, mas ele sacudiu a cabeça.

"Nojento insensível", pensei eu.

Ele recostou a escada dobrada na parede, ao lado da minha mesa, e se agachou sobre um estojo grande que estava no chão e eu não tinha notado.

— Imagino que você precise que eu saia daqui — eu disse, ainda melindrada pela sua malvestida Penitence.

— Pode ficar — disse ele, alegremente, por debaixo da mesa. Ele se endireitou e começou a enrolar a extensão, fazendo um oito ao redor da palma da mão e do cotovelo.

— Só isso? — Penitence me perguntou.

— Sim. — Eu corei como um garoto adolescente flagrado em maus pensamentos, imaginando o cadarço pendurado na calcinha de fibra natural granulosa.

— Dois dólares, por favor. — Ela pegou o pote vazio de creme e olhou dentro.

Coloquei três dólares na mesa. Ela meticulosamente me devolveu uma nota de um dólar.

— Gorjetas não são permitidas.

O homem pousou um prumo sobre a mesa do lado e pegou um lápis atrás de sua orelha.

— O que são? — Ele apontou para as capas espalhadas ao meu redor.

— Capas de brochuras. — Eu comecei a enfiá-las de volta no envelope, da forma mais casual que pude.

— Você as desenha?

— Não. — Eu fechei o envelope.

— Bom. — Ele colocou a broca no estojo, ao lado do prumo.

— Por quê? — Coloquei o envelope na bolsa.

— São feias pra cacete. — Ele estava ao lado da minha mesa, guardando suas coisas. Seu cinto de ferramentas estava pendurado no quadril. Tentei não olhar. Trena, ok; martelo, ok; parafusos num bolso raso. — Você é nova por aqui? — Ele se dirigiu ao topo de minha cabeça.

— Sim, até que sim. Dois anos.

— Gosta daqui? — Ele despejou os parafusos do cinto dentro de uma caixa.

— Às vezes.

— É da cidade?

— Sim.

— Vai bastante ao lago?

— Não.

— Esse é o segredo. O lago e a mata são os motivos para se estar aqui.

— Certo. — Comecei a desejar que ele fosse embora. Eu instintivamente olhei sua mão em busca de uma aliança. Ele me flagrou e sorriu para mim, um sorriso bem confiante, depois colocou a escada no ombro e a carregou lá pra fora. Através da janela, eu pude vê-lo prendendo a escada na lateral da picape e destravando uma grande caixa metálica de ferramentas, presa na traseira. Na lateral da picape, estava impresso Carpintaria Holder.

Contei lentamente até cinquenta e saí.

Conforme me aproximava da porta da minha casa, pude ouvir o latido profundo de Matilda. Lá dentro, ela me cumprimentou com uma fungada e uma lambida. Estávamos gostando uma da outra.

Liguei para o jovem Sr. Daitch, que conhecia todos os proprietários dos terrenos adjacentes ao de sua fazenda. Ele atendeu ao telefone no primeiro toque, sem parecer surpreso por eu estar ligando para perguntar sobre a estalagem abandonada. Ele me disse que pertencia à Vovó Bryce e me deu seu telefone da casa geriátrica.

— Ela está esperta como nunca — ele me disse. — Só se mudou pra lá por causa da comida. Detesta cozinhar.

Liguei para a Vovó Bryce, cuja secretária eletrônica informou que ela estava no salão de jantar. Deixei um recado sobre meu interesse pela estalagem.

Feito isso, dei uma fuçada no site da Universidade Waindell, tentando descobrir como dar meu próximo passo. Havia um link para os projetos de pesquisa, os quais abarcavam uma "gama de assuntos". Se você fosse um pesquisador legítimo – e aqui o meu emprego na *Psychology Now* ajudava –, era possível solicitar temas para seus experimentos por meio da divisão de pesquisas. Revisei as diretrizes, que pareciam razoáveis, completas, com um *release* para baixar e imprimir.

Escrevi uma descrição do projeto: *Precisa-se de assistentes de pesquisa para estudo longitudinal em ecologia humana. Investigação com financiamento privado sobre reações/estímulos de humanos adultos. Duas tardes semanais, compromisso de três a seis meses. Resistência física é um fator positivo.* Credo. Soava terrível. Coloquei alguns cifrões no começo e no fim. Postei na divisão de pesquisas e também no site da equipe da Universidade Waindell, sob a categoria "empregos/atividades extracurriculares/voluntariado".

Agora não havia nada a fazer, exceto cozinhar. Coloquei um frango para assar no forno: a receita dos dois limões inteiros do livro *Essentials of Classic Italian Cooking*, da mandona Marcella Hazan.

Matilda estacionou diante do vidro do forno. Talvez ela estivesse esperando que a pele da galinha inflasse, algo prometido por Marcella Hazan caso você amarrasse a ave apropriadamente. Nunca aconteceu comigo.

Porém, desta vez, a galinha estufou, ficou dourada e suculenta. Despejei o suco da assadeira sobre a ração de Matilda, e ela comeu com uma apreciação delicada. Eu comi um peito enquanto olhava os belos rostos da equipe de remo que havia recortado do jornal e colado num encarte, ao estilo cardápio.

Duas horas depois, quando abri meu e-mail, havia uma dúzia de respostas dos dois sites. Algumas tinham fotos, que casavam com os rostos famosos do *Onkwedo Clarion*. Havia o tal Sidney Alguma Coisa e o Janson de Tal, cada um mais bonito que Abercrombie & Fitch. Foi um momento inebriante.

Respondi a todos eles, combinando uma entrevista com os meus potenciais trabalhadores do sexo da termas.

SAIA LÁPIS

Eu havia agendado uma tarde inteira de entrevistas no Hall de Waindell. Margie, sem prestar a menor atenção no motivo para que eu precisasse do traje – ela estava no meio de um leilão literário para conseguir os direitos da sequência de *O Amor, Enfim* –, me disse que o traje clássico para uma entrevista era blazer bem cortado, salto alto e uma bela saia. Encontrei tudo no Exército da Salvação, onde a balconista destrancou o provador e me disse que eu escolhera uma saia lápis. O provador tinha cheiro de naftalina, odor corporal e morte. Uma saia lápis era desenhada para manter seus joelhos de forma tão apertada que somente um lápis caberia entre eles. Ela fez com que minha bunda parecesse duas borrachas, não necessariamente da forma boa. Eu parecia a conselheira-chefe de uma escola preparatória; não uma escola bacana, mas uma tipo daquela em que a Jean Harris era diretora antes de ir para a cadeia.

Em casa, eu experimentei o traje com uma meia-calça desenhada em ziguezague, que transformava minha rótula em algo decorativo. Uma vez, quando a vesti, Darcy se recusou a soltar meus tornozelos até que prometesse lhe dar uma. "Meia-calçasss", ela dizia para si mesma, como se estivesse falando Parseltongue (língua das serpentes, no livro *Harry Potter*).

O prédio da Waindell era um tanto imponente. Tinham me designado uma sala para as entrevistas, com um teto em abóboda, poltronas e sofá

Chesterfield em couro. Ninguém me cumprimentou nem me conduziu à sala 104. Por trás de uma tora falsa, havia uma lareira a gás. Na moldura da lareira, havia placas de bronze de variados tamanhos, presentes de ex--graduados. Os Garantola haviam doado os móveis e os Sr. & Sra. John Mayfield eram responsáveis por deixar em herança a lareira falsa, com a chama eterna. Um luxo.

Eu havia levado uma prancheta e uma pilha de formulários. As entrevistas foram marcadas com meia hora de intervalo, e eu quase preenchi o período de quatro horas.

Eu estava nervosa por esse dia e, por conta disso, tinha trazido petiscos para os entrevistados e para mim. Biscoitinhos de trigo e brie. Desde que chegara, eu tinha comigo o queijo quase todo. Um quarto de queijo brie pesava em minhas vísceras como concreto Sakrete. Alguém deveria ter tirado o queijo da minha frente. Às vezes, eu como meio que esperando que alguém apareça e me mande parar.

Os nomes na prancheta eram da equipe de remadores: Henry Bradford, Tim Lakewell, Scott Harrington, Janson Waters, Richard Dorsett, Bradley Lambert e Sidney Walker.

Parecia um cartão de dança num cotilhão. Meu nervosismo era tanto que queria vomitar meu queijo. Eu lembrava seriamente a mim mesma que esses homens, na escola preparatória, eram mais jovens que eu. Eu estava aqui na Terra antes.

Isso me acalmou um pouquinho.

Cheirei o couro do sofá. Tinha um cheiro inteligente e caro: uma pele bem curtida e criteriosamente escolhida por uma equipe de designers de interiores, arquitetos e decoradores. Peguei o telefone da Universidade Waindell e ouvi dar linha. Até isso parecia rico.

Ainda era ligeiramente cedo. Contei todos os palavrões que sabia. No número trinta e dois – com os sinos do inferno –, a porta se abriu e Henry Bradford entrou. Ele sorriu e estendeu uma mão grande para que eu apertasse. A palma era grossa e calejada, de remar.

Sentamos com a mesa baixa entre nós, meus joelhos juntos na saia lápis de *tweed*. Os sapatos eram excelentes para sentar e pontudos, como se tivessem sido apontados.

— Queijo? — eu ofereci, deslizando o prato escasso para o lado dele.

— Obrigado. — Henry Bradford pegou um pedacinho que sobrara e engoliu, com crosta e tudo.

— De onde você é? — eu perguntei, antes de perceber que ele não podia falar porque seus dentes estavam grudados pela gordura do laticínio.

Ele soltou um ruído mugido.

— Deixe-me lhe contar sobre o projeto.

Eu havia calibrado essa conversa para parecer científica, enquanto ainda deixava claro que era esperado que eles fizessem de tudo. Meu discurso ensaiado era assim:

— Estamos investigando a reação sexual humana sob condições clínicas, porém, emocionalmente plausíveis, reações sexuais femininas humanas. A informação prevalecente sobre padrões de excitação foi desafiada por novos dados, tanto da formação de imagem cerebral quanto das medidas químicas da neurotransmissão. — Eu fiquei particularmente orgulhosa dessa última frase.

Só que, na verdade, eu não sabia o que havia dito. É provável que a coerência tenha parado em "De onde você é?" e o resto era só uma salada de palavras, porque Henry Não Sei Das Quantas me disse, calmamente:

— Isso não soa científico.

Eu disse que era um trabalho novo e experimental. Resolvi que ele era meio atarracado e talvez peludo demais.

Ele finalmente engoliu o queijo.

— Qual é o título do cargo?

Talvez ele precisasse disso para seu currículo. Será?

— Assistente de pesquisa.

— Qual é o salário?

Eu falei sobre o pagamento por turno, algo bom para esta cidade, mas acrescentei que talvez houvesse gorjetas. Eu também disse que ele teria acesso a muita informação privilegiada, que talvez fosse melhor jamais ser revelada.

— Isso seria um problema? — eu questionei.

Ele me perguntou o horário e eu disse. Ele esticou o braço para pegar mais biscoitos, com uma *mãozona* que revelava um pulso peludo demais. Parecia pronto para comer o prato inteiro. Com dificuldade, fiquei em pé no salto agulha e estendi a mão.

— Eu ligarei — eu disse. Apertamos as mãos novamente e ele foi embora, deixando um rastro de sabonete masculino muito bom.

Risquei seu nome.

O cansaço pelo consumo do laticínio começou a bater ou o súbito terror estava me deixando sonolenta. Havia mais seis candidatos e só alguns biscoitos. Imaginei que eu só poderia descartar mais um. Ensaiei para dizer meu texto calmamente e com determinação.

Os dois seguintes foram bons. Eles pareciam saber do que se tratava antes de entrar, embora Tim Lakewell fosse tão quieto que eu pude ter certeza. Ele também era enorme.

Resolvi contratá-lo apenas por isso, mesmo sem ter me olhado no rosto uma vez sequer.

O quarto, Jason, ouviu meu discurso, que estava ficando mais suave, e depois me perguntou:

— Isso é sexo, certo? Eu vou fazer sexo com mulheres.

— Certo.

— E será pago, certo?

— Sim.

— Legal.

Ofereci os biscoitos, mantendo o prato a uma distância que desse para ver seu punho emergir do punho da camisa quando ele se esticasse. Não era peludo.

Ele se recostou no sofá de couro e esticou os braços para os lados. Seu peito era largo e sua envergadura era como a de um condor, magnífica.

— Sexo seguro — eu disse.

— É o único tipo. — Ele se levantou. — Agora tenho que treinar.

Eu comi outro biscoito. Não tinha certeza se conseguiria suportar o processo de entrevistas sem queijo.

Usei o telefone sofisticado para checar meus recados. Como eu raramente tinha algum, essa foi uma forma de matar o tempo. Mas eu tinha um recado, de alguém que se identificou como Vovó Bryce. Ela disse que ficaria feliz em alugar a estalagem fora da temporada. Sua voz falhou alegremente:

— Pinte bem pintada e mantenha o aquecedor funcionando, e você a terá por uma canção "Yankee Doodle Dandy". — Ela cantou um pouquinho. — Nós perdemos a chave, portanto, se você quiser ver o lado de dentro, leve um pé de cabra. — Ela desligou o telefone ainda cantando.

Na última entrevista, eu deduzi que os colegas de equipe tinham informado Sidney Walker, pois eu nem precisei dizer meu texto. Ele já sabia o que o projeto envolvia.

Sem me dizer nada, Sidney Walker cuidadosamente arrumou um pequeno iPod, com alto-falantes da espessura de dois cartões de crédito, sobre a pedra da lareira. Ele ligou uma música do Los Lonely Boys chamada "Heaven" e começou a fazer um striptease. Desde que colocaram um espelho para eu ver o nascimento de Darcy, essa foi a coisa mais interessante que eu tinha assistido.

Parei de mastigar o biscoito e ele formou uma bolota de carboidrato na minha língua. Ele deve ter ensaiado isso no dormitório, porque sua sequência era perfeitamente cronometrada para terminar quando só havia sobrado as meias.

Seu corpo era adorável, como o de um bicho de estimação alimentado a milho, branquinho e liso. Ele estava se divertindo – "obviamente", como eles dizem.

— Você está com tesão? — Ele deixou a pergunta pairando no ar. Los Lonely Boys passaram a uma música consideravelmente *menos boa*, em espanglês.

— Não — eu disse, firmemente, com o que eu esperava ser um sorriso amistoso, enquanto tentava engolir os biscoitos meio mastigados.

Ao observá-lo colocando a roupa de volta, eu pensei em minha vida de "náos' – empilhados em cada curva, em cada rua errada que eu peguei.

— Conte-me sobre você — eu disse.

Ele ergueu os olhos enquanto enfiava a camisa para dentro da calça de um jeito adorável.

— Por quê?

"Ele está certo", eu pensei. Não havia mais nada que eu precisasse saber.

— O emprego é seu se você quiser. Começamos no mês que vem, às terças e quintas, entre meio-dia e cinco da tarde. — Escolhi esse horário para não interferir na Associação de Pais e Professores, e no futebol. Coincidia com os ensaios de banda e os treinos da equipe de natação, algo que todas as mães evitavam, exceto as completamente piradas.

Ele colocou seus pés imensos nos sapatos de enfiar. Fiquei imaginando se a geração dele seria a primeira para a qual a arte de amarrar sapatos teria se perdido.

— Por que você está fazendo isso? — ele perguntou.

— Ciência — eu respondi. Ele ficou me olhando como se estivesse acostumado à verdade sem floreios. — E dinheiro. — Ele manteve os olhos nos meus, como um par de portas abertas e resolutas.

— Ninguém nesta cidade transa mais — eu disse. — As mulheres não transam. Elas tomam medicamentos, comem, fazem colchas de retalhos. É como se houvesse um movimento puritano por aqui.

Ele inclinou-se ligeiramente em minha direção. Acho que eu queria que ele me beijasse. Acho que ele sabia disso.

Com esforço, eu mexi os lábios.

— O emprego é seu — eu repeti.

— Ok. — Ele disse isso como alguém acostumado a ser inteiramente desejado. — Lá tem sistema de som? — perguntou ele.

— Ainda não.

— Posso instalar um se você me deixar fazer as mixagens.

— Claro — eu disse.

PÉ DE CABRA

Quando a porta se fechou, depois do último potencial trabalhador sexual, eu me sentei absolutamente petrificada e ouvi o zumbido do sistema de ventilação. Ele soava silenciosamente caro. Os homens pareceram extremamente agradáveis; excessivamente privilegiados, como se muito lhes tivesse sido dado, mas ainda assim, meigos e sólidos.

Enquanto eu pensava nisso, surgiu uma batida discreta na porta e o monitor entrou. A pessoa, com um belo terno marrom, que entrou na sala e recostou-se no sofá de couro poderia facilmente ser homem ou mulher.

— Como foi? — Sua voz era suave e eu ainda estava confusa.

— Bem — eu disse, e empurrei o prato quase vazio de biscoitos para ele/ela. — Desculpe, acabou meu queijo.

— De qualquer forma, eu agradeço. Sou vegetariano.

Eu queria dizer que tinha sido queijo do resgate de uma vaca que havia sido atropelada, mas não disse.

— Ficou satisfeita com a sala?

— Sim.

— Precisará de mais acesso de assistência à pesquisa?

Eu corei. Nós nos olhamos. Essa pessoa talvez soubesse de tudo.

— Não, eu terminei — eu disse.

Joguei os farelos de biscoito no lixo e fui até o meu carro, mancando em meus sapatos apertados e cambaleantes.

Sentei ao volante e percebi que novamente não tinha com quem compartilhar essa vida. Eu ia administrar a termas durante oito tardes por mês e ninguém me diria: "Como foi seu dia, querida?".

E como foi que eu, alguém que não acreditava em transformar pessoas em produtos, me envolvi na venda de sexo? Enquanto eu olhava o câmbio elegante do meu carro, o painel simples, com cada instrumento servindo para uma função útil, concluí que não estava vendendo sexo; eu estava vendendo cinquenta minutos de férias controladas para sua vida.

Eu precisava ver o lado interno da estalagem para calcular como poderia funcionar.

Como eu não tinha um pé de cabra, fui de carro até a loja de construção para comprar um. Encostei ao lado da porta, junto a uma picape. Embora ainda não fosse cinco da tarde, já estava bem escuro e eu fiquei contente pela luz que saía das vitrines. Àquela altura, meus sapatos estavam assassinando meus dedos, e eu fui mancando até meu porta-malas para ver se tinha alguma bota ou galocha que pudesse me aliviar.

Quando me inclinei para destrancar o porta-malas, um latido familiar ecoou, vindo da caçamba da picape. Assustada, eu olhei para cima e vi o contorno da cabeça imensa de Matilda em contraste com o céu noturno.

— Matilda! O que você está fazendo aqui? — eu gritei para ela. Ela latiu de novo. — Venha, garota! — Procurei soar autoritária. Ela devia ter escapado pela porta, que eu raramente trancava. Eu nem podia imaginar como tinha chegado tão longe, até a loja de construção, a menos que o motorista da picape a tivesse visto na lateral da estrada e colocado para dentro, presumivelmente para encontrar seu dono.

Matilda provavelmente sentiu-se solitária enquanto estava fora, a tarde inteira, e teria escapado para me encontrar, ou, mais provavelmente, encontrar John, seu ídolo.

— Venha aqui! — Eu destranquei as travas e abaixei a tampa traseira da picape. Ela latiu de uma forma amistosa, mas não veio. No escuro, pude ver que ela estava amarrada ou acorrentada. Fiquei imaginando se o dono da caminhonete não estaria de fato tentando roubá-la.

Precisei suspender minha saia lápis quase até a cintura para subir na caçamba da picape.

— Tudo bem, menina — eu disse. — Estou aqui. — Eu agachei ao lado dela e ela lambeu meu rosto. — Também estou feliz em vê-la.

Houve uma batida ruidosa atrás de mim; eu me virei para ver um homem com um machado na mão, em pé, junto à tampa traseira. Ele tinha jogado algo na caçamba e estava carregando o machado no ombro.

— Onde a encontrou? — eu perguntei, tentando discretamente abaixar a saia.

— É daqui — disse ele —, nova raça.

— Ela estava correndo solta pela estrada? — eu perguntei, tentando soltar Matilda da corrente.

— O que está fazendo? — A voz dele estava calma, mas não era amistosa.

— Estou soltando minha cadela.

— Esse cachorro não é seu.

— Não é exatamente minha, mas estou responsável por ela. — Eu tinha conseguido soltar um dos lados da corrente. Com uma das mãos na cabeça de Matilda, levantei-me para ir ao outro lado da caçamba e soltar o outro fecho, mas esbarrei em algo. Ou melhor, em alguém. Era o homem, em pé, perto demais, e seu peito parecia uma parede. Ele tinha subido na caminhonete rápido demais para ser um cara bom, e ainda estava com um machado na mão.

— Estou cuidando dela até que seu dono volte pra casa — expliquei.

— Ela deve ter saído pela porta lateral. — Tentei passar, mas ele bloqueou o caminho. Ele não se movia e pareceu estufar o peito, de modo que eu não tivesse como contorná-lo.

— Senhor — eu disse, firmemente —, não pode sair por aí pegando o cachorro dos outros. — Os saltos altos dificultavam muito que eu me equilibrasse na superfície da caçamba da caminhonete, e eu quase caí.

— Senhora — ele pôs a mão ao redor do meu punho, me equilibrando —, não é o seu cachorro.

— Solte-me! — Isso estava ficando assustador. — Eu sei que não é meu cachorro, já expliquei. É do meu ex e eu estou responsável por ela. — Soltei meu pulso. — Ela é Bull Dane. É uma nova raça.

— Nunca conheci ninguém que não reconhecesse o próprio cachorro — disse o homem. Ele agachou, pousou o machado ao lado e colocou o rosto perto do focinho de Matilda. — Ei, Rex — disse ele, baixinho. O cachorro lambeu sua testa e pôs uma pata em seu joelho. Matilda nunca fez isso comigo.

— É meu cachorro. Tenho Rex desde que ele era um filhotinho; agora está com quase dois anos. — Ele afagou o cão embaixo do queixo. — Você não é a moça da sorveteria?

Agora eu me lembrava dele, o carpinteiro que supostamente deveria tirar a virgindade de Penitence.

— Sim. — Abaixei o restante da minha saia.

— Tenho um conselho sábio do norte do estado para você, talvez dois. O primeiro é que você conheça seu cachorro, e o segundo é que jamais entre na caminhonete de alguém, a menos que seja convidada. Por aqui, nossas caminhonetes são como nossos lares: particulares.

— Foi sem querer — eu disse. — Na cidade, eu te chamaria de babaca e nunca mais o veria, mas, aqui, eu provavelmente o verei amanhã, consertando a minha cerca.

— Sua cerca precisa de conserto? — Dava pra ver que ele estava sorrindo pra mim.

Eu estava tentando descer da caminhonete sem rasgar a saia nem fazê-la subir e ficar com a bunda de fora na frente do dono de Rex, o babaca presunçoso de machado em punho.

— Eu não tenho cerca — disse, vendo o quanto o chão estava longe.

— Talvez você queira que eu construa uma para você?

— Não, obrigada — eu disse, firmemente.

— Manteria seu cachorro do lado de dentro — frisou ele.

— Meu cachorro está do lado de dentro — eu disse. Sentei dando uma bundada deselegante e deslizei descendo pela tampa traseira.

— Belo trabalho — disse ele.

— Babaca — eu disse, baixinho.

Na loja, comprei um pequeno pé de cabra para combinar com meu traje de dama. Quando saí, a caminhonete e Rex tinham partido, graças a Deus. Coloquei o pé de cabra no porta-malas e estava prestes a entrar em meu carro quando percebi um pedaço de papel embaixo do meu limpador de para-brisa.

Foi arrancado de um bloco com *Carpintaria Holder* escrito no alto. E nele estava escrito: *Boas cercas fazem bons vizinhos; posso lhe pagar uma cerveja? Levamos nossos cães para passear?* O bilhete estava assinado. *Greg Holder, babaca.*

ESTALAGEM

Era segunda-feira, e achei que teria alguma notícia de Margie sobre *Babe Ruth*, mas não tive. Era enervante. Fiquei imaginando se Nabokov tinha dificuldades em esperar uma publicação. Talvez ele simplesmente movesse seu foco para o próximo projeto. Eu me perguntava se ele tinha fé absoluta no valor de sua existência. Eu queria ser assim. Mas talvez ele não tivesse fé alguma e sentisse que tinha de trabalhar com afinco extraordinário para ganhar seu lugar aqui na Terra. Se ele realmente tivesse escrito o romance, teria passado de *Babe* para *Lolita*. Isso fazia sentido – ele estaria se esforçando ainda mais para fazer com que o mundo o percebesse ao escrever o livro mais provocativo imaginável. E se sua crença em si mesmo começasse a declinar, ele tinha Vera. Talvez uma Vera surgisse onde existisse um Nabokov; talvez o cérebro genial tivesse atraído uma beldade devotada. Eu tinha Margie e, às vezes, tinha essa cachorra.

Matilda e eu entramos no meu carro terrível. Ele começara a cheirar a cachorro, e eu abaixei os vidros, embora a temperatura estivesse congelando. Dirigi até a antiga estalagem, com o pé de cabra no porta-malas. Arranquei o tapume da porta de entrada. Por baixo, a porta dupla de madeira era ornamentada ao estilo gótico. Ela rangeu ao abrir. Lá dentro, uma luzinha vinha dos topos das janelas, sem placas de madeiras. O piso de madeira era liso e estava empoeirado. A lareira de pedras tinha bancos embutidos, construídos nas paredes ao lado. Havia uma peça de móvel no canto que parecia um oratório. Atrás, a escada para o segundo andar era em ângulo.

Lá em cima, havia seis pequenos quartos, cada um com uma pia. Dois banheiros tinham banheiras com pés de pata. As janelas tinham cortinas podres de musselina. Havia cabeças de veados presas às paredes. Um castor empalhado escalava o pilar do corrimão da escada. Um armário sujo guardava tapetes cobertos com plástico, para protegê-los de ratos. Matilda vinha andando atrás de mim, tão interessada nas descobertas quanto eu.

Seu focinho nos levou até o primeiro andar e a uma cozinha com um antiquíssimo fogão amarelo esmaltado. A pia era longa, retangular de um lado ao outro, com uma bomba de mão numa das pontas. Atrás da cozinha, havia uma varanda quase diretamente em cima do lago. O sol banhava a traseira da casa, enchendo a cozinha de luz refletida do lago. Até as vigas do teto estavam acesas. Fiquei tão apaixonada pelo lugar que dava pra sentir em meu peito.

Liguei para a Vovó Bryce e disse que queria alugar a estalagem; e que gostaria de começar a consertá-la. Ela disse que tudo bem e que eu mandasse um "pequeno cheque", mas ela tinha que desligar porque o brunch seria servido. Eu nunca tinha conhecido alguém tão fácil e crédula como a Vovó Bryce. Talvez ela fosse uma mestra Zen.

Eu estava começando a gostar de Onkwedo. Não sei como isso tinha acontecido. Talvez fosse por ter conhecido Bill. E descoberto que ele era casado com Margie. Talvez fosse a influência de Matilda. Estar perto de um animal supostamente aumenta suas endorfinas.

Segui dirigindo pela estrada sinuosa do lago até a loja de material de construção, onde abri uma conta, baseada no meu endereço local e como proprietária de um imóvel, com uma linha de crédito de oitocentos dólares. Aluguei um aspirador equivalente ao Buick dos aspiradores. Comprei selador e tinta, forro para o piso e fita isolante para os rodapés e beirais. Eu ainda tinha os pincéis do meu pai. Ele cuidava muito bem deles, deixando-os de molho em aguarrás e limpando-os depois de cada uso. Apesar disso, no cabo de um deles havia uma mancha de tinta cinza, da varanda da minha casa de infância.

Toda primavera, ele me deixava ajudá-lo a pintar a varanda. Nós retocávamos os locais gastos. Ele me dava um pincel e uma latinha de tinta, e me mostrava como colocar bastante tinta no pincel e passar como "manteiga". Não existia a linha entre trabalho e brincadeira quando eu estava com ele; só fazíamos coisas interessantes e ficávamos juntos.

Meu pai nunca me disse que me amava, mas seu sabia que amava pela forma como ele me ensinou a pintar. Eu ainda gostava de pintar. Lembrava-me de suas mãos grandes, tão confiantes. Minhas mãos pareciam com as dele, presas aos meus punhos femininos. Mas elas não tinham a determinação de seu movimento.

Quando eu estava deixando a loja de material de construção, vi minha mão fazer um de seus gestos, um arremesso com dois dedos esticados. Observei-as jogando o recibo no lixo, com um movimento exatamente igual ao de meu pai. Parei e fiquei olhando minha mão. Eu não conseguia me lembrar se sempre gesticulei daquela forma e não tinha notado, ou se era um sistema de memória ativado pela ideia de pintar.

Na estalagem, liguei o rádio enorme para trabalhar ouvindo música. Ollabelle. Meu pai me ensinara que a parte mais demorada da pintura era a preparação. Coloquei uma velha camiseta de faculdade de John, concluindo que ele não daria falta, e a calça antes da Calça.

Tirei as inúmeras cabeças de alce da parede. Matilda fungou todas elas, avidamente. Também havia placas com patas de alce apontando para o alto, para pendurar casacos e chapéus. Incomodava pensar em todos aqueles pezinhos virados para o lado errado. Escondi as placas no fundo do armário.

O aspirador alugado sugou todas as teias e moscas mortas. Espalhei os forros no chão e colei a fita nas janelas. Passei o selador nas paredes verdes com um removedor de manchas. O rodapé era de madeira, então deixei quieto. O teto também era de madeira. O trabalho não tinha fim. Achei que eu conseguiria fazer tudo em um dia, mas levei três dias inteiros. Passei as noites tomando Tylenol e esfregando pomada para dor muscular em meus ombros doloridos. Pintei os quartos de cima com tinta Branco Gelo, assim não ficava tão escancarado "termas".

À meia-noite do terceiro dia, a estalagem estava linda. Eu estava exausta, dolorida e orgulhosa. Deitei no chão e fiquei ouvindo Olabelle cantar "Before This Time" pela septuagésima nona vez.

Se meu pai estivesse ali, ele ainda estaria trabalhando. Ele trabalhava até que a tarefa estivesse concluída. A maioria das pessoas para quando tem vontade ou quando termina o dia. Ele ia até o fim do trabalho.

Tentei imaginá-lo no céu, não trabalhando. Desejei poder acreditar que ele estivesse feliz em algum lugar. Mas não consegui. Eu estava contente por ele não precisar mais trabalhar. Ele adorava trabalhar. Adorava mesmo. Mas ele terminou seu trabalho.

Eu me arrastei para levantar, tomei uma Coca Diet e continuei pintando. Às quatro da manhã, eu estava pintando com a mão esquerda. Ou talvez fosse a mão direita e eu simplesmente achei que fosse a esquerda.

Eu estava exausta demais para ver meu trabalho de pintura terminado. Coloquei tudo no porta-malas do meu carro, a cachorra no banco de trás, e fui pra casa.

Pouco antes de amanhecer era a hora mais silenciosa do dia. O lago estava escuro e as colinas, mais escuras ainda. Minha casa estava fria. Liguei o aquecedor e tomei um banho quente de banheira. Adormeci na banheira e acordei quando a água esfriou.

Tomei meu café da manhã ideal: camarão frio com molho picante e limão espremido. Fui pra cama. Às vezes, a vida é tão doce.

IKEA

Chegara a parte mais horrenda de preparação da termas: decorar, meu pior talento depois de casamento. Minha mãe prometera me ajudar. Certo, ela não sabia de tudo. Eu contei para ela como "Finalmente vou mobiliar a casa!", e ela ficou extasiada por ter uma desculpa para fazer compras comigo na loja Ikea do seu bairro.

Deixei Matilda e todos os seus apetrechos com Margie. Bill ficou feliz em ter um cachorro por perto e prometeu levá-la para longos passeios. Ele tinha me oferecido sua van particular. Bill tinha uma van postal 1999, que havia sido aposentada do serviço. As logomarcas haviam sido pintadas, mas o volante ainda era do lado direito. Dei algumas voltas no quarteirão para me acostumar. Eu estava tão dura que fiquei aliviada ao ver que a van estava com o tanque cheio.

Dirigi as quatro horas até a Ikea pela faixa lenta, com gente que passava buzinando. Chegando lá, solicitei o cartão de crédito da loja, que oferecia 15% de desconto. Encontrei minha mãe no balcão de crediário. Eu tinha me esquecido de seu visual Town & Country. Ela me beijou perto da bochecha, insistiu para pagar metade e disse que nós tínhamos que comer primeiro, ou ela não conseguiria se concentrar.

Cada uma de nós pediu um prato com almôndegas suecas – cozidas num molho que parecia geleia de uva – de setenta e nove centavos. Foi um declínio e tanto do Bistrô Moutarde, mas, segundo minha mãe, se encaixava na dieta de Atkins.

— Você vai querer uma paleta simples. Algo clássico como azul e branco — disse ela. – Azul de Dresden é bacana, e você vai querer um visual limpo e vigoroso. — Ela tirou toda a geleia de uma almôndega e deixou na beirada do prato.

— Não vai ficar parecendo um dormitório de alojamento?

— Confie em mim — disse ela. Eu confiei. Já tinha mandado para dentro as minhas sete almôndegas, com geleia e tudo. Quando terminamos nossos copos de Lingonwasser rosa e gasosa, sabe-se lá o que é isso, seguimos aos lençóis.

No carrinho imenso, minha mãe colocou seis jogos de lençóis de trezentos fios, que, segundo ela, vestem a cama melhor que o de quatrocentos fios. Como ela sabia dessas coisas era algo que me deixava perplexa. Eu nunca quis esse tipo de fato em minha cabeça. Em seguida, vieram sete tapetes; depois, arte para as paredes. Minha mãe escolheu um pôster de cada jovem designer escandinavo, com exceção de Edvard Munch. Seis jogos de toalhas azuis, dezoito paninhos de banho combinando e dois robes de algodão egípcio. Eu nunca possuí tantas coisas uniformes em minha vida.

Nós procuramos muito pela cama certa. Minha mãe insistiu que tinha de ser na altura do meio da coxa, e eu não perguntei o motivo. Ela mediu as opções junto à sua calça de gabardine. Compramos três estrados rústicos e colchões próximos aos Duxiana, que, segundo minha mãe, "tinham melhor custo-benefício".

Quando chegamos perto do caixa, ela convenientemente teve que procurar o toalete. Não me ouviu dizer à caixa que triplicasse o pedido de lençóis e dobrasse o número de camas. Paguei com o cartão de crédito da minha mãe e meu novo cartão da Ikea.

Eu estava no local de retirada de mercadoria, com minha montanha de coisas, quando minha mãe se aproximou, papeando com o Dr. Noivo no celular. Ela ignorou o ajudante e eu, enquanto abastecíamos a van com um zilhão de móveis. Ela estava rindo de algo que o médico disse. Dava para ouvir o tom de lisonja na voz dela, a entonação meio de menina que me doía os dentes. Eu jurei pensar bem antes de pagá-la de volta por mobiliar a estalagem.

Ela finalmente desligou, toda corada e feliz. Ele lhe dera uma estola de pele como presente de noivado e ela se remexia ali dentro como se estivesse num filme de Audrey Hepburn.

Eu a beijei e lhe agradeci, e não via a hora de me afastar dela. A van estava tão cheia que dirigi com uma pilha de lençóis no colo.

Na estalagem, descarreguei tudo. Por ser da Ikea, cada coisa vinha desmontada e eu podia mais ou menos erguer. Depois que consegui colocar tudo na sala, o que demorou o dia todo e me custou um punhado de músculos doloridos, já estava bem claro onde as coisas deveriam ficar, mas eu estava cansada demais para fazê-lo. Eu me arrastei para casa, pegando Matilda no caminho.

No dia seguinte, voltei em companhia do Bull Dane e de um vidro de aspirina. Pendurei as cabeças de alce de volta nas paredes, mas bem no alto, perto do teto. Deixei as placas com as patas dentro do armário. O oratório me intrigava. Eu o rodeei, olhando-o de cima a baixo. Decidi deixá-lo quieto e resolver depois. Quando terminei, subi e passei pelos quartos pequenos. Eles eram bem bonitos e aconchegantes. Os tapetes eram de um tom azul-claro. As cortinas esfarrapadas se foram e as janelas estavam nuas. Eu podia ver a neve derretendo dos arbustos e além do lago. O efeito era sexy, do tipo: "Moramos nus aqui, e daí? Somos escandinavos". Como se dissesse: "Tire suas roupas também, tudo bem. Você está em boas mãos".

Minha mãe tinha comprado tudo. Eu tinha até material de escritório para o meu esconderijo, que ficava na cozinha. Comprei um espelho de um lado só para a abertura na parede, de modo que eu pudesse observar o entra e sai do salão. *Tem* de haver um entra e sai. Agora eu estava endividada até a raiz dos cabelos.

FIM DE ANO

Era noite e véspera de Natal; uma época do ano totalmente ridícula se você não está participando. John estava com as crianças, e eu, com Matilda, para passar as festas. Assim que minha vida se desenrolava: Natal sozinha com o cachorro de alguém. Com meus próprios filhos, eu teria a Páscoa, o Dia das Mães, Quatro de Julho e Dia do Presidente. Era o divórcio segundo a Hallmark.

John tinha levado as crianças para a Flórida, para visitar os pais dele e jogar golfe. Eu não gostava da Flórida, eu não gostava de golfe e não gostava do relacionamento dos pais dele, que era baseado no modelo carcereiro-prisioneiro.

Eles moravam tão perto do campo de golfe que, para brincar ao ar livre em segurança, as crianças tinham que usar capacete de ciclismo.

Logo que conheci o pai dele, eu tinha dado um crédito enorme a John por seu desenvolvimento evolutivo, um salto à frente na espécie humana, considerando sua origem paterna. Agora que John tinha levado meus filhos, eu podia ver semelhanças entre pai e filho. Eles agora pareciam clones, só que o pai era tão velho como Papai Noel.

A mãe verdadeira de John tinha morrido de câncer de pele quando ele tinha dezenove anos. Seis semanas depois, o pai de John se casou com uma assistente-executiva profundamente bronzeada, a Tammy. Com toda pinta de esposa-troféu, Tammy era a única mulher de sessenta anos que eu conhecia que ainda usava biquíni. Na escrivaninha de seu escritório, o pai de John tinha um peso de bronze que era um molde do seio esquerdo de Tammy.

Toda noite, antes de irem para a cama, Tammy colocava um cadeado na geladeira e dava a chave ao pai de John. Eu tinha descoberto isso quando tentava comer um sundae com calda quente de chocolate, algo que eu acordava desejando toda noite, à meia-noite, quando estava grávida de Sam.

A madrasta de John estava quase sempre fazendo compras. Da primeira vez que fomos visitá-los, ela me levou junto e me comprou vestidos de maternidade feitos de tecidos que pareciam papel de parede. Eles saíram das minhas mãos diretamente para o Exército da Salvação, sem sequer serem tirados do papel de seda.

Não que seus pais não fossem *legais*; eles eram muito legais. Mas tinham valores patológicos: compravam excessivamente, ignoravam os que não eram como eles; um tipo de mentalidade "dane-se a Terra e seus habitantes". Na lua de mel, no Parque de Yellowstone, o pai dele iniciou um fogo na mata, com a churrasqueira, que dizimou dez mil acres. A nova esposa guardou os recortes de jornal sobre o incêndio, com manchetes do tipo: "Recém-casados Causam Conflagração" e "Lua de mel Quente". As matérias foram plastificadas, emolduradas e penduradas acima da lareira falsa, ao lado de uma pintura a óleo que retratava os dois com as roupas do casamento. Na pintura, Tammy está tão bronzeada, em seu vestido de noiva, que parece algo do teatro minstrel.

Pensei em Tammy e Irene, ávida para agradar, zarpando para o shopping, e em John e seu pai jogando golfe em silêncio, vorazmente. Pensei nas crianças comendo biscoitos natalinos diet, Darcy na banheira com seu maiô preto, e Sam sentado na sombra, lendo receitas da revista *Vigilantes do Peso*, ambos de capacetes ciclísticos.

Liguei pra eles.

— O vovô está fazendo churrasco — Sam me disse.

Darcy veio ao telefone.

— O vovô está queimando carne. Tem fumaça até no céu. O que são aquelas manchas marrons nas costas dele?

— São verrugas, querida. Diga ao vovô para checar o churrasco, está bem?

— Posso catá-las?

— Catar o quê?

— As verrugas do vovô?

— Não. Por favor, diga ao papai para checar o churrasco, está bem? — Darcy soltou o telefone e eu ouvi um barulho de água corrente, talvez uma mangueira. Esperei, mas ninguém voltava. A água parecia mais ruidosa e, depois, o telefone foi desligado, talvez afogado. Esperei um pouco, mas ninguém me ligava de volta. Não tinha jeito de saber o que estava acontecendo com meus filhos lá na Flórida. Liguei de novo, mas ninguém atendia.

Senti que comecei a entrar em pânico. Matilda me fez voltar a mim, babando em minha mão. Liguei mais seis vezes, até que Darcy finalmente atendeu.

— Você está bem, querida? — eu perguntei a ela.

— Não.

— O que há de errado, Darcy?

Não havia nenhum som do outro lado, exceto sua respiração. Então, com uma voz bem miúda, ela disse:

— Estou com saudades da minha mãe.

Eu disse a ela que também sentia sua falta e a veria em breve. Disse a ela que procurasse Sam, sentasse em seu colo e pedisse para ele ler uma história. Perguntei a ela o que Matilda mais gostava de comer.

— Queijo.

— Vou fazer um café da manhã delicioso para sua cachorra. Vá procurar seu irmão.

Derreti umas cascas de queijo com bastante manteiga para a cadela e para mim. Quando terminamos – quatro segundos para ela e quatro minutos para mim –, eu escovei seu pelo. Usei a escova inglesa de John, de cerdas de javali, que chegou à minha casa numa das bolsas de Darcy. Matilda parecia gostar de ser escovada, erguendo o focinho para o teto, fechando os olhos, quase sorrindo. As crianças nunca gostaram de cuidados assim.

    Forcei-me a abrir e ler os cartões e cartas de Natal: um cartão-postal da minha mãe com o Dr. Noivo, em Boca Raton, e outro da casa de Hemingway, em Key West, de Margie e Bill, além das mórbidas correspondências anuais que eu recebia de gente que mal lembrava, do colégio. Matilda era minha única fonte de consolo na casa fria. Ela se recostou em minhas pernas enquanto eu estava junto à escrivaninha. Os Bull Danes se expressam recostando-se. Eu não sabia se o ato de se recostar era afeição ou se ela estava tentando me derrubar.

    Concluí que a cadela queria andar, embora fosse mais provável que eu quisesse fugir de minha solidão.

    Lá fora, a água se movia sob o gelo do córrego. Estava frio, mas não terrível. Minha respiração fazia fumaça ao redor do meu rosto e gotículas de cristal se formavam em minha echarpe. As árvores natalinas estavam acesas em todas as janelas. Matilda caminhava obediente ao meu lado, como se estivesse andando junto só para queimar algumas calorias.

    Já era tão tarde que até o Apex estava fechado. Nós caminhamos pelas ruas centrais de Onkwedo, ao longo da rua principal, vendo as vitrines que exibiam presentes modestos, enfeitados com saudações. Depois de terem vendido tudo que podiam, as lojas estavam fechadas para as festas. Era bom ter um dia em que ninguém pudesse fazer compras, não apenas eu.

    Na manhã de Natal, pensei nas crianças, é claro. Eu não tinha comprado bons presentes, apenas umas coisinhas que achei numa liquidação da igreja: uma bolsa com chinelos combinando, inteiramente feita de pegadores de panelas, para Darcy, e, para Sam, *Best Recipes from Down East*, um livro de culinária do Maine. As receitas eram tudo de imaginável que pudesse ser feito com leite enlatado, batatas, banha, biscoitos de água e sal, e carne de lagosta. A receita de "Guisado de Pobre" omitia o leite enlatado. Eu torci para nunca comer esse prato.

    Pesquisei on-line coisas locais grátis, torcendo para encontrar um barco. Sam amava veículos de todo tipo e adorava a água. Encontrei um a bomba e outro a remo, além de três barcos chamados "ofertas para quem conserta tudo", mas nada que estivesse pronto para entrar no lago.

Ainda no site local, encontrei um anúncio que achei ter sido feito para mim. Era de um homem que tinha sorrido para uma mulher no mercado Apex, na noite de domingo, e ela retribuiu o sorriso. "*Você estava com o carrinho cheio de produtos de laticínios. Eu estava com um capacete de moto. Você é uma mulher de meia-idade que sorriu para mim. Você tem um belo sorriso e tudo bonito. Mesmo que não tenha sido você, mas se quiser um novo amigo e alguma diversão em sua vida, escreva de volta. Eu sou aquele cara bonito em quem você foi pra casa pensando.*"

Eu me lembrava de um cara, no corredor de cereal, carregando um capacete de moto. Lembrei dele sorrindo para mim quando eu estava lendo a lateral de uma caixa de arroz doce (que de arroz doce não tem nada, apenas aquele gosto de textura), mas talvez ele não estivesse se referindo a mim. Tenho, sim, um belo sorriso, mas "tudo bonito" significava peito grande e jeans apertado, com pernas longas. Eu, sem dúvidas, estava com a Calça e uma blusa de moletom. E meia-idade empacou no meu papo. Será que eu queria diversão em minha vida? Acho que não. Eu tinha um negócio a administrar, tocar adiante.

Resolvi postar um anúncio da termas apenas no quadro de avisos intitulado "Somente para Mães", e um também na seção "Noitada das Garotas". Era difícil encontrar as palavras certas. Fiquei com: *Pedicure não é o bastante para você? Que tal uma massagem libertadora? Faremos até você dizer "Pare".* Eu engasguei com meu cereal escrevendo isso.

Sem uma boa razão, pensei no carpinteiro com o Bull Dane igual. Procurei na internet por "Carpintaria Holder". Havia belas fotos de armários e escrivaninhas, incluindo uma escrivaninha para escrever em pé, que cobicei. O endereço não era longe. Pelas fotos de satélite da rede, o local tinha um telhado caprichado, com algo azul bojudo ao lado, talvez um barco.

Fiquei imaginando se algum dia eu voltaria a namorar. Pensei no que as pessoas de quase quarenta anos vestiam em encontros amorosos. Fiz uma busca na internet à procura de "calcinhas". A Hanro foi a única entrada. Como era possível que os suíços fossem os únicos fabricantes de calcinhas na internet? Seria verdade? Com preços extremos, as calcinhas da Hanro eram um tipo de peça permanente, desenhada para durar a vida toda. Mas se algum dia eu saísse para um grande encontro – um grande "se" –, precisaria de uma calcinha inquestionavelmente boa, portanto, pedi o modelo cavado bege. Depois, encomendei um bote inflável de borracha, da loja de produtos náuticos, torcendo para que coubessem três pessoas. Era o único barco que eu podia pagar.

Com os últimos dias do pior ano da minha vida para gastar, sem chance de notícias sobre *Babe Ruth*, já que todos estavam de férias, exceto eu, resolvi acampar na termas. Havia pouco trabalho a fazer para a Laticínios Old Daitch; as pessoas pareciam comer mais produtos de laticínios no inverno, mas também reclamavam menos.

Arrumei livros, um pouco de comida, a coleira de Matilda e um pijama que Tammy me dera para salvar meu casamento – ainda com o laço de fita da Frederick's de Hollywood – e segui de carro até a termas. Estava fria, mas acolhedora, com uma profunda graça silenciosa que parecia pairar separada do resto do mundo. Havia um ar de expectativa quanto a ser real, como se qualquer coisa pudesse acontecer ali, e aconteceria.

Acendi a lareira e sentei no sofá, com uma pilha de livros e a cachorra aos meus pés. Eu trouxera alguns dos romances de Margie e a biografia de Nabokov, para que eu pudesse olhar as fotos dele sentado no carro – às vezes escrevendo, às vezes com a esposa.

A porta da frente da estalagem era bem justa e, com o fogo aceso, ficava bem acolhedor do lado de dentro. Andei de um cômodo ao outro, me acostumando com a vista das janelas em diferentes horários do dia. Dormi cada noite numa cama diferente, como a Cachinhos Dourados, mas com pijama de piranha.

Li os romances. Eles me tocavam como se eu fosse um piano, o *baby grand* preto de minha avó. Eu podia sentir acontecendo, como uma droga fazendo efeito. A droga era a ternura. Não vinha das cenas de sexo, mas de pouco antes, pouco depois. O narcótico não era a luxúria, mas a ternura entre as pessoas; o amor, apesar de serem desamáveis. A luxúria é como um pássaro atacando o próprio reflexo numa vidraça, repetidamente. Mas a ternura e o anseio me penetravam suavemente, deslizando ao meu redor como água. Esses livros pareciam dizer: "Nós a conhecemos, podemos cuidar de você, temos o que você quer".

Os dias de leitura fizeram com que eu enxergasse o mundo de forma diferente. Tentei me convencer de que um é o bastante, uma pessoa pode ser uma família, mas fracassei. Para me consolar na noite de Ano-Novo, fiz uma jarra de algo que poderia ser considerado sangria, ou, ao menos, um ponche ligeiramente batizado. Quase não tinha álcool, porque eu não era de beber. Enquanto bebericava, fiz uma lista de cada pessoa que conseguia lembrar já ter desejado dormir comigo e eu dispensei.

Eu me lembrava de pelo menos cinco. Estava bem certa de que havia mais, mas eu estava sendo bem criteriosa, não incluindo alguém, a menos que ele tivesse realmente pedido. E não contava se a pessoa estivesse bêbada na hora. (Não tenho certeza do motivo de ter criado essa regra, já que, a essa altura, *eu* estava quase bêbada e parecia um estado perfeitamente normal.) Comecei a me sentir muito feliz, orgulhosa por ter mostrado tanto bom senso ao menos cinco vezes na minha vida.

Quando a jarra de ponche batizado estava vazia, decidi que o ar noturno me deixaria sóbria. Vesti um casaco de capuz e coloquei Matilda no carro.

Dirigir não estava difícil, e eu estava particularmente cautelosa, já que todo o efetivo policial de Onkwedo aparentemente estava na rua, ou estacionado na lateral, esperando que criminosos como eu atravessassem as faixas duplas amarelas. Fui dirigindo pela estrada à beira o lago, me distanciando da cidade, e me vi passando por uma placa que dizia: "Carpintaria Holder – Duas milhas".

Saí da estrada, em direção a uma casa rural, pouco adiante. As janelas estavam escuras, mas tinha uma edificação externa, talvez uma sala de trabalho, onde as luzes estavam todas acesas. Abri a janela do carro e fui recebida por uma rajada de vento gélido. Dava para ouvir o barulho de uma ferramenta elétrica. Desliguei o motor para ouvir melhor, e surgiu o latido de um cão grande. Matilda se empinou e latiu de volta. Eu rapidamente virei a chave na ignição. Nada aconteceu.

Eu me abaixei, tentando encontrar o desafogador manual, que às vezes emperrava. Estava muito escuro e a luz de teto não alcançava embaixo do painel, onde ficava o pequeno puxador.

— Posso ajudar? — disse uma voz bem ao lado da janela.

Assustada, eu me endireitei, batendo a cabeça no volante. O carpinteiro estava em pé, ao lado do meu carro, com a mão na janela aberta.

— Não — eu disse. Matilda pisou na minha coxa. Achei que ela talvez estivesse tentando mordê-lo, mas ela estava tentando chegar à mão dele para cheirar.

— Você é a moça da loja de construção.

Esfreguei minha cabeça.

— Está espreitando meu cachorro?

— Não. — Eu tentei encontrar algo apropriado para dizer, mas o galo em minha cabeça tinha me deixado um pouco confusa.

— Por que você está aqui?

— Meu carro não quer ligar? — Saiu como uma pergunta, o que não era minha intenção.

Ele sacudiu a cabeça, como se quisesse entender.

— Você está bêbada?

— Não — eu disse —, na verdade, não. — As unhas de Matilda cravavam minha pele através do tecido fino. — É melhor eu ir.

— Você acha que devia estar dirigindo? — perguntou ele. Matilda, ao reconhecê-lo como o macho alfa, lambia seus dedos, tentando cair em suas graças, a vagabunda.

— É claro — eu disse.

— Gostaria de entrar, eu lhe faço uma xícara de café?

— Não bebo café à noite — eu respondi. Minha cabeça latejava. Matilda tinha começado a lamber seu pulso, o qual eu observava. Era largo e bem definido, dois ossos grandes com a parte plana no meio; um pouco de pelo, não muito. Fiquei imaginando qual seria o gosto.

— Posso perguntar seu nome? — disse ele.

— Barb — eu disse. — Ahn... Smith. Barb Smith.

— Entre e tome uma xícara de chá, Barb Smith. — Ele disse isso como se soubesse que o nome era falso. — Pode trazer seu cachorro, para sua proteção.

Pensei no que eu estava vestindo: pijama; nem sequer a Calça, mas meu casaco era bem comprido.

— Encoste na entrada da garagem, ali — ele apontou —, e não toque no desafogador; atrapalha a entrada de ar.

— Eu sei disso — estrilei. Felizmente, o motor pegou e eu entrei no quintal, peidando no Sr. Holder uma nuvem de fumaça do carburador.

A entrada da casa dele era uma antessala, como na maioria das casas no norte do estado. Ela conduzia a uma cozinha bem vazia, com uma mesa redonda e quatro cadeiras. Sentei ali, com o zíper do casaco fechado, mantendo a mão na coleira de Matilda, para que ela não me abandonasse de vez pelo novo homem em sua vida. Ele colocou uma xícara de água no micro-ondas e pegou uma coleção maltrapilha de sacos de chá.

— Eu sou mais de café, mas veja se tem algo aí que lhe agrade. — Escolhi o chá verde extasiante. O micro-ondas apitou e ele me entregou uma água quase quente.

Enquanto meu chá fundia, eu olhei em volta. Na parede, havia quatro pinturas a óleo, de veleiros. Ou talvez fossem todas do mesmo barco. Não gosto de arte em série, mas tentava não julgar. A casa estava maravilhosamente aquecida. Havia um fogão a lenha no canto. Eu sabia disso porque ele estava me explicando como usava o pó de serragem comprimido, o quanto era eficiente, como aquecia bem a casa. Ele começou a me contar essas coisas depois de tentar pegar meu casaco para pendurar. Eu agradeci, mas declinei.

— Onde está seu cachorro? — eu perguntei quando houve um silêncio.

— Na loja – disse ele. — Vou buscá-lo. — Ele foi lá pra fora.

Assim que ele saiu, eu abri o zíper e me abanei, tentando me refrescar. Olhei para baixo, vendo meu pijama "quente". Eu parecia pronta para uma noite de amadores no Kumon Fellas, bar de strip de Onkwedo. O pijama tinha até botões de pressão. Ele viera com um DVD que ensinava como fazer um striptease para seu marido, mas eu nunca assisti.

Eram onze da noite, tarde o bastante para já estar de pijama, mas a verdade era que eu não o tinha tirado desde a noite anterior. Ou a noite anterior à anterior. A termas parecia o lugar ideal para eliminar as roupas. Só que ali eu estava na cozinha de um estranho, na noite de Ano-Novo, sem elas. Fechei o zíper.

Ele voltou com o Rex, que era ainda maior que Matilda. Os cães se cumprimentaram como irmãos que não se viam há muito tempo, o que talvez fossem.

— Tem certeza de que não quer que eu pegue seu casaco? — perguntou ele.

— Não, obrigada, estou bem. — Estava ao menos 20 ºC na cozinha, e o chá estava me fazendo suar.

— Você mora aqui perto? — perguntou ele.

— Sim. — Houve uma pausa, com apenas o som dos cães se lambendo.

Ele tirou um pacote de biscoitos Oreo do armário e colocou um pouco num prato. Matilda colocou o focinho na beirada da mesa, mas Rex, não.

Greg Holder se movia com graça e calma. Ele parecia bem relaxado. Estava em casa, em sua própria cozinha, com seu próprio cão e seus próprios Oreos, e de roupa, é claro, enquanto eu não estava.

— Você mora sozinha? — perguntou ele, empurrando o prato de biscoitos para mais perto de mim.

— Sim. A maior parte do tempo. Às vezes.

— Qual dessas opções? — A voz dele era amistosa.

— Meus filhos estão com o pai deles, que tem a guarda. E essa é sua cadela. Estou cuidando dela enquanto eles estão na Flórida. — Percebi que eu estava com um biscoito em cada mão. Dei um para Matilda, que o engoliu sem nem mastigar. Ela colocou o focinho sobre a mesa, deslizando ao lado, na direção do prato, querendo engolir a pilha toda de biscoitos. Greg deu um tapinha em seu nariz e ela prontamente deixou os biscoitos em paz e deitou nos pés dele. Rex colocou a pata imensa no pescoço dela. Eu observei, sabendo que essa era uma linguagem canina que eu não falava.

— Não tenho filhos — disse Greg. — Eu era casado, mas agora ela vive no Oregon.

— Você cozinha? — eu perguntei, olhando ao redor da cozinha, que parecia bem limpa e não usada.

— Só o básico: café da manhã, macarrão, bifes. — Não havia nenhuma panela ou frigideira como prova. O fogão estava impecavelmente limpo.

— Você cozinha naquilo? — eu apontei para o micro-ondas.

— Claro. — Ele estava com a camisa de flanela aberta por cima de uma camiseta branca. Seus ombros eram largos e eu não conseguia parar de reparar em seu peito, que parecia sólido e bom. Culpei toda minha leitura dos romances por me deixar estupidamente ligada em sua boa pinta. Ele era bonito. Homens bonitos sempre me deixavam nervosa.

— Isso não é cozinhar — eu disse. — Isso é esquentar.

— Você está realmente se esforçando para fazer amizade comigo, não? — Ele sorriu pra mim. — Você tenta roubar meu cachorro; vem me espionar, talvez para raptar o Rex, ainda não sei pra quê você precisa dele, provavelmente para ensinar bons modos para sua cadela; e dirige até minha casa, à noite, ligeiramente bêbada, e insulta minha culinária.

— Você conhece John Barrett? — eu perguntei.

— O cara da borracha, inventor? Sim, conheço. Ele é seu ex?

Eu levantei.

— Venha, Matilda, vamos embora. — Sem colaborar, Matilda dormia aos pés de seu novo patrão.

— Tudo bem — disse Greg. — Tome seu chá. Você parece nervosa. Você não me conhece, mas John conhece. Sou um cara legal, eu juro. Não vou tentar nada. Você pode tirar seu casaco, terminar seu chá e depois ir pra casa.

Limpei a transpiração da minha testa.

— Eu não estava planejando vir aqui. Apenas saí para dar uma volta de carro, então, não me vesti. — Nós dois olhamos para baixo, para minhas pernas na calça de pijama rosa.

— O que é isso?

— Pijama. — Eu me sentei novamente. — Na verdade, é um pijama que deveria salvar meu casamento, mas eu nunca o tirei da caixa. — Eu me peguei contando a ele sobre Tammy e o pai de John, sobre as crianças e a perda delas. Contei-lhe sobre a casa e a descoberta do livro.

Ele colocou um pouco de pão e queijo na mesa e cortou algumas fatias de cada um. Eu não tinha jantado, então, comi com vontade.

— Esse livro é valioso? — perguntou ele.

— Se fosse provado que é de Nabokov, teria um valor inestimável, mas os especialistas disseram que não foi ele quem escreveu.

— Você acha que foi?

— Acho. Provavelmente estou errada. Geralmente estou errada. É um livro inacreditável. Babe Ruth é um grande fracassado no livro. Há muito amor à sua volta, mas ele não é o tipo que compreende. Acho que é uma tragédia, mas é engraçado; e é tão estranhamente certo quanto a este lugar. Eu gostaria que alguém publicasse. Minha agente, Margie, está trabalhando nisso. – Eu abri o zíper das laterais do casaco.

— Margie Jenkins?

Eu nunca me acostumaria à vida de cidade pequena. Assenti.

— É melhor eu ir. — Eu não queria ir embora; estava tão aconchegante conversar com ele. Matilda roncava, presa pela pata de Rex. Eu estalei os dentes para ela, mas ela continuou dormindo. Inclinei-me para prender sua coleira.

— Esse pijama talvez tivesse salvado seu casamento — disse Greg, de modo amistoso.

Puxei a coleira de Matilda, tentando erguê-la.

— Você gostaria de jantar qualquer hora? Quando você estiver de roupa, é claro.

— Está bem. Parece legal. — Eu ainda estava arrastando Matilda.

Ele estalou os dedos e os dois cachorros se levantaram.

— Fique, Rex — disse ele. — Rex congelou.

— Como você faz isso? Achei que Bull Danes não fossem adestráveis.

— Eles podem aprender muito. São fiéis, mas não são muito inteligentes. Você tem que trabalhar com a natureza deles. Eles se entrosam muito bem. — Ele fez um som de clique com a língua e Matilda foi até seu lado.

— Vou levá-la até seu carro.

Lá fora, a temperatura tinha caído e estava congelando. Abri a porta do passageiro para Matilda.

— Que tal terça-feira? — perguntou Greg.

Terça era o primeiro dia da termas.

— Não, não posso.

— Tem algum dia bom, esta semana, para jantarmos juntos? Num restaurante — acrescentou ele.

Do pouco que eu me lembrava sobre namoro, lembrei que sexta-feira era uma noite importante demais para um primeiro encontro e sábado era pior.

— Quinta, mas da semana que vem. Esta semana eu tenho um novo projeto.

— Vou te ligar. É Smith, certo? — Ele entortou a cabeça, provocando, mas de forma agradável.

— Na lista telefônica estou listada como Barrett.

Assegurando-me de que o focinho de Matilda estava para dentro, eu bati a porta do carro, subitamente ansiosa para ir embora. Quando me afastei do carro, ouvi um barulho de rasgo e estava com a bunda de fora. Eu tinha fechado a porta na beirada da calça do pijama e o velcro abriu, exatamente como deveria. Olhei para baixo, para minhas pernas nuas, brancas como um picolé, dentro das minhas botas. Greg sacudiu a cabeça.

— Você vive uma vida interessante — disse. Ele abriu a porta do carro e tirou o bolo de tecido que havia sido a calça do meu pijama.

— Obrigada. — Arranquei o pano da mão dele. Contornei o carro de costas, em pequenos passos, com as duas mãos na bainha do casaco.

— Tome, leve isso. — Greg tirou sua camisa de flanela e jogou para mim, por cima do capô. — Cubra-se, você vai congelar.

— Obrigada. — A camisa ainda estava morna. Eu percebi que não tocava um ser humano há muito tempo. Uma semana? Dez dias? E quanto a um homem, bem mais tempo que isso. Embrulhei a camisa ao redor da minha nudez e entrei no carro.

Ele pegou na primeira tentativa e, por isso, dei um tapinha no painel.

— Feliz Ano-Novo — eu disse, e saí dirigindo. Espiei pelo espelho retrovisor e vi o peito magnífico de Greg Holder em sua camiseta branca. Ele acenou, antes de se virar e entrar em sua sala de trabalho.

INAUGURAÇÃO

A PRIMEIRA TERÇA-FEIRA DO ANO-NOVO FOI O DIA DE INAUGURAÇÃO DA termas. Eu estava de jeans e com as botas de salto alto e bico fino que Margie não queria mais. Os jovens, todos os quatro, chegaram limpos e cheirosos. (Preciso lembrá-los de não usar tanta colônia pós-barba, eu pensei.)

Estava frio na estalagem e Janson e eu fomos até os fundos pegar lenha. Ele me ajudou a parti-la. Disse que cresceu em Ohio, numa fazenda suína, e estava fazendo o curso de Agronomia na Waindell, planejando assumir a fazenda da família e criar porco orgânico. Ele sabia organizar as toras e parti-las como se elas implorassem para ser rachadas.

Eu o observava com tanta admiração que, em princípio, nem notei a minivan que encostou. A motorista deu ré, junto à curva fechada, como se fosse um caminhoneiro novato. Uma das rodas saiu completamente da estrada. Ela desceu e acionou o bipe para trancar o carro. Eu não sabia o que ela temia por ali – ursos? Eu disse a Janson que entrasse quando estivesse pronto, subi os degraus traseiros e entrei voando.

Quando a mulher abriu a porta da frente, eu estava perto da lareira, com um fogo maravilhoso aceso. Ela estava vestida exatamente como se fosse almoçar com uma amiga especial: batom claro, nem um fio de cabelo fora do lugar, nem um cisco em seu casaco de lã. Os três jovens se alongavam, dobrando de tamanho, as pernas estendidas sala adentro, os braços no encosto do sofá. A mulher parecia extremamente nervosa.

— Bem-vinda! — eu disse. — Deixe-me pegar seu casaco. — Eu havia me esquecido desse detalhe; não tinha onde pendurar, então, eu o estendi em cima do oratório. — Uma xícara de chá? — perguntei. Café é o oposto de afrodisíaco, portanto, eu não servia. Em vez disso, tinha um imenso samovar de chá de graveto branco. Segundo o pacote, ele aquecia o *yin* e equilibrava o *yang*.

A mulher segurou a caneca sueca sem alça e olhou ao redor, para qualquer lugar, menos para os homens.

— Belo teto — disse ela. De canto de olho, eu vi que os homens ainda estavam se alongando.

Janson entrou com os braços cheios de lenha. Ele a colocou ao lado do piso da lareira, ruidosamente, depois se agachou e habilmente fez um montinho de toras sobre a brasa.

— O pinho queima rápido, mas a bétula é mais doce — disse ele, entreabrindo dois vãos da chaminé. — Isso vai assar — anunciou e se levantou, erguendo-se do alto de seus 1,90 m.

A mulher olhou para mim, com os olhos arregalados.

— Ele, por favor.

Eu assenti e olhei os dois subirem. Sid ligou a música e eu fiquei imaginando que diabos o resto de nós faria por cinquenta minutos. Mas não precisei me preocupar; cada homem tinha um plano. Ninguém entra na Waindell sem saber como fazer bom uso de seu tempo. Dois *laptops* apareceram, junto com um livro de estatística, papel e calculadora.

Antes que eles pudessem continuar, houve uma leve batida na porta e mais duas mulheres chegaram. Eu conhecia uma delas de vista. Era funcionária da Associação de Pais e Professores. Foi decisiva, escolhendo Tim.

A outra mulher estava com uma expressão horrorizada, que eu compreendia totalmente: ela não queria magoar ninguém. Eu não sabia como ajudá-la. Os dois jovens que sobraram também não ajudavam. Eles eram igualmente lindos, grandes, fortes e cheirosos. Um era louro e o outro, moreno. Depois de um momento muito constrangedor, encoberto pelas vozes do Shins na caixa de som, ela virou-se para mim.

— Dois não é possível? — perguntou ela, em voz baixa.

Eu sacudi a cabeça.

— Nunca fiquei com um louro — murmurou ela.

Eu assenti para Richard.

Depois que eles subiram, eu tentei pensar em algo para conversar com Sid. Como se ele soubesse o que eu estava pensando, seus olhos encontraram os meus. Notei como eles brilhavam feito um para-brisa na chuva.

— Não se preocupe comigo — disse ele. — Nós vamos rachar as gorjetas.

Lá pela terceira hora, eu já sabia que as botas de bico fino eram impossíveis para andar e fiz uma anotação mental para trazer chinelos. Eu gostava de ficar perto das janelas da frente e ver as mulheres indo embora, cautelosamente dirigindo suas caminhonetes e minivans colina acima. Pensei em abrir um novo negócio: uma autoescola. Eu tinha pegado o vírus do empreendimento.

No fim do dia, a termas tinha feito uma bela pilha de dinheiro. Não era muito, segundo os padrões da 48th Street, em Manhattan, mas, para Onkwedo, era um ótimo começo. Os funcionários estavam levando uma boa bolada para casa. Eles pareciam cansados.

— Muito obrigada a todos — eu disse. — E, por favor, me avisem caso tenham algum... é... — eu não conseguia encontrar a palavra certa — alguma questão. — Ninguém, exceto Sid, me olhou nos olhos.

Janson me disse para apagar o carvão e fechar as chaminés antes que eu saísse. Eu os vi ir embora, dirigindo habilmente a subida da garagem. Por um momento, achei o quanto era injusta "*la différence: la différence de le performance de le tarefas spatial*". Então, encarei a pilha imensa de roupa suja.

Todas as moedas vieram bem a calhar na lavanderia. Ninguém me perguntou por que eu estava usando todas as máquinas grandes ao mesmo tempo. Felizmente, nenhuma das minhas clientes frequentava a lavanderia. Estavam todas em casa, fazendo tacos ou macarrão com queijo para seus filhos e um rápido filé para os maridos. Eu quase podia ouvir seus e-mails clandestinos e ligações de celulares fofocando sobre a aventura de hoje. Os salões de beleza desta cidade realmente ganhariam movimento.

Olhei pela janela redonda da lavadora, tentando distrair a mente. Eu podia ver Darcy questionando Irene sobre seus novos sapatos da Flórida, Sam folheando o livro culinário do Maine que eu comprei para ele, de Natal. Eu via minha mãe na metrópole de Wilkes-Barre, tomando um Kir Royale com o doutor, suas bochechas rosadas por estar sendo adorada. Eu via Janson e os outros no treino noturno, com as camisetas regatas da equipe de Waindell, o treinador – Rudy – gritando para que eles remassem com mais força. Eu não conhecia o suficiente de Greg Holder para imaginar sua rotina, mas sabia que seu cão estaria ao seu lado, bem-comportado.

Finalmente, os lençóis estavam limpos. Eu os coloquei nas secadoras e depositei o restante das minhas moedas nas máquinas.

Em casa, comi um sundae de minha criação: sorvete Old Daitch de baunilha com calda de amêndoa e caramelo. Era o tipo de jantar que me instigava um profundo desejo por repolho. A receita da calda de caramelo pedia manteiga derretida, açúcar mascavo e noz pecã. Ficou granulado e estranho. O repolho estava divino.

Logo depois que fui morar sem meus filhos, eu não conseguia me convencer de que o dia havia terminado. Eu andava de um cômodo ao outro, recolhendo coisas e soltando-as, sem pensar em nada. Esticava a mão para pegar uma bota, um suéter, escolher um lápis, sem qualquer tarefa a fazer. Agora, eu terminava um dia cheia de gente e trabalho. Eu estava exausta e, de certa forma, menos solitária, sentindo-me estranhamente parte de algo. Eu dormi.

A MUDANÇA

Pela manhã, eu liguei para Margie. Depois de seis toques, ela atendeu.

— O quê? — Ela parecia extremamente zangada.

— Oi, Margie. O que há de errado? — Houve um triturar do outro lado da linha, como se ela estivesse mastigando vidro.

— Estou entrando na porra da menopausa e tenho só quarenta e sete anos. Odeio isso!

— O que você está comendo? — perguntei.

— Cubos de gelo. — Um dos truques da dieta de Margie era tomar bebidas frias continuamente. Ela gostava de Crystal Light[3], o troço mais horrível, e tinha em seis "sabores". Margie engasgou do outro lado da linha.

— Você está bem? — Fiquei pensando com que rapidez eu conseguiria dirigir até lá, se os paramédicos chegariam mais depressa, caso ela tivesse um cubo de Crystal Light preso na garganta. Depois eu a ouvi fungar e percebi que Margie estava chorando.

— Achei que talvez ainda pudesse ter um bebê. Talvez agora estivesse pronta. Bill sempre quis um bebê, mas minha carreira vinha em primeiro

---

3 Refresco em pó light, com vários sabores.

lugar. Agora é tarde demais, porra! — Ela assoou o nariz por mais tempo do que eu achei que fosse possível.

— Margie, posso ir até aí? Posso te levar um pouco de manteiga fresca? É quarta-feira. — Houve uma longa pausa e eu a ouvi triturando mais gelo. — Você seria uma mãe de primeira — eu disse, baixinho.

— Não venha. — Margie fungou novamente.

— Qualquer pessoa que tenha você na vida é muito sortuda. Como eu, eu tenho sorte de ter você. — Ouvi o som de líquido sendo despejado. — Margie, não está na hora de sua malhação? Talvez isso faça com que se sinta melhor.

Margie suspirou.

— Como foi o Natal? — perguntou ela.

— Bem solitário. Mas eu conheci um cara legal por meio da cadela. Matilda. — Troquei o fone de ouvido. — Agora, a parte ruim, Margie. Contei a ele tudo da minha vida. Agora queria pegar tudo de volta. Ninguém aqui sabe das minhas histórias, exceto você.

— Você confia em mim?

— É claro.

— Talvez possa confiar nele também.

— Tudo que sei a seu respeito é que ele é carpinteiro, divorciado e também tem um Bull Dane.

— Greg Holder? Ele é um cara bom... e bem bonitão. — Margie voltou a soar como ela mesma.

— Tenho um encontro com ele na próxima quinta-feira. Não sei sobre o que conversar, Margie. Eu já lhe contei tudo.

— A esposa dele o deixou por outra mulher. Foi para algum lugar do Oregon. Ela deixou a cidade na garupa da maior moto que eu já vi, dirigida por uma lésbica tatuada. A cidade inteira as viu partir. — Margie sabia de tudo.

— Bem, não posso perguntar sobre isso.

— Não — disse Margie.

— Talvez ele não goste de mulheres assertivas — eu disse.

— Talvez ele não goste de mulheres que mudam de opção sexual. — O gelo tilintou em seu copo.

— O que devo vestir?

— Jeans. Blusa ousada, mas não muito. — Eu a ouvi colocando louça na lavadora.

— E se ele me levar a um lugar chique?

— Em Onkwedo não tem como estar malvestido. — Certo, eu sabia disso. — O que dirá a ele sobre seus planos de vida?

— Nada.

— Boa ideia. Mas e se houver outro encontro?

Eu não tinha pensado nisso.

— Pensarei em alguma coisa.

— Tenho certeza de que sim — disse Margie, secamente. — Experimente algo normal, Barb, está bem? Greg Holder é um cara bom. Diga-lhe que você escreve romances, depois escreva um pra mim, como tenho dito para que você faça.

— Vou tentar, Margie. — Ela estava inflexível quanto a esse negócio de livro de romance.

— Vá a algum lugar barato. Vá ao Café Raw.

— Tofu?

— Não tem a ver com comida, Barb.

— Certo — eu disse, mas Margie tinha desligado.

— Eu te amo — eu disse ao sinal da linha.

BANCO E LAVANDERIA

Chegou a segunda semana da termas. Começava dar a sensação de um emprego de verdade. Eu estava calçando sapatilhas sensíveis e a lareira estava alimentada. A caminho do trabalho, parei em duas farmácias e comprei aparelhos de massagem pessoal. Os caixas nem piscaram. Abasteci todos os quartos. Dava para ver as pontas de gelo começando a derreter com o sol matinal. Sid tinha me deixado uma seleção de músicas intitulada "Love, Tuesday". Com Al Green cantando e um belo fogo estalando, nossa primeira cliente apareceu.

Ela era uma mulher miúda, de cabelos escuros, com uma aparência exótica para essa cidade, as feições de uma pessoa maior reunidas em seu rosto pequeno. Em princípio, eu não a reconheci, mas quando ela começou a falar, com uma voz baixa e rouca, eu a identifiquei como a tesoureira do clube e esposa do chefe dos bombeiros. Estava vestindo um cardigã cor-de-rosa e carregava um saco de roupa de lavanderia e uma bolsa rosa. Eu lhe disse o preço por cinquenta minutos.

— Não quero que ele me toque — estremeceu ela, me fulminando com o olhar. — Mas quero que ele fique completamente nu e arrume essas meias. — Ela abriu a boca do saco. Eu lhe disse que seria o mesmo preço de uma massagem totalmente relaxante. (Arranjei esse termo num outdoor na saída de Onanonquit.) — Não estou aqui para economizar — disse ela, asperamente. — E se ele arrumar os pares corretamente, terá uma gorjeta bem gorda. — Ela fechou a boca do saco.

Eu a convidei para sentar-se e tomar uma xícara de chá. Olhei o calendário da cozinha para ver se, por acaso, era primeiro de abril, mas, não, ainda era janeiro.

A porta da frente bateu e quatro homens chegaram: Janson, Sid, Tim e Evan. Janson fez novamente o negócio da lenha, mas a mulher sentada no sofá, de tornozelos cruzados e cardigã abotoado, não pareceu se impressionar.

Evan era novo, amigo de Janson. Eu ainda não tinha falado com ele sobre a roupa de cama – abster-se dos lençóis que estavam num cesto grande; os limpos ficavam na gaveta –, ou sobre os brinquedos sexuais – segunda gaveta –, ou qualquer coisa além do papo instrutivo quanto à privacidade, higiene e anatomia básica. (Da biblioteca, eu pegara emprestado um antigo vídeo da série Psicologia Humana, *O Mistério do Ponto G*. Eu o exibi, mas o narrador era mais lento que Jacques Cousteau.)

Evan parecia caprichoso. Por baixo de sua calça cáqui passada, ele estava de meias curtinhas; vi que a Sra. Chefe dos Bombeiros notou esse detalhe.

— Evan? — eu disse. Ele sorriu para ela como se tivesse ganhado na loteria e falou numa voz arrastada: — Vamos subir.

Ela se levantou, entregou-lhe o saco de roupa e o seguiu, afetadamente, escada acima.

Depois de ouvir a porta se fechando, Janson disse baixinho aos outros:
— Trabalho de doido. Eu os identifico a quilômetros de distância.

Pedi licença e fui para a cozinha. Eu estava começando a gostar muito dos meus empregados, mas eles ainda me deixavam desconfortável. Às vezes, eu corava só de olhá-los. Tentava ficar fora de vista, a menos que tivesse algo a fazer. Quando eles achavam que eu não podia ouvi-los, retomavam a conversa de uma semana antes, quanto a que mulheres seriam mais sexy, gordas ou magras.

— As gordas querem mais — disse Sid. — Elas estão mais em contato com o próprio desejo.

— Isso é papo-furado — disse Janson. — Mulheres gordas mascaram seu desejo com comida. A comida te deixa burro, cara. A comida é o antissexo.

— Você já transou com alguém que estava com fome? — perguntou Sid. — Claro que não! — ele mesmo respondeu.

— Vocês estão perdendo o sentido da coisa — disse Tim. — A questão é o quanto ela se sente bem.

— Comigo? — disse Sid. — Eu gosto de carne.

— Não, seu imbecil, com ela. Isso tem a ver com o quanto ela é sexy.

Na cozinha, eu quase não conseguia respirar.

A campainha tocou e a conversa parou. Abri a porta para duas mulheres, uma gorda e uma magra. A mais gorda escolheu Sid, o que o deixou incrivelmente feliz. Não fiquei para ver quem a magra escolheu. Mais tarde, eu ouviria dos caras.

Ao final de uma tarde movimentada, Tim, Evan e Janson foram embora de carro. Sid ficou, mexendo em seu iPod e suas gravações. Eu estava recolhendo os lençóis dos cestos.

— Este lugar é branco demais — disse ele, por cima do ombro. Ele estava pondo para tocar um hip-hop aparentemente antigo.

Sid estava querendo me irritar, dava pra ver. Logo na primeira reunião, eu havia notado seu estilo confrontador.

— Ao contrário do lugar de onde você vem, de Connecticut? — eu disse.

— Você precisa de uns irmãos da cor. — Ele estava de frente para os alto-falantes, em cima da pedra da lareira. Sua camisa Oxford listrada estava saindo da calça. Ele tinha aquela silhueta impossível, com ombros largos e cintura fina, que faz as mulheres perderem o juízo.

Engoli a saliva que estava se acumulando em minha boca, porque meu queixo estava caído. Eu sabia que tinha que me impor, mas fazia muito tempo que não me impunha diante de alguém que indubitavelmente tivesse um pênis.

— Você conhece alguém que esteja interessado?

— Talvez ele se interesse. É formando em Física.

— O que isso significa? — Consegui fechar a boca, embora ele estivesse olhando.

Sid apertou um botão e o Public Enemy sumiu. Algo triste e profundo surgiu nos alto-falantes.

— Carga pesada de estudos. Como eu.

— Quem está cantando?

— Natalie Walker.

— Lindo.

— Essas cantoras mulheres — eu devo ter fungado em reprovação, pois Sid elaborou — amam e são dispensadas. É tedioso. — Ele manteve suas costas perfeitas e arrogantes viradas para mim, enquanto apertava mais botões.

— Você não teme a concorrência se seu amigo da cor subir à bordo? — eu disse.

— Você não o contrataria.

— Por que não? — Ele estava me injuriando.

— Você temeria oprimir um homem negro.

Ele tinha uma visão interessante, mas eu não ia ceder nem um centímetro.

— Se você se sente oprimido, peça demissão — eu disse. — Você pode arranjar um emprego na RadioShack.

— Não estou fazendo isso pelo dinheiro — Sid me informou. — Estou fazendo pelo sexo. Pegar as lobas, esse é meu hobby. — Eu sabia que "loba" era como alguns jovens chamavam as mulheres mais velhas com quem saíam.

Não dava para saber se ele estava ou não me provocando. Sid me deu uma olhada por cima do ombro, mas não foi casual. Seus cílios curvavam tanto que o efeito era estarrecedor. Suas íris reluziam em azul-esverdeado. Ele olhou minhas sapatilhas, meus braços cheios de lençóis; depois, para o meu projeto de penteado, uma mistura insignificante de produtos de cabelo, torcidas e clipes. Virou-se de volta para o iPod e ligou "Dance With Me", de Kevin Lyttle. Era uma batida irresistível.

— Preciso cuidar da roupa de cama — eu disse, baixinho, mas nenhum de nós notou. Fazia tanto tempo que eu não dançava. Eu nem me lembrava da última vez. O ritmo parecia mover meu traseiro. Sid aumentou o volume. A voz era insistente: "Baby, venha dançar comigo". Eu soltei o bolo de lençóis. As sapatilhas deslizavam perfeitamente no chão de madeira, dando embalo aos meus quadris, algo quase provocador, quase um gesto.

Quanto tempo fazia? Três anos? Quatro? Meus braços pareciam rijos, como se não soubessem aonde ir. Eu não olhei para Sid, mas me virei para as janelas, que estavam ligeiramente embaçadas, acima da cabeça de alce, com sua boca aberta feito um grampeador.

"Dance comigo, dance comigo". Eu fechei os olhos. Minha espinha pareceu se lembrar do que fazer, mesmo com meus braços desnorteados. Sid detonou o volume. Eu estava quase sem ar. Eu não sabia se minha capacidade aeróbica estava fraca ou se eu estava nervosa demais para respirar. Sid estava dançando atrás de mim. Eu não me virei, mas podia sentir o calor de seu corpo atrás das minhas costas e coxas. Pude sentir que nós dois estávamos na batida.

Quando a música terminou, eu me abaixei, peguei a roupa suja do chão e apertei junto ao peito. Quando virei de frente pra ele, havia uma montanha de lençóis amassados entre nós.

— Trabalho a fazer! — eu disse, alegremente.

Sid ergueu as sobrancelhas pra mim.

— Você é tão covarde — disse ele. — Parece um franguinho assustado. — Ele fez sons de cacarejo como alguém que tinha passado um bom tempo perto da granja.

— Sou sua empregadora — eu disse. — Isso não seria profissional.

— Ah, sim. — Sid me deu outra fulminada com seus olhos brilhosos. — Seria *profissional*.

Eu dei um sorriso maternal pra ele, um sorriso de quem diz que o biscoito acabou.

— Eu te vejo na terça. Traga seu amigo físico se quiser.

— Wayne.

— Torço para conhecer Wayne.

Ele apertou um último botão no aparelhinho e, depois que a porta se fechou, o estranho e remixado som de "Do the Funky Chicken" bombou nos alto-falantes. As janelas estavam completamente embaçadas e eu estava suando. Sentei-me na montanha de lençóis para me recompor. Estava tremendo um pouquinho. Era o nervosismo do sexo, eu me lembrava, de muito tempo atrás.

"Banco e lavanderia", eu disse a mim mesma, firmemente. "Banco e lavanderia".

Meu cofre no banco estava enchendo rapidamente. Durante dois anos, não havia nada lá, exceto uma pulseira de ouro da minha avó e um cordão curto de pérolas, presente do meu primo. Você deve usar as pérolas ou elas perdem o brilho, mas eu não sou o tipo de pessoa que usa pérolas. Estava guardando para Darcy.

O dinheiro era um problema. Eu não queria chamar atenção, depositando em minha conta, mas era realmente volumoso. As mulheres de Onkwedo pareciam usar somente notas pequenas, como se estivessem guardando os trocados recebidos ao lavar o carro e ir ao supermercado.

O Mercado Amistoso Apex tinha se tornado uma área de absoluta não circulação para mim durante o dia. Cada corredor tendia a estar cheio de clientes minhas. Eu havia passado a fazer compras à meia-noite, com os doidões, os sofredores de insônia e os caras recém-divorciados. Sem filhos para quem cozinhar, eu mal jantava.

No banco, eu olhava para a gavetinha metálica com uma pilha de notas de cinco em minha mão. Tentei novamente enfiar o dinheiro na gaveta do guarda-valores. Em vão. Pensei em pedir um cofre maior, ou trocar todas as notas de cinco por notas de cem. Ambas as opções pareciam chamativas. Suspirei e enfiei o dinheiro de volta no bolso do casaco. Eu estava guardando o casaco para o ano seguinte, quando os braços de Sam estariam mais compridos. Fiquei imaginando se sua gordura estaria se acumulando para um salto de crescimento, e então ele passaria o pai, nos anos por vir. A ideia me agradou.

Forcei-me a marchar até o balcão. Anunciei à caixa que precisava depositar um dinheiro. Ela olhou para a tela do computador e me disse que minha conta estava com um saldo negativo de seis dólares e seis centavos e estava programada para ser encerrada.

Os olhos dela se arregalaram diante da pilha bagunçada de notas que eu tirei do bolso do casaco.

— Está contado?

— Não, exatamente — eu disse. Ela colocou o dinheiro na máquina de contar e alinhou as laterais da pilha. As notas começaram a passar, manipuladas por dedos mecânicos de borracha. Ela preencheu o valor na guia de depósito e deslizou até mim, com os olhos no montante.

— Abriu um negócio? — perguntou ela, um pouco ávida demais.

Peguei uma bala vermelha em sua tigela de doces do Dia dos Namorados. Estava passada e com gosto de moeda velha.

— Sim. — Eu me forcei a cruzar seu olhar. — *Scrapbooking*, é uma fábrica de dinheiro.

Jurei fazer todos os meus depósitos futuros no caixa rápido, após o horário bancário.

ROMANCE MADURO

Na quarta-feira de manhã, tentei deixar minha agente feliz. Sentei-me no chão da casa de Nabokov com um pouco de papel pautado e uma caneta. Era o começo do dia, e eu tinha dormido bem. Não tinha motivo para estar cansada, mas a mera ideia de escrever uma cena de sexo para o mercado maduro já me deixava exausta. Eu não conseguia me lembrar do sexo. Disse a mim mesma que era como andar de bicicleta, mas isso não ajudava, porque eu sempre fui uma péssima ciclista. Peguei a camisa de Greg Holder e a coloquei em meu colo.

Fechei os olhos e a segurei junto ao rosto; inalei. Imaginei a boca aberta do carpinteiro, sorrindo. Eu quase sentia o cheiro de seu lábio, o aroma de seu creme de barbear misturado ao de café, sentia o cheiro de seu peito, o calor que subia pelo decote em V de sua camisa. Com os olhos ainda fechados, comecei a escrever:

> *Ela sente os polegares na parte de cima de seus braços, as partes inferiores dos dois corpos estão encostadas, desejosas. A calça dele é de jeans gasto. Ela sabe disso porque as pontas dos dedos dela o investigam, memorizando. O fim de sua coluna se curva em direção a ela, duas cordas grossas de músculo contraindo. Ela pode senti-los através*

da camisa flanelada, e sente o elástico da cueca dele. [Nota: Descobrir se esse pessoal maduro usa cueca tipo boxer. Procuro no Google?]

Ele está respirando com sua boca aberta, sussurrando: "Eu te quero". As línguas se tocam. O calor se espalha dentro do corpo dela, como mel despejado numa calçada quente, mergulhando em todas as frestinhas. [Nota: Encontrar uma imagem alternativa menos urbana: laços de calor se desenrolam... campos? Fileiras de milho?]

— Sente aqui em cima — sussurra ele. Ele a coloca na beirada da bancada de trabalho e se aconchega entre seus joelhos. — Isso é bom — diz ele.

Ela perdeu a fala, perdeu-se em sua boca. Ela abre os botões da camisa dele e a puxa para trás, tirando-a de seus ombros arredondados de músculos e ossos grossos. Ele para para desabotoar os punhos e livrar suas mãos, jogando a camisa por cima da escada.

— Vem cá! — diz ele. — Por favor.

Suas mãos sobem pelas costelas dela. Ele passa o rosto em seus seios. Ela perdeu a cabeça, perdeu toda noção de onde estava, perdeu a noção do tempo. Ela se deita de costas, ignorando a serragem. A manivela de uma ferramenta espeta suas costas. [Nota: Descobrir com Margie se o público-alvo é aposentado ou se ainda trabalha. Talvez tenha hobbies?]

Ele é eficiente com suas próprias roupas e as dela, e ambos se derretem. Ele a pega no colo, um braço embaixo de seus quadris e o outro embaixo dos ombros, e a ergue. Ela enlaça as pernas ao redor dos quadris dele, fechando os tornozelos. Carregando-a, ele volta ao quarto e, inclinando-se para baixo, a coloca na cama. [Nota: Preciso perguntar a Margie se aqui a leitora estaria preocupada com as costas do velho?]

Ela pôde sentir a rigidez do parceiro junto a si. [Nota: A ereção deve ser abordada?] Ele a afaga com o polegar; seus lábios estão sobre os dela, e sua outra mão acaricia seus seios. Ele parece saber exatamente o que fazer para derretê-la. [Nota: Excesso de uso do verbo "derreter"?] O coração dela bate acelerado e sua respiração é ofegante.

Ela se pressiona junto a ele, estica as pernas, abrindo-as, balançando o quadril em direção à mão dele, junto ao seu...

Foi o mais longe que consegui chegar porque, embora o sol brilhasse em meu rosto, eu adormeci. Quando acordei, descobri que tinha cochilado por meia hora. Minha caneta tinha feito uma linha curva no pé da página, e eu tinha babado na camisa de Greg Holder. Levantei e elaborei mais esta parte:

Ele proporciona a ela uma sensação incrivelmente boa, melhor do que qualquer coisa que ela possa lembrar. [Nota: Preciso checar quanto ao uso de preservativos?] Tonta, ela deita na cama, deixando que ele conduza o barco, que leve-a até a praia. Ele vai devagar, e quando ela pensa que perdeu completamente a cabeça, eles chegam.

Relendo isso, eu temi ser impossível saber se as pessoas tinham ou não orgasmos. Eu não tinha certeza do quanto isso seria importante, então, acrescentei uma nota para Margie: "Querida Margie, dá pra saber se as pessoas gozaram? Isso faz diferença?".

Usando as opções que meu computador pré-histórico da Laticínios Daitch oferecia, formatei a cena como um livro de verdade, com título e um pequeno coração em cada página. Quando imprimi e inseri – com muitas páginas em branco – numa daquelas capas de romances maduros, *Matched at Last* (Enfim, Unidos), parecia um livro genuinamente publicado. Essa era uma técnica de visualização que eu havia aprendido em meu antigo emprego. Faça parecer real e se tornará real.

Coloquei o livro debochado de romance idoso em minha mesinha de centro, onde poderia vê-lo com frequência, e fiz uma cópia simples para minha agente. Eu torcia para que a cena me arranjasse algum trabalho, como Margie havia sugerido. Não conseguia imaginar quem iria querer ler sobre gente velha fazendo sacanagem, mas, por outro lado, eu também não gostava de ver os animais cruzando no zoológico.

Coloquei a cópia de Margie da Cena de Romance Maduro num envelope e lacrei. Depois, coloquei dentro de outro, caso o primeiro perdesse a cola e abrisse, expondo seu conteúdo. Decidi ir até o correio, em vez de esperar que Bill o retirasse. Eu ficaria mortificada se ele lesse aquilo.

Na quinta-feira do dia do encontro com Greg Holder, eu não esperei que Margie me ligasse. Liguei para ela logo depois do almoço.

— Margie, na sua opinião, aquela cena funciona?

— Espere aí, Barb. — Eu ouvi um "Tchau, meu bem" e um barulho de beijo que seria nojento se eu não soubesse que eles se amam.

Margie voltou ao telefone.

— Por Deus, Barb, essa é sua ideia de uma cena de amor? Essa gente está trepando numa bancada! Em cima de pregos e martelos! Isso não é uma cena de amor.

Fiquei toda vermelha do outro lado da linha.

Margie parou para respirar fundo. Reconheci isso como minha agente se recompondo para me explicar sobre a vida.

— Barb, sabe quando você está com alguém de quem gosta e, de repente, percebe que ele é o tal? Essa é a cena a ser escrita. Só que essas pessoas são mais velhas; elas têm a vida toda atrás delas. Bem, a maior parte da vida — emendou ela. — Ou você poderia escrever a cena em que eles finalmente concluem que são feitos um para o outro, a cena de compromisso.

Isso soava a mesma coisa para mim: nada que eu conhecesse por experiência de vida.

— Margie, eu não consigo fazer isso. Acho melhor ficar com meu emprego diário, por um tempo.

— As cartas do *leite*? — Margie soou indignada.

— Todo esse negócio de amor e destino, eu simplesmente não entendo isso — eu disse. — Não tenho problemas com os laticínios.

Margie fungou para mim.

— Você está abrindo mão de uma mina de ouro.

ENCONTRO

Pensei em ligar para Rudy e descobrir mais sobre as práticas atuais em encontros amorosos. Eu queria saber, particularmente, se hoje em dia as pessoas se beijam no primeiro encontro. Também fiquei imaginando se as pessoas, principalmente as mais velhas, como nós, faziam no primeiro encontro algo mais que beijar, ou se isso era para depois do terceiro, como na época em que eu saía. Levei a mente em direção a Rudy, em vez de ligar. Pareceu mais seguro.

 Se fosse um encontro com ele, haveria dois pontos afundados em seu sofá, um ao lado do outro. Eu seria um. Seu corpo grande estaria inclinando o sofá, fazendo-me pender em sua direção. Eu sentiria seu calor. O controle remoto estaria convenientemente aninhado em sua mão esquerda. Haveria um jogo na TV. Sentar no sofá de Rudy e assistir a um jogo seria algo inebriante. Eu sentiria minha mente desligando, uma sensação boa.

 Essa seria a preliminar de Rudy, eu achava. Ele não colocava isso em pratica desde a faculdade. A moça do encontro, quem quer que fosse – ainda bem que não seria eu – estaria fazendo o que ele fizesse: assistir à TV e ir para a cama. Haveria tanta força de tração gravitacional que a mulher simplesmente seria sugada pelo vórtice de seus hábitos.

 O quarto uísque de Rudy já teria feito o trabalho, e ele começaria uma eficiente preparação para a cama, como se ela/eu já tivesse ido embora:

desamarrando cada sapato, tirando as meias, desabotoando a camisa, desafivelando o relógio, deitando ao lado do controle remoto, tirando a calça ruidosa de couro. Ele diria algo em minha direção (ou na direção dela), que talvez fosse: "Você vem?", ou talvez "Você vai?".

Em minha mente, eu pegava os sapatos embaixo do sofá e saía devagarinho, fechando silenciosamente a porta da frente. Não tinha havido beijo algum durante o encontro com Rudy.

Quando cheguei ao Café Raw, Greg Holder estava em pé, do lado de fora, encostado à caminhonete. Ele estava com um jeans que parecia novo e uma camisa de veludo cotelê por baixo da jaqueta de esqui. Depois de nos cumprimentarmos, ele disse:

— Por favor, deixe-me levá-la a um restaurante melhor que este, está bem?

O Café Raw havia sido sugestão minha, mas eu não insistiria em tofu frio. Entrei na caminhonete, que estava agradavelmente bagunçada, com uma pilha de copos de papel rolando pelo chão.

Sob a luz das velas do restaurante, ele ficou ainda mais ridiculamente lindo do que era na luz da rua. O estranho é que eu não me sentia nervosa. Ele pediu uma garrafa de algo excelente, de uma vinícola do norte do estado chamada Whitecliff.

— Esse pessoal é meu amigo — disse ele, mas não de um jeito esnobe, apenas casual. Depois, sugeriu que eu fizesse o pedido por nós. — Aqui, não tem como errar — disse ele.

Minha mente registrou isso como uma boa notícia: nenhum problema com controle de comida. Ou isso, ou ele era excelente em fingir.

A comida era tão deliciosa que ficou difícil não dizer "hummm" enquanto eu mastigava. Atum com ervas e uma bola de wasabi e picles com gengibre. Perguntei se o cozinheiro era de Nova York.

— Plattsburgh — disse Greg. Nós conversamos descontraidamente sobre o norte do estado, e sobre o sul também — ele ocasionalmente vendia seus móveis lá. Falamos sobre cinema e até sobre os meus filhos.

— Você parece ser uma boa mãe — disse ele. Isso me fez querer beijá-lo na hora.

Eu me sentia cada vez mais relaxada conforme a noite prosseguia. Ele me levou de volta até o Café Raw, onde meu carro estava estacionado, desligou o motor e desceu. Junto à porta do meu carro, ele ficou perto de mim, mas não perto demais. Ele não me beijou, embora eu achasse que o faria. Estendi a mão e ele a pegou. Eu nunca soube das regras para apertos de mão entre homens e mulheres num primeiro encontro, mas Greg claramente reconheceu o aperto como um não beijo. Ele segurou minha mão firmemente, parecendo ligeiramente confuso. Perguntou se poderia ir me ver, qualquer hora, na casa de Nabokov. Foi uma maneira agradável de dizer que as coisas correriam com a rapidez ou lentidão que eu quisesse. Gostei disso, da ideia de estar no controle, de ir devagar. Parecia bem adulto.

Mas havia uma parte de mim que dizia rápido, rápido, rápido. Eu mergulhei nos lábios dele. Não tinha a intenção de fazê-lo, mas, subitamente, eu fiz, dando um selinho quase espasmódico e retraído. Depois, pulei no carro e fui embora, rápido, rápido, rápido. Foi pura sorte não tê-lo atropelado.

Em casa, na cama, tentei não pensar em Greg Holder. Pensar nele era, bem... um tesão. Não havia tesão em minha vida há muito tempo, mas minha mente nunca tinha sido obediente, e eu podia ver Greg tirando a camisa pela cabeça, com uma das mãos, do jeito que os homens fazem; via seu peito, hummm, seu peito... Via também a facilidade com que seu jeans caía no chão depois de desabotoado. Depois, eu não conseguia ver mais nada, droga!

CHEGADA DAS CALCINHAS

Margie deixara claro que não havia qualquer notícia de Babe Ruth e que eu deveria parar de chateá-la, então, fui cuidar do meu trabalho. Depois de outra viagem à lavanderia, eu estava de volta em casa, dobrando inúmeros lençóis e fronhas, assistindo a um filme erótico no computador. O filme era do novo gênero – seria novo para mim? – "*femmeporn*". As atrizes tinham aparência real, mas os atores pareciam deuses, ou, ao menos, reis de academias.

Perdi o fio da meada porque o telefone tocou. Enquanto a ação na tela estava esquentando, eu conversava com a nova professora de Darcy no jardim de infância, a Srta. Sugarman, sobre a indisponibilidade de minha filha em se entrosar com o grupo.

Pelo que entendi, a preocupação da Srta. Sugarman era por Darcy se recusar a ser princesa. Todas as outras meninas estavam num clube de princesas e Darcy não queria ser uma delas. Ela dissera que não se importaria de ser uma "princesa de verdade", porque essas podem viver na França, mas "princesas cor-de-rosa bobas são falsas". A professora queria que eu fizesse Darcy se desculpar com as meninas. E ela também queria saber se Darcy tinha roupas de "cores mais leves".

Tive a sensação de que essa era uma questão de projeção, porque eles teriam ligado primeiro para John. Ah, claro, tinha mais uma coisa: Darcy tinha chamado a Srta. Sugarman de "cocô de beemonte".

— Ela não sabe o que isso significa — eu disse a Srta. Sugarman, sem tirar os olhos dos orgasmos falsos com pinta de verdadeiros. — Nem eu sei direito o que isso significa. — Houve uma longa pausa e eu percebi que era obrigada a preencher. — "Beemonte", isso não significa grandiosidade? — Houve um som estalado da Srta. Sugarman. Eu abaixei o volume da pornografia do computador e frisei a transição suave de Darcy para sua nova escola e o grande progresso nos números e letras. Isso não era verdade. Darcy entrou no jardim de infância sabendo o alfabeto, mas sem dar a mínima para números – os dela ou de qualquer um – e ela ainda estava exatamente no mesmo lugar. Para ela, um número nove era tão irrelevante como Plutão, o planeta, ou Pluto, o cão.

A Srta. Sugarman queria que eu fosse a uma reunião com Darcy e o pai dela depois do horário da aula. Coincidia com meu horário mais lucrativo na termas, quinta-feira, às duas da tarde. Dirigir até Oneonta e voltar me custaria cinco horas e o mesmo número de latas de óleo. Eu quis recusar – sabia o quanto isso seria improdutivo para todos nós –, mas tentei ser agradável, pelo bem da minha filha. Eu podia quase sentir o cheiro do hálito fresco de menta ao telefone. (Por que será que todos eram mais bem cuidados do que eu?)

— Desculpe, Srta. Sugarman, estarei trabalhando. Há alguma manhã disponível? — Minha programação tinha mudado completamente: supermercado, lavanderia, banco, cozinhar à noite, sexo o dia todo (não fazendo, apenas facilitando).

Esse pedido a fez suspirar e folhear sua agenda. Era possível ouvir o desprazer em seu silêncio. Tentei acalmá-la.

— Eu sei que Darcy é uma pessoa incomum. — Mais silêncio do outro lado da linha. O *femmeporn* estava esquentando: uma atriz comia chocolate no sofá enquanto o deus da academia comia sua colega de quarto. Eu imaginei que aquilo fosse picante. Não sabia o quanto era diferente da pornografia masculina. Talvez houvesse menos peitos e, na pornô masculina, eles estariam bezuntando o chocolate em seus corpos, em vez de comendo.

Eu queria que a Srta. Sugarman nos deixasse em paz. Deixe que Darcy seja uma bárbara; apenas a ensine a contar, pelo amor de Deus! Mas eu não disse isso. Se houvesse um inferno especial para mães passivo-agressivas, era pra lá que iria. Ouvi a mim mesma concordando que fevereiro é um mês tão curto! Depois, prometi explicar a Darcy que princesas de mentira têm sentimentos de verdade, e que certas palavras não devem ser ditas na escola. Eu odiava a ideia de desperdiçar o tempo de minha preciosa Darcy com convenções que podiam ajudá-la a se encaixar no mundo de conformidade do jardim de infância, mas eu tentaria.

Com *Garotas Malvadas Terminam Antes* chegando ao seu ápice e a pilha imensa de lençóis dobradas, para o atendimento da termas no dia seguinte, eu pensei na vida da Srta. Sugarman. Talvez ela morasse sozinha como eu. Talvez não tivesse colega de quarto. Isso fazia com que cuidar de princesas de mentira e ensinar o abecedário se tornasse uma tarefa meio nobre, que dirá ouvir insultos.

Fiquei pensando no que os homens achariam de *femmeporn*; o que Sid, o pegador de lobas, pensaria disso. (Eu tive o prazer de dizer à Margie o que "loba" significava. Ela nunca tinha ouvido falar.) Sid estava em meus pensamentos com frequência demais, sua pele incrivelmente lisa e seu corpo sem gordura, a forma como ele sempre conseguia combinar a mixagem musical com o astral do dia.

A Srta. Sugarman marcou um encontro na segunda-feira de manhã para os "pais e os professores preocupados". Mas que pé no saco o fato de eu ter que estar numa sala com John! Ela me falou um parágrafo desestimulante sobre "a eficácia do trabalho em equipe". Fiz alguns "hums" e "ahans" apropriados enquanto assistia às colegas de quarto dominarem o deus da academia. Ali também tinha chocolate.

— Tenha um bom dia — nós dissemos, simultaneamente.

A campainha tocou e era meu pedido especial de calcinhas beges da Hanro. Elas tinham uma cor parda atroz, tipo um pré-bege injuriado, mas eram maravilhosamente macias e leves. Eu as vesti e olhei no espelho. Eram tudo, menos sexy. Como sempre, eu era uma terrível consumidora. Em mim, a calcinha bege de cós baixo da Hanro parecia calcinha de freira.

FIM DE SEMANA

Depois que a aula terminou, na sexta-feira, John trouxe as crianças para o meu fim de semana de custódia. Entreguei Matilda e toda sua tralha, uma boa troca.

— Eu te vejo na reunião da escola — disse ele. John provavelmente estava na expectativa da reunião; ao contrário de mim, ele adorava figuras autoritárias.

Com sua mochila imensa nas costas, Darcy parecia uma belíssima tartaruga. Ela entrou em casa sem falar e soltou a mochila do lado de dentro da porta, junto com o casaco e as botas. Foi direto ao armário, pegou um punhado de biscoitos e os comeu me encarando, me desafiando a dizer-lhe que lavasse as mãos.

Eu não disse. Sam tinha ido obedientemente até a pia, depois à geladeira, cuja porta ele segurava aberta, olhando o lado de dentro.

— Vamos brincar de escola — disse Darcy quando terminou de mastigar e limpar as mãos na calça. — Eu sou a professora. — Ela me instruiu para que sentasse no tapete e me cercou de Barbies. — Ouça — disse ela; depois, aproximando-se do meu rosto, ela fez um gesto para que eu fechasse a boca com um zíper. Ela saiu para ir procurar um pedaço de giz.

Pude ouvir Sam pegando uma vasilha do armário.

— Posso fazer algo, Barb?

— Claro, no que está pensando?

— Suflê.

Em seu pequeno quadro-negro, Darcy escreveu "b-u-n-d-a". Isso foi demais para ela, que deu uma risadinha, mas rapidamente refez seu rosto sério de professora.

— Pare de cochichar — disse ela. — É falta de educação. — Eu peguei a Barbie no colo. — Nada de tocar! — Ela estava muito perto de mim. Como eu estava sentada no chão, nossos olhos estavam na mesma direção.

— Por que algumas moças usam um troço preto bem aqui? — Ela tocou minha pálpebra.

— Rímel — eu disse. — É pra ficar bonita.

— Elas usam isso na cidade? — Darcy me perguntou.

— Sim.

— Nada de papo — disse ela, com sua voz séria de professora. — Hoje, nós vamos recortar com as tesouras. — Ela apontou para a Barbie de um braço só. — Revezem, ou irão para a sala do diretor.

Perguntei à Darcy se ela tinha novas amigas no jardim de infância.

— Meninos são uns bobocas — ela me informou. — Sarah pisou no meu sapato. — Ela caiu em prantos. — Depois, a Trudy também pisou. — Ela soluçava. — *Detesto elas.* — Com a tesoura, ela cortou um chumaço de cabelo da Barbie de um braço só.

Eu ouvi Sam batendo as claras em neve na cozinha.

— A professora me trata como se fosse uma empregada. Tenho que ficar colando o dia inteiro. — Ela fungava. — O lanche tem gosto de cocô. — Ela me olhou. — Eu quero que isso pare. — Darcy recostou-se em mim, com o nariz escorrendo em meu ombro. — Preciso de um pouco de rímel. — Ela me olhou, astuciosamente. — Quando você me comprar o rímel, eu vou guardar aqui nesta casa.

Eu lhe dei um rímel da minha bolsa e a observei encontrando um esconderijo perfeito: uma bolsinha de moedas dentro de uma bolsa de lantejoulas. Ela também me mostrou sua coleção de moedas que estava ali dentro, em três carteiras separadas: uma para dólares, que tinha dois; uma para moedas de um centavos; e a terceira para moedas de maior valor. Ela chamava todas de níqueis.

Comemos suflê no jantar, e uma salada de frutas. Sam havia escrito as receitas de ambos, com anotações sobre erros a ser evitados: "não cortar a fruta grande demais" e "checar cascas nas claras dos ovos".

À mesa, Darcy me perguntou se eu conhecia Jesus.

— Não — eu disse, incerta do rumo que isso tomaria.

— Irene conhece. — Ela estava comendo somente as bananas da salada de frutas.

— Cale a boca! — disse Sam. Ele jogou a colher na mesa. — Deixe de ser tão esquisita.

Darcy pareceu estarrecida. Eu nunca o tinha visto falar assim com ela. Observei seu rostinho se fechando.

— Sam, vá com calma — eu disse. — Acho que ela queria fazer uma pergunta. — Ele empurrou a cadeira para trás e saiu marchando da cozinha.

Darcy empurrou sua vasilha.

— Por que você não quer mais morar com a gente? — ela me perguntou.

— Ah, meu bem, é isso que você acha? — Abri meus braços para ela, que subiu no meu colo. Beijei seus cabelos. Tentei explicar que não cabia a mim. Ela não acreditou. Para Darcy, os adultos faziam o que queriam, e sua mãe queria morar longe dela. Eu a abracei e embalei, de um lado ao outro. — A mamãe te ama — eu murmurei. — Mamãe se orgulha de você. — Ela recostou a cabeça em meu ombro, pressionando o rosto na curva do meu pescoço.

Depois de um tempo, eu a carreguei para a cama e deitei seu corpinho em cima da colcha. Ela me deixou mudar sua roupa, molenga e inerte como um bebê cansado, mas sem jamais tirar os olhos dos meus. Eu escovei seus dentes e afastei seus cabelos do rosto, percebendo o pedaço espetado da frente, que já estava crescendo de volta.

— Sempre serei sua mamãe — eu disse. Afofei seu travesseiro.

— O Sam sempre será meu irmão?

— Sim, mesmo quando você for adulta.

— Onde está o vovô?

— Ele se foi, Darcy, mas todos nós lembramos de coisas diferentes sobre ele e guardamos essas lembranças por toda nossa vida. — Eu puxei o cobertor até seu queixo e prendi em volta de seus ombros.

— Ele sabia que ia morrer?

— Sim, querida, ele estava pronto. Vovô teve uma vida boa e longa.

— O vovô deu uma última piscada, vendo o mundo bonito?

— Tenho certeza de que sim. — Eu beijei suas pálpebras fechadas.

Saí devagarzinho para procurar Sam. Não dava para ouvir nada por trás da porta fechada de seu quarto. Bati, mas ele não respondeu. Provavelmente, estava com a música tocando no fone de ouvido e não conseguia me ouvir. Bati com mais força. Ele abriu uma fresta na porta e olhou para fora, sem tirar o fone.

— O quê? — perguntou ele.

Eu gesticulei para que ele tirasse o fone e ele o fez – um deles.

— Darcy acha que eu quis deixá-los. Você não acha que isso seja verdade, não é?

— Eu sei que você faz qualquer coisa que o papai queira. — Ele enfiou o fone de volta no ouvido e fechou a porta.

Na segunda-feira, nosso trajeto de carro até a escola foi quase em silêncio. Mais do que qualquer coisa, eu queria que eles soubessem o quanto eu os amava profundamente e desejava morar com eles, mas ali estava eu, seguindo ordens e os devolvendo para uma vida sem mim.

Perto da escola, um carro de patrulha passou por nós, piscando as luzes, e Darcy gritou.

— Eles não estão atrás de Barb, sua tonta! — disse Sam.

Eles me deixaram beijá-los na despedida, na entrada do colégio, e eu observei enquanto eles se distanciavam, sem dar bola um para o outro.

Estacionei na vaga de visitantes. A escola estava decorada com corações de papelão para o Dia de São Valentim. John e eu tivemos que nos sentar do mesmo lado da mesa, para acomodar todos os professores na sala. Ele estava com uma aparência perfeita, é claro. Eu vestia meu acessório de boa mãe, uma echarpe que deliberadamente tirei do armário de minha mãe.

Estavam reunidas: a professora de artes, a psicóloga e as professoras principais de Sam e Darcy. Elas falaram primeiro sobre Darcy. Em vez de cartões para o Dia de São Valentim, que era a programação da semana anterior, ela ficou escrevendo bilhetes odiosos, com a gramática errada, aos alunos de sua sala. A professora de artes mostrou alguns: corações calombudos com flechas atravessando e algo que poderia ser um palavrão, mas escrito terrivelmente errado.

A professora do jardim de infância disse, expressivamente, que Darcy só vestia preto e cinza para ir à escola. John não refutou isso.

A professora de artes também queria discutir sobre Sam. Ela nos mostrou um autorretrato que ele havia feito. Era um círculo com um focinho e duas manchas como olhos. Havia uma faca espetada para fora do pescoço.

A professora queria saber se havia pressões em casa. John disse que não. Eu mencionei a dieta de pouco carboidrato.

Todos concordaram que era importante vigiar o peso das crianças. Acho que eu tinha perdido *esse* ponto. Pela exalada complacente de John, dava pra ver que ele sabia quem tinha ganhado.

A psicóloga perguntou, em voz alta, se Sam tinha meios para expressar seus sentimentos. John começou a falar do hóquei no gelo.

Todos concordaram que atividades esportivas eram uma parte central da vida de um menino. Isso pareceu satisfazer os requerimentos da reunião, porque as professoras se levantaram. Enquanto John apertava a mão delas, eu peguei os trabalhos de arte de meus filhos: o autorretrato e a carta odiosa. Havia um prato de biscoitos mentolados na saída. Isso possibilitou que eu ocupasse as mãos fazendo algo que não fosse criminoso.

Dirigindo para casa, desviando dos compradores do Dia de São Valentim, percebi que eu estava tão envolvida em meus sentimentos pela perda das crianças que não tinha entendido o que minha partida significava para eles. Darcy achava que eu quis deixá-la, e Sam achava que eu só fazia o que John quisesse. Além disso, eles não eram mais aliados; meus filhos não eram um time.

Eu me senti impotente diante das circunstâncias da minha vida. Quando conheci John, eu tinha um superpoder: o Poder de Sair Andando. Perdi isso quando dei à luz o nosso primeiro filho. Agora, tudo que eu tinha era o Poder de Fazer Merda.

Em casa, eu encontrei a lista de exigências da vara de família, com as condições que eu tinha de cumprir para me enquadrar para a guarda. Era como um plano de negócios para Planejar Sua Vida Fodida: emprego estável, hipoteca paga em dia, caderneta de poupança mediana, faturas baixas no cartão de crédito, provas de atividades sociais, amigos, hobbies, casa limpa. Por que eu não conseguia fazer essas coisas?

EMPREGO ESTÁVEL

O BOATO SOBRE A TERMAS DECIDIDAMENTE SE ESPALHAVA, PORÉM AINDA era um grande segredo em Onkwedo. As mulheres falavam a respeito somente com as amigas de confiança. O boca a boca acontecia mais nos salões de beleza, de cliente para esteticista, de esteticista para outra cliente. A maioria das mulheres aparecia na porta da estalagem de cabelos e unhas feitos, como se fosse dia de namorar.

Quinta-feira foi a primeira vez que eu tive de subir durante o horário de trabalho. O dia começou bem, com Janson acendendo a lareira e Sid colocando uma música nostálgica, com mixagens da Motown. A música me deixava feliz, embora eu achasse que essa era uma homenagem que ele fazia à geração de seus pais. Evan tinha um trabalho de Desenvolvimento Humano para escrever, portanto, não estava ali, mas o belo Wayne e o quieto e enorme Tim ocupavam o sofá. Era a primeira vez de Wayne, mas ele parecia o mais relaxado; Tim permanecia sentado com a imobilidade de uma peça de açougue.

Comecei meu dia como sempre fazia: na cozinha, juntando os dados do dia anterior de trabalho. Cabia aos caras anotarem as informações, e eles eram detalhistas e confiáveis quanto a isso. Eu desconfiava que nenhum deles sequer se atrasava na entrega de seus deveres de casa. Em pedaços de papel, eles anotavam as preferências das clientes por códigos e arquivavam ao lado da caixa de dinheiro, atrás do oratório.

Sid me ajudou a elaborar um modelo estatístico simples, o que me possibilitava fazer comparações entre visitas e observar os padrões de escolha. Uma coisa que eu havia notado era que, exceto por algumas clientes que estavam passando pela equipe toda, as mulheres pareciam escolher sempre a mesma pessoa. Minha teoria era que as mulheres estavam sendo "fiéis". Era meigo. Eu não sabia se era porque elas estavam preocupadas em magoar a pessoa ou se ficavam relutantes quanto a parecerem promíscuas, por acrescentarem mais parceiros à lista – "parceiro" talvez não seja o termo correto.

Ginna, a contadora da Laticínios Old Daitch, era cliente assídua e vinha toda semana. Até então, nós tínhamos apenas trocado acenos de cabeça. Ela era uma das exceções à regra, sem ter um padrão de preferência, a menos que "inovação" pudesse ser considerado um padrão.

Eu estava registrando algumas anomalias num caderno especial. A Dra. Gladys Biggs, experiente professora de Sociologia e loba, subiu com Tim para um horário padrão, o de cinquenta minutos. Eu nem precisava checar quem ela tinha escolhido, pois os passos dele na escada eram mais pesados que os dos outros. Tim nunca me fizera qualquer solicitação nem falava, com exceção a monossílabos ao chegar e se despedir, mas ele parecia estar sempre ocupado. Era tão imenso; talvez fosse a novidade de seu tamanho o que atraía minhas clientes.

Não fazia nem quinze minutos que eles tinham subido quando Tim ruidosamente desceu a escada. Ele não parecia agitado, porque isso não estava em seu repertório de expressões faciais, mas estava sem sapato e com a fivela do cinto aberta. Desceu direto para a cozinha, onde eu procurava encontrar uma nova maneira de manipular os dados que me dariam um modelo previsível, e me informou que a Dra. Biggs não queria usar preservativo, estava com as pernas na parede, e isso o estava deixando de cabelo em pé.

Eu fiquei com os cabelos ainda mais eriçados, porque sabia que essa posição era ideal para a concepção. Corri escada acima e abri a porta do quarto número 5. Obviamente, lá estava a professora Biggs, na pose clássica de facilitação ao esperma. Vi muito mais dela do que gostaria.

— Por favor, levante-se — eu disse, mantendo meus olhos no rodapé. — Estamos esperando a visita da chefe de seu departamento. — Felizmente, eu sabia, pelos meus funcionários, que a chefe do Departamento de Sociologia era uma mulher. Fechei a porta e esperei do lado de fora, enquanto ela rapidamente vestia a roupa.

Ela surgiu com seus cabelos curtos descabelados – ou estava num dia ruim com os cabelos, ou ela mesma os teria cortado, não dava pra saber –, e pôs um punhado de notas de vinte em minha mão. De perto, eu pude ver que ela não tinha idade para conceber, que isso provavelmente era uma fantasia, mas eu sentia que tinha que defender meus homens.

— Dra. Biggs — eu disse —, nós lhe daremos as boas-vindas novamente, mas preservativos precisam ser usados sempre, para a proteção de todos.

Ela resmungou, desceu a escada batendo os pés e saiu apressada pela porta, colocando seu casaco de lã. Da janela lá de cima, eu a vi acelerar seu Prius, subindo a rampa antes que o Prius de sua chefe chegasse.

Fiquei no corredor lá de cima, ouvindo. Por trás da porta do quarto 2, ouvi um gemido baixinho, que poderia ser um choro suave. Tirei os sapatos e segui pelo corredor. Atrás de outra porta, a voz de uma mulher estava ligeiramente elevada; a do homem, rouca e baixa. Não dava para entender as palavras, mas uma discussão intensa se desenrolava. No último quarto, ouvi risadinhas e o som de um tapa, depois, mais risadinhas. Fiquei no meio do corredor, orgulhosa. Tudo estava indo bem.

Coloquei meus sapatos e voltei para a cozinha/escritório, para pegar pão e manteiga. Descobri que as coisas funcionavam melhor se eu servisse um lanche de fim de tarde. O humor de todos ficava mais agradável, e havia menos conversa sobre pizza e cerveja. Na sala, quando as clientes já tinham ido para casa e os homens estavam reunidos, eu dei um sermão sobre como eles deveriam se impor, insistindo pelo sexo seguro. Eu vinha ensaiando esse discurso para dar ao meu filho e filha, quando chegasse a hora – Por favor, quanto mais distante, melhor! – Os homens já tinham ouvido isso antes, dava pra ver, e mal ergueram os olhos da comida.

Eles nunca tinham experimentado manteiga caseira. Tim pronunciou "bom" em sua quarta fatia.

Algum dia, ele poderia ser reprodutor, mas eu torcia para que não se apressasse para isso.

Depois que eles foram embora, eu fiz os últimos registros dos dados, espalhei o carvão e sentei ao lado da lareira. Queria compartilhar meu dia de trabalho com alguém. Liguei para Margie.

— Oi, Barb! — Margie parecia alegre. — Como foi seu dia? — Era dessa pergunta que eu sentia falta no casamento. Não no meu casamento, mas em um bom casamento.

— Bem. Fazendo dinheiro no mercado de romances. — Era isso que eu também estava fazendo, de certa forma. O fogo estalou.

— Onde você está?

— Isso que eu queria lhe dizer, se você tiver um momento.

— Claro, vou dar comida aos gatos. Eles sabem quando são cinco horas. — Eu podia ouvir o barulho do abridor elétrico de latas.

— Comecei um negócio, um tipo de spa para mulheres. — Cutuquei o fogo com a pinça, vendo a brasa reluzir, depois abrandar.

— Na estalagem Bryce? Eu ouvi falar, mas não sabia que você fazia parte disso.

— Como foi que ouviu? Não, o que você ouviu?

— Barb, esta é uma cidade pequena. Todo mundo faz o pé no mesmo lugar. As mulheres compartilham algo bom.

— Você ouviu coisas boas a respeito?

— Coisas excelentes. Coisas picantes. Ninguém está contando nada aos homens.

— Isso é bom.

— Bom? Você está maluca? Isso é essencial! Em nome de Deus, o que você estava pensando ao tentar algo assim por aqui? — Dava para ouvir os gatos pedindo comida.

Tentei explicar à Margie como eu pensei no negócio da termas e por que Onkwedo precisava disso. Ela me cortou.

— Barb, é melhor que você não tente seguir o que se passa em sua cabeça. O importante é que você não seja flagrada. Até agora, as mulheres estão mantendo segredo total, mas eu não sei quanto tempo isso pode durar. É bom que você não deixe ninguém injuriada. — Claro que ela estava certa. — Como vai o negócio?

— Fantástico! Lotado toda terça e quinta à tarde. Nós fazemos reservas com quase um mês de antecedência e estamos atuando com lotação total.

— Como estão as despesas gerais?

— Baixas.

— E a ação? Não, não me diga. Você não faz ideia. — Margie sabia de tudo.

— Tento manter as coisas de maneira profissional.

Margie fungou.

— Você é minha amiga mais esquisita.

— Você é minha amiga que sabe tudo. — Eu não disse que ela era minha única amiga, mas acho que ela desconfiava disso.

— Isso não é um plano de vida, Barb. Arranje uma saída estratégica.

Eu apaguei o fogo e fui pra casa.

LIMONADA

Na tarde de sábado, bem antes da hora programada para Greg Holder chegar, eu estava limpando a casa de Nabokov. Dizem que a natureza abomina aspiradores, e eu também, mas estava usando um. Limpar era o modo como eu lidava com a ansiedade. Coloco as coisas em ordem. É tedioso, mas é melhor que brigar com o cachorro. De qualquer forma, a cadela se fora.

Eu estava ansiosa quanto à chegada de Greg Holder e o que aconteceria depois disso. Não tinha certeza se o beijara. Lembrava ter lido num artigo na *Psychology Now*, página 27, que algumas mulheres podem entrar no modo piranha sem alerta. É ligeiramente parecido com ser um lobisomem; as condições certas – digamos, uma lua cheia – podem fazer aflorar esse instinto subitamente. Era nisso que eu pensava enquanto aspirava poeira invisível dos rodapés.

O exemplo na *Psychology Now* envolvia uma mulher num encontro amoroso, o seu primeiro, aos vinte e seis anos. Eles estavam estacionados perto de um farol e, quando a luz varreu o carro, ela subitamente mergulhou no colo do rapaz. Ele ficou perplexo e não houve segundo encontro.

Eu tinha beijado Greg sem ter tido a intenção de fazê-lo. Não me lembro das condições de iluminação, mas lembro dele em pé, bem perto de mim, com a boca ligeiramente aberta, e me lembro de ter pensado – se é que pensei: "é assim que termina um encontro amoroso". E foi assim que terminou. Não foi a mesma coisa que mergulhar no zíper de alguém, mas, mesmo assim, fiquei pensando.

Parei de aspirar a casa limpa e fui experimentar os suéteres. Encontrei um azul felpudo que esqueci que tinha, e o jeans, claro. O traje seguia um dos princípios da vestimenta sexy, o único que eu conseguia lembrar: macio em cima, duro em baixo.

Depois, esvaziei os cestos de lixo e os borrifei com desinfetante, pois seu cheiro faz com que as pessoas se comportem asseadamente. Eu me lembrava desse fato também de meu antigo emprego. Mesmo sendo leve, o aroma fará com que as pessoas deixem as coisas limpas e organizadas. É o oposto do óleo de patchouli, cujo cheiro faz com que as pessoas deixem tudo espalhado pelo chão. Ali estava eu, *limpando*, exatamente como fazem as outras mulheres de Onkwedo; talvez eu estivesse me transformando numa nativa reprimida.

A campainha tocou e lá estava Greg Holder, totalmente lindo, como se tivesse saído lindo da cama, de manhã, e passado o dia todo assim. Eu não queria começar a pular no zíper, então, acendi todas as luzes e fui até a cozinha arranjar uns petiscos – queijo, biscoitos e limonada – e os coloquei numa bandeja de estanho.

Enquanto eu apertava os interruptores, derramava e derrubava as coisas, tentando me compor, ele perguntou, da sala:

— Você está lendo *Matched at Last* (Enfim, Unidos)?

Entrei com a bandeja e vi que meu livro debochado de romance maduro estava aberto na mão dele.

— Esse troço é como fantasias sexuais para retardados — disse ele. Ele me viu olhá-lo, imóvel, com a bandeja nas mãos. — Desculpe — disse ele, tirando os livros da mesa para que eu pudesse colocar a bandeja. — Eu quis dizer deficiente mental.

Houve uma pausa estranha, durante a qual ele estudou meu rosto corado.

— Você está lendo esse livro? — ele falou lentamente, como se estivesse falando com, bem, uma deficiente mental.

— Não — eu disse, firmemente. — Eu o escrevi.

Houve um longo vácuo na conversa.

— Talvez você precise fazer um pouco de pesquisa — disse ele, finalmente. — Quando foi a última vez que beijou alguém?

— Semana passada. — Eu não podia acreditar que ele já tivesse esquecido. — Beijei você.

— Aquilo foi mais como se você tivesse passado atirando. — Ele pegou a bandeja das minhas mãos e a colocou na mesa.

— Você é...

— Eu sei, você me disse. Sou um babaca. — Ele serviu dois copos de limonada. — Você que fez?

— Sim.

— Por favor, sente-se. — Eu me sentei. Ele deu um gole. — Essa limonada está ótima. — Eu o encarei. Ele parecia totalmente à vontade, enquanto eu estava tensa e retesada. — Não faz sentido apressar o que é bom, certo?

Ele olhou pela imensa janela panorâmica e perguntou sobre o espinheiro branco. Eu nem sabia que era um pé de espinheiro branco e não fazia a menor ideia de como ele sabia, já que estava sem uma única folha.

Greg falou sobre madeira. Ele tinha guardado um salgueiro caído na propriedade do cemitério privativo de Waindell. Despencou durante uma nevasca.

— Eu o serrei em várias placas na noite de ano-novo. Era isso o que eu estava fazendo quando você chegou. Precisa ser curtido por uns dez anos.

— E depois? — Eu dei um gole na limonada. Estava muito boa. Eu tinha espremido limões em fatias finas, num montinho de açúcar, com a traseira de uma colher de pau, e quando estava macerado em xarope de limão, acrescentei água e gelo. Minha avó tinha me ensinado a fazer limonada; ela aprendera com seu cozinheiro.

— Farei uma longa mesa de jantar, talvez algumas escrivaninhas. — Ele terminou sua bebida. — Não consigo atender à demanda por escrivaninhas para uso em pé. Tive que triplicar minhas peças. — Ele pousou o copo. — Em que lugar da casa você encontrou o livro?

Eu lhe mostrei o quarto de Darcy. Com o polegar, Greg esfregou a madeira das gavetas embutidas.

— Bem-feito — disse ele.

Ele ficou parado na porta do meu quarto e olhou lá dentro, mas não entrou. Eu recuei, incerta, e o chamei para mostrar a coleção de livros culinários de Sam, que ele admirou.

Parei, constrangida, junto à porta da frente, sem saber o que fazer em seguida. Inclinando-se em minha direção, Greg tocou meu lábio inferior com o dedo, depois seus lábios tocaram os meus. Eram perfeitos, salgados e macios. Meus olhos se fecharam como os de uma boneca plástica que você deita. Soa tolo, mas eu derreti. Senti o calor em minha barriga e todo aquele negócio trivial.

Eu tinha me esquecido de como era beijar. Era possível esquecer-se de como é beijar? Que coisa mais errada passar pela vida sem se lembrar disso!

Fiquei ali, de olhos fechados e boca aberta, e Greg me disse algo baixinho, que eu não consegui entender. Abri os olhos e ele estava me olhando. Deus, ele era lindo, e seus olhos eram gentis e inteligentes.

— Preste atenção — disse ele —, isto é para o seu livro. — Ele segurou meu rosto na palma da mão e passou o polegar em meus lábios. Foi sexy e meigo e meus lábios se abriram com uma prontidão adorável, sem ser forçada. Ah, sim, eu pensei, nisso ele está certo. Foi gostoso e suave, e eu poderia ter prosseguido por muito mais tempo, mas ele parou. — Devagar é bom, certo? — Ele estava com o casaco na mão. — Eu preciso ir, mas vamos começar daqui na próxima vez?

Depois que ele foi embora, eu me senti confusa. Será que ele gostava de mim? Será que me achava vulgar? Eu era? Será que as regras de namoro tinham mudado desde a última vez que namorei? Será que eu ao menos gostava dele, sendo ele uma pessoa tão confiante e excessivamente bonita? E por que ele foi embora tão depressa?

PLANOS DO CASAMENTO

Minha mãe me enviou um e-mail com uma foto sua vestida de noiva. Passados uns cinco minutos, recebi sua ligação. Ela resolvera se casar no dia do aniversário do meu pai, dentro de três meses, e me explicou assim:

— Barb, o dia em que seu pai nasceu foi o dia de maior sorte da minha vida. — Fiquei sem palavras.

Minha mãe preencheu o silêncio informando que o casamento seria uma boa oportunidade para que eu conhecesse um "médico bacana". Lembrei-a de que eu não gostava de médicos.

— Qual é o seu problema? Você costumava detestar advogados; agora são médicos? Você é tão teimosa!

— Nunca detestei advogados, isso era outra pessoa. Mas gostei do seu vestido. — Isso a fez calar. Seu vestido era uma bela malha prateada. Na foto, ela parecia uma pequena sereia de certa idade.

Minha mãe concordou em deixar que Darcy vestisse preto e prata como a menina das flores, contanto que fosse mais prata. As cores do casamento eram melancia e prata. Ela ia mandar diminuir o smoking do meu pai para o Sam. Ele certamente ficaria mais bonito que o noivo, o Dr. Gold. Eu planejava ficar ao lado de Sam em todas as fotos, ligeiramente na frente de sua cintura.

Ela me disse que pretendia convidar John para o casamento, e que ele poderia levar a namorada. Minha mãe sempre gostou de John. Mesmo depois do julgamento da guarda, ela se recusava a falar mal dele.

— Irene? — eu disse.

Eu pude ouvi-la escrevendo.

— Ela é magra?

Precisei gritar para que ela me desse atenção.

— Eles não podem ir! Se forem, eu fico em casa.

— Acalme-se — disse ela. — Tudo bem, não vou convidá-los, mas tenho um problema de verdade para discutir com você. — Ela explicou seu dilema sobre o casamento. Queria convidar a viúva do meu primo, mas estava preocupada que ela não tivesse um acompanhante. Eu não achava isso um problema terrível? Havia algo que eu pudesse fazer para ajudar nessa situação? E como ela deveria endereçar o convite?

Minha mãe organizou meu casamento com John sem todas essas questões fúteis, embora eu talvez estivesse grávida demais para notar, ou triste demais.

Um mês antes do meu casamento, no enterro do meu primo, cinco de suas ex-namoradas estavam sentadas nos bancos do templo Quaker, chorando, cada uma mais bonita que a outra. Seu primeiro amor chegou e partiu numa limusine, sem jamais erguer seu véu preto.

Eu disse à minha mãe para incluir a viúva do meu primo, que deveria haver um médico extra em algum lugar. Ela insistiu para que eu tentasse encontrar "um homem agradável, um amigo" para a viúva. Ela disse que haveria um bar liberado. Talvez ela achasse que eu devesse procurar um homem agradável e amistoso em uma clínica de reabilitação alcoólica.

— E quanto a você? — Ela voltou ao seu constrangimento predileto, a filha divorciada.

Resolvi tirá-la do meu pé e, ao mesmo tempo, salvar a mim mesma de um par com um médico, um bêbado, ou ambos.

— Talvez eu também leve alguém. Ele é carpinteiro. Não o conheço muito bem.

— Ele já conheceu as crianças?

— Não.

— Eles poderiam passar por filhos de John e Irene, e você poderia ser solteira.

— John não vai! Se quiser sua filha e seus netos em seu casamento, John e sua funcionária de jardinagem não podem ir! Essa é minha última palavra!

— Barbara, você não precisa gritar com sua mãe.

Eu respirei profundamente.

— Acho que tenho um DJ pra você, mas ele é caro.

— Tudo bem, querida.

Para minha mãe, custo equivale à qualidade.

Deixei um recado na secretária eletrônica de Sid sobre ser DJ no casamento da minha mãe. Disse a ele que desse seu preço. Depois liguei para Rudy, para ser acompanhante da viúva do meu primo. Lancei as palavras "bar liberado" em minha primeira frase. Rudy disse que podia ir.

Resolvi esperar para convidar Greg, o que parecia uma má ideia, pensando melhor a respeito agora.

MANTEIGA

Cada dia na termas tinha sua própria sensação. Eu percebi que havia um relacionamento estreito com o calendário escolar. Era a quinta-feira antes do feriado de Páscoa, e eu havia desistido de todas as esperanças de um dia vender *Babe Ruth*. As esposas estavam freneticamente se aprontando para viagens de visita aos sogros ou comprando presuntos imensos para assar para vinte membros da família. Entre uma coisa e outra, elas resolviam fazer algo agradável para si e davam um pulinho ali. Os salões de beleza estavam praticamente vazios. No dia anterior, eu tinha ido fazer meu primeiro pedicure em Onkwedo. Pareceram saber exatamente quem eu era e me trataram como uma celebridade, me trazendo chá e oferecendo a unha francesinha de graça. Dentro dos tamancos fechados de salto alto, meus pés pareciam estranhos.

    Coloquei o pão quente para esfriar no balcão e a manteiga na geladeira. Era uma geladeira jurássica e gastava muita luz, mas a Vovó Bryce gostava muito dela e me dera instruções específicas quanto aos cuidados, incluindo um descongelamento mensal, sem uso de nada perfurante.

    Na maioria das tardes, Janson chegava cedo e preparava o fogo. Os dias iam ficando mais brandos, mas ainda tínhamos neve ocasional, e a lareira era uma boa fonte de conforto. Quando uma nova cliente entrava, ela sempre notava o fogo, como se esperasse um interior de vinil ou de pele falsa vermelha. Janson aproveitava a oportunidade para colocar uma tora, o que lhe rendia a primeira olhada, e frequentemente a cliente o levava para cima.

Abri o programa de dados e comecei a revisar o modelo de previsão. Parecia que cedo ou tarde, todo mundo tomaria uns tapas. Estranho. Outro padrão era que as mulheres aparentemente não sabiam o que queriam de início, porém, conforme continuavam regressando à sua "pessoa", ficavam mais específicas e ousadas em seus pedidos. Também havia uma anotação de "C" em muitas fichas, mas eu não tinha ideia do que isso significava. Havia um número surpreendente de registros que não incluíam qualquer atividade sexual, apenas o "C". Eu não tinha certeza se eles estavam codificando errado, ou se eu estava boiando em alguma coisa.

Ginna, com sua inclinação à variedade, sempre se destacava no gráfico. Eu desconfiava que o fato de as pessoas saberem que tinha gente no quarto ao lado fazendo sexo era um algo a mais excitante que ninguém admitia, e não havia meios de medir.

Os homens chegaram pela porta da frente, cumprimentando. Pude ouvir Janson jogando a lenha no chão da lareira.

Detestava estar lucrando pelo racismo que define os Estados Unidos, mas Wayne certamente estava ultrapassando os ganhos de todos, exceto os de Tim. Acho que não era somente a cor de sua pele que aguçava a curiosidade das minhas clientes, mas também seu esmero impecável. Os outros homens conseguiam parecer ligeiramente desgrenhados perto dele. Só podia ser a roupa passada. Pouquíssimos homens em Onkwedo compreendiam o valor de uma roupa bem passada.

Uma coisa que ficava óbvia era que a termos funcionava em sua capacidade total durante as horas em que estava aberta. Cheguei a ter que distribuir alguns vales para que voltassem depois.

Não havia como acrescentar quartos e, de qualquer forma, eu não queria contratar mais gente; gostava dos homens que tinha e eles se davam bem.

Decidi aumentar os preços, exatamente como Greg Holder, para segurar a demanda. Resolvi aumentar 50% durante a febre da primavera, para aproveitar a inquietude da temporada e a negligência dos maridos, que se instala com o começo do campeonato de *baseball*.

Fiquei imaginando se Greg Holder era fã de *baseball*. Greg Holder. A sensação dos lábios dele era desconcertante, excitante demais, repleto de algo que desequilibra muito. Ah, sim, desejo.

Enquanto eu pensava exatamente nisso, Margie entrou pela porta da frente. Eu não ficaria mais horrorizada se fosse minha própria mãe. Ela olhou a lareira, os belos vincos na calça de Wayne, a envergadura dos ombros de Sid. Tim e Janson já estavam lá em cima, com algumas cozinheiras de páscoa. Margie estava linda como sempre, mas sua roupa parecia mais apertada, mais óbvia. Pude ver os homens a observarem, não como uma cliente, mas como algo totalmente diferente. Sid se esparramou. Wayne deu o sorriso mais malicioso que eu já tinha visto.

— Margie! — Eu praticamente berrei. — Venha até a cozinha! — Ela atravessou a sala de uma maneira perturbadora, que só as mulheres de pernas longas e salto alto conseguem; seu quadril deslocava o ar em ondas de calor. Eu a conduzi rapidamente a uma cadeira da cozinha e liguei a chaleira elétrica. — O que você está fazendo aqui? — perguntei. — Bill sabe que você veio pra cá?

— Bill está na casa da mãe dele — disse Margie. A mãe de Bill morava numa casinha ao norte do lago e Bill estava sempre consertando as coisas para ela ou lhe fazendo companhia.

Ouvi a porta da frente se abrir e fechar, e dei uma olhada no espelho para ver Wayne subir com uma cliente habitual. Sid colocou sua música favorita, a trilha sonora de Goldfinger. Era brega, e os outros o provocavam pela frequência com que ele a colocava pra tocar.

Eu não queria exigir que Margie me dissesse que diabos ela achava estar fazendo ali, colocando seu casamento em risco, quando ela e Bill deveriam estar juntos, ajudando um ao outro. Eu não era a Dra. Phil. Ataquei com a única habilidade em que me sentia confiante: minhas habilidades de mãe.

— Um petisco? — eu perguntei. Antes que ela pudesse responder, eu já tinha fatiado um pouco de pão caseiro, colocado na torradeira, pegado uma xícara de chá quente com limão e puxado outra cadeira para bloquear seu acesso à sala da frente. Sid tinha acabado de subir com a única mulher que eu vira na termas que podia passar por vinte e dois anos. Tim desceu a escada pesadamente e eu o convidei para se juntar a nós.

Eu o apresentei a Margie, explicando que ela era minha agente e uma investidora. Essa última parte não era verdade, mas saiu voando da minha boca, sem qualquer alerta ao meu cérebro. Não tenho certeza se isso a retraiu, o que era minha intenção. Eu não queria Margie nem perto da ação. Isso violava minha sensação de anonimato, de ser uma simples provedora de serviços. Além disso, eu conhecia Bill. Eu *gostava* de Bill. A ideia de Margie subir com um dos meus funcionários me incomodava profundamente. Talvez fosse hipocrisia fazer distinção com um casamento que eu conhecia, mas Margie e Bill eram felizes juntos; eles eram algo bom e raro.

Lambuzei a torrada com bastante manteiga e coloquei entre eles, em dois pratos. Eu estava contando com a inabilidade de Tim para conversar, o que desencorajaria Margie a pensar sobre si mesma como uma cliente potencial.

— Tim está se formando em Botânica — eu disse, já que ele estava envolvido na mastigação e não na conversa. Margie o olhou com uma curiosidade amistosa. Era um olhar amistoso demais e curioso demais. — Coma uma torrada — eu urgi. — Eu que fiz. — Margie me olhou como se eu tivesse perdido a cabeça. Claro que fui eu quem fiz, ela me viu fazer; mas ela deu uma mordida mesmo assim.

Vi que a manteiga despertou suas glândulas salivares. Sua sobrancelha suavizou. A ruga que aparecia entre seus olhos a cada seis meses, quando o Botox começava a perder efeito, abrandara. Ela deu uma mordida maior, mastigando com vontade. Percebi que ela mordia a torrada de cabeça para baixo, fazendo com que a manteiga tocasse sua língua.

— Minha Nossa Senhora — disse Margie —, esse troço é bom! Como se chama?

— Manteiga — eu disse a ela. — De uma vaca que mora ali na estrada. Ela come capim daquele campo à direita. — Apontei para a entrada da garagem, deliberadamente colocando meu braço entre o decote dela e os olhos de Tim.

Tim a encarava. Eu nunca o vira focar diretamente numa pessoa, mas ele estava olhando para Margie como se ela fosse uma nova espécie de orquídea.

Margie recostou-se em sua cadeira, esticando o pescoço e apontando o queixo para mim.

— Acho que encontramos um lar para o livro do *Babe Ruth*.

Tim estava com um enorme pedaço de torrada na mão. A manteiga escorria por seus dedos e pingava em seu colo. Ele olhava para Margie com as pupilas dilatadas, quase explodindo. Margie devia saber o efeito que estava causando, pela forma como cruzou as pernas e se inclinou à frente para pousar o peito na mesa, em meio aos farelos.

— Quem? — eu perguntei.

Tim ecoou:

— Quem?

— Você não tem dever de casa? — eu estrilei com ele.

Ele levantou-se devagar, esticando o corpo imenso, prolongando o momento, quando seu zíper ficou ao lado da orelha de Margie.

Depois que ele saiu, Margie sorriu pra mim.

— Quem poderia imaginar que você teria tanta cabeça para negócios!

— Margie, não me faça esperar mais.

Margie disse que tinha um editor disposto a publicar, o Sportman's Press. Ela me disse que eles geralmente publicavam livros de esportes, particularmente de *baseball*. Os editores queriam lançar o livro logo, para coincidir com a temporada de *baseball*, porque uma boa porção de suas vendas acontecia em estandes de concessões em estádios. Margie explicou que a Sportman's Press não concedia adiantamentos, mas os *royalties* eram justos.

— Você não terá informações sobre a forma como eles irão publicá-lo.

— Terá capa dura? — eu perguntei.

— Isso eu posso garantir — disse Margie, gentilmente, como uma agente funerária, garantindo um caixão fechado.

Balançando o quadril de volta até a porta da frente, ela se virou.

— Seu trabalho está feito. O resto cabe ao destino.

Fiquei contente em vê-la partir. Os homens observavam cada um de seus movimentos. Eu podia sentir o estado de alerta. Rudy diria que eles estavam "em ponto de bala".

Depois que a porta se fechou, eu perguntei a eles o que o "C" significava.

— Conversa — disse Wayne. — Elas conversam muito.

— E o que vocês fazem?

Ele pareceu intrigado por eu precisar perguntar.

— Ouvimos.

Sid disse:

— Eu escuto umas coisas impressionantes. Segredos. Que nunca foram contados a ninguém.

Janson concordou.

— Começou quando uma moça me disse o que ela queria — disse ele. — Depois, ela começou a me contar tudo que sempre quis.

— Por que será? — eu disse.

— Ela disse que eu a compreendo.

CARRO MORTO

Meu carro morreu na volta, depois que deixei as crianças em Oneonta. John tinha se oferecido para buscá-los, dizendo que minha "lata velha" não aguentaria, mas eu queria ficar com eles todos os minutos possíveis. Cheguei a Oneonta, mas o carro começou a fazer uns barulhos de trituração assim que dei ré na entrada de sua garagem, para voltar pra casa. Antes que eu pudesse chegar à placa "Bem-vindo a Onkwedo", o carro morreu, com um som tão definitivo que eu soube que era o fim. Fiz o que não se deve fazer: desparafusei as placas, enfiei-as na minha bolsa, dei um tapinha no capô e larguei o carro no acostamento da estrada. Fui andando com as placas tilintando dentro da minha bolsa. Eu estava meio triste, mas não me surpreendia que o carro que fora presente do meu pai, há tanto tempo, tivesse feito sua última viagem.

Era fim de tarde e estava frio, com o primeiro degelo. Em Onkwedo, o prenúncio da primavera é a lama. As calhas que margeiam a estrada transbordavam de neve derretida. Minhocas flutuavam em poças, preenchendo o ar com seu cheiro de afogamento, enquanto eu caminhava pela estrada deserta. Eu andava resoluta e depressa, como se ainda estivesse na cidade. Não tinha certeza da distância de casa nem se conseguiria chegar antes de escurecer.

Então, reconheci a fazenda experimental de batatas de Waindell e, além, a floresta que eu havia investigado com Matilda. Os fertilizantes que o departamento agrícola de Waindell haviam testado no ano anterior deixaram azulados todos os sapos dos arredores. Este ano, as margens da fazenda estavam sinalizadas com placas alertando para que piqueniques não fossem feitos ali. Margeei um campo de batatas e segui para a floresta.

A mata era marrom e cinza; o verde ainda estava por aparecer. Os galhos estavam nus. Camadas de lama e gelo cobriam o solo. Se os tons de lama fossem tirados da paleta, toda a paisagem desapareceria. Eu percebi que sabia como ir para casa; conhecia os caminhos pela mata, por conta das minhas caminhadas com Matilda. Conhecia até o córrego congelado que a ladeava, as curvas e os lugares planos e pedregosos. Era possível ouvir o gelo estalando para acomodar o movimento da água por baixo. Um pica-pau pôs a cabeça para fora de um buraco num tronco e ficou me encarando. Eu parei e encarei de volta. Pude sentir meu sangue fluindo como a água sob o gelo.

Não havia pessoas ali e eu nem liguei. Parecia certo estar sozinha na floresta. Eu não estava amedrontada. Não que ali fosse meu lugar, mas, ao contrário da cidade, caprichosamente cuidada, a mata era selvagem, rebelde. Pensei nisso. Minha casa ficava perto da mata, perto da selva. Isso combinava comigo, com meu interior. Qualquer coisa podia acontecer ali.

Saí do outro lado da mata, chegando em meu bairro. Nas calçadas, as pessoas taciturnas passeavam com seus cães. Aquela era exatamente a época do ano em que as pessoas tinham o pior comportamento. Todas as promessas de ano-novo caíram por terra. Ninguém estava correndo mais. Dava até para ouvir a poeira se acumulando nos cartões das academias, as tortas de chocolate sendo descongeladas, os cônjuges gritando. Por um momento, fiquei feliz por ninguém esperar nada de mim, nem magreza, muito menos gentileza.

Em casa, sem tirar o casaco, fiz uma xícara de chá e resolvi ligar para o Greg e convidá-lo para me acompanhar ao casamento da minha mãe. Eu pretendia deixar um recado pra ele, com meu número telefônico, e, depois, não atender quando ele ligasse de volta. Eu sabia que estava tudo errado: uma má ideia para um encontro, uma terrível *terceira* ideia. Ele conheceria as crianças e minha mãe, e me veria num vestido imbecil, tudo de uma só vez.

Ainda assim, eu não me detive. O chá me emprestou um tipo de coragem temporária. Liguei. Espiei dentro da minha bolsa, olhando as placas para ter inspiração – como foi bom dirigir aquele carro por tanto tempo!

Greg atendeu ao telefone. Eu comecei a falar.

— Oi, eu sei que isso é uma má ideia, mas minha mãe está se casando novamente. Desta vez, com o médico do meu pai. Eu estava imaginando se, de alguma forma, você poderia ser o meu acompanhante.

— Você vai me pagar? — Ele estava se divertindo.

— Eu poderia — eu disse.

— Você está certa, é uma má ideia. — Houve uma pausa. — Eu irei se, primeiro, você for velejar comigo.

— Está frio — eu disse.

— Sim. — Ele esperou.

Dei um gole no meu chá, pensando.

— Você tem paletó?

— Agora você vai me vestir? — Ele fingiu indignação. — Sim, tenho um paletó. Tenho até a calça para combinar. Mas, se eu os vestir, você terá que andar no meu barco *antes* do casamento.

— Detesto passar frio — eu disse.

— Posso cuidar do conforto, nisso você pode confiar em mim.

— Você sabe dançar? — eu perguntei.

— Não abuse da sorte — disse Greg.

Eu lhe disse a data do casamento e desliguei. Gostava do som de sua voz. Gostava de sua provocação. Despejei meu chá morno na pia, sorrindo.

NO LAGO

Quarta-feira era o dia marcado para encontrar Greg para o passeio de veleiro. Não tinha nada de ruim nisso. Eu sabia até o que vestir. Porém, em vez de colocar meu jeans e meu tênis de sola branca, minha jaqueta e meus óculos escuros, quando estava quase na hora de sair, eu estava ajoelhada junto à porta, olhando as fotos dos meus homens mortos e queridos e seus dois caminhos ao fim: um rápido, outro devagar. Eu sabia que isso não era produtivo. Sabia que era uma forma de permanecer sozinha para sempre, mas eu tinha que ver seus rostos antes de sair de casa. Eu não beijava as fotos. Não há nada num objeto que sequer chegue perto de ser uma pessoa. A superfície plana e brilhosa e os cantos curvos das fotos me lembraram que o passado se fora; eu só tinha o agora para viver e ser feliz – ou não.

Guardei as fotos e me vesti. Meu jeans era apertado, mas não terrivelmente. Não marcava os pneus nem a calcinha – eu chequei. Minha bunda estava como sempre fora, meu terceiro melhor traço – eu nunca consegui decidir quanto aos dois primeiros. Preparei um piquenique para nós: ovos cozidos, uma baguete, salada de feijão marinada, morangos e dois brownies. Não queria que ele pensasse que eu era uma cozinheira exibida, mas os brownies eram bons e me deu vontade de comer um no meio do lago, com o vento em meu rosto.

Quando eu finalmente saí, tentei sufocar minha ambivalência, falando comigo mesma: "Você gosta de barcos. Talvez goste de Greg Holder. Gosta de estar com as pessoas. Gosta de sair de casa". Essas duas últimas talvez não fossem verdade, mas eu as repetia para mim mesma enquanto pegava o ônibus até a marina.

O barco de Greg era legal e não era grande demais. Ele o tirou do ancoradouro sem muito estardalhaço. Eu era relutante em admirar bons velejadores. Isso significava apenas que eles tinham crescido ricos, mas, ainda assim, isso era algo bom.

A outra ponta do lago desaparecia em meio à neblina. Não havia muito vento, mas ele o utilizava bem, graciosamente conduzindo o barco lago adentro. Greg estava com uma blusa de lã e eu me vi imaginando se ela seria áspera ao toque. Também pensei se seria quente. Não se aquecia o suficiente, como eu costumava me preocupar com meus filhos, mas se seu corpo passaria a sensação de calor quando eu encostasse nele, ou se a blusa não pinicava. Desviei o olhar para a margem que passava, com suas casinhas de verão e visões ocasionais da linha do trem.

— Este é meu lugar — disse Greg quando estávamos perto do meio. Ele deixou a vela e virou-se para mim. Olhou-me cautelosamente sob as sobrancelhas. Eu sei que ele estava me analisando, para ver se eu tinha entendido.

— Porque estamos equidistantes das duas margens? — Eu sabia falar que nem homem se precisasse.

— Aqui, você só responde a si mesma; é liberdade.

Liberdade, sim – nós compartilhávamos esse valor. Concordei. Ele me dissera algo importante sobre si mesmo, e eu reconheci; nós dois sabíamos disso. Eu desembrulhei o piquenique e nós comemos, no meio do lago, com o vento em nossas bochechas, a vela tremulando. Ali, cercados de água, os brownies tinham um sabor de tesouro.

No caminho de volta, ele me ofereceu a cana do leme. Eu sabia que essa etiqueta era ensinada nos acampamentos de verão dos garotos ricos, mas era algo educado e eu aceitei. Ele caminhou até a proa e ficou com os pés separados e a mãos na amurada. Se ele, por acaso, estivesse me permitindo admirá-lo, era o que eu estava fazendo. A vista da costa era bem menos interessante do que suas costas, suas pernas, a forma como seus tornozelos estavam nus sob a calça embainhada. Por um momento, desejei que emborcássemos, para que pudéssemos salvar um ao outro, agarrar a quilha e dividir uma aventura. Eu me sentia impaciente demais para a forma incrementada como os relacionamentos são construídos; um jantar num determinado momento, um filme, uma festa ou uma saída.

Greg caminhou de volta para mim, olhando a água abaixo. Fiquei imaginando se haveria pedras ali, sob a superfície, o que era improvável naquele lago estreito e fundo. Ele se sentou ao meu lado, sem se oferecer para pegar o leme de volta. Seu ombro encostou no meu e eu pude sentir seu calor. Ele passou o braço ao redor dos meus ombros. Sua camisa era macia.

— Você está bem aquecida? — perguntou ele.

— Hum. — Eu não queria estragar o momento conversando. Encostei a cabeça em seu braço e fechei meus olhos. Por trás de minhas pálpebras, sem ter a intenção, surgiu o sexo. Eu podia vê-lo sobre mim, a espessura de sua camisa verde, o botão sem uso, no meio da manga, para prender os punhos enrolados. Podia sentir seu peso, parcialmente contido sobre seus braços fortes. Quase dava para sentir o cheiro de seu corpo – não de sabonete, apenas vivo e bom.

Mas, então, eu me lembrei dessa parte: como os homens são maiores que nós, como são eles que entram em nossos corpos, e não o contrário, como são mais fortes que nós. Como nos elevamos sabendo disso tudo – com confiança, com vontade, com o que às vezes chamamos de amor. Abri meus olhos e olhei para Greg.

Ele estava me observando.

— Você não precisa se preocupar, sou um cara legal. — Ele estava me provocando um pouquinho. Ele pôs a língua ligeiramente entre os dentes, numa combinação de ternura e deleite, como um beijo e uma risada juntos, e também se contendo, como se não quisesse me deixar constrangida ou estragar o momento. Eu nunca tinha visto ninguém fazer aquela expressão.

O restante da navegação foi suave. Eu o ajudei a amarrar o barco, usando os dois bons nós que meu primo havia me ensinado. Fizemos um plano para a manhã do casamento.

Caminhei em direção ao ponto de ônibus e, quando eu soube que já não estava mais em seu ângulo de visão, saltitei pelo restante do caminho.

CASAMENTO

Logo depois que as crianças haviam terminado de vestir a roupa para o casamento, a campainha tocou. Darcy saiu correndo para atender. Greg estava na porta. Ela o olhou de cima a baixo, dos sapatos até as sobrancelhas e abaixo novamente. Eu o convidei a entrar e ele a contornou para entrar na sala.

Darcy pegou a mão de Sam e o arrastou para o lado oposto de onde Greg estava sentado.

— Sente-se aqui. — Ela o empurrou. Sam sentou-se. Darcy se espremeu no meio dos dois, balançando os pezinhos. — Eu gosto de laranja. — Ela olhou para Greg de lado. — Você gosta de picolé de laranja?

— Sim. — Ele concordou educadamente.

— Nós precisamos de alguns picolés por aqui — ela me disse. Ela pegou um punhado de pelos no braço de Greg. Ele olhou para baixo, para o próprio braço, onde os dedos seguravam, e ficou imóvel. — Você nasceu assim? — perguntou ela.

— Não, eu era mais como você — respondeu Greg.

Darcy ergueu seu braço claro e macio junto ao dele, comparando. Ela deu um tapinha do braço dele.

Eu distribuí os picolés e Darcy disse, orgulhosamente:

— Sam fez esses picolés de uma receita.

— São bem laranjas — disse Greg.

— Corante artificial — disse ele, corando. — Vermelho e amarelo, seis gotas de cada.

Desde que vestira o paletó do smoking do meu pai, Sam tinha assumido a postura de um jovem mordomo.

— Darcy, vai cair gelo laranja no seu vestido.

— Meu vestido é escuro, bobinho. — Ela começou a lamber seu picolé.

— Mas você vai ficar grudenta. — Sam debruçou-se em cima dela, ao estilo de Jeeves, sem amarrotar seu traje.

— Poderíamos nos sentar à mesa — disse Greg.

Eu os deixei na mesa e fui colocar meu vestido. Darcy e eu o encontramos na internet. Era um vestido de seda cinza, com um blazer combinando. Darcy disse que parecia francês, mas não Paris. Não sei onde ela arranja essas ideias. A descrição dizia "chique clássico", o que se tornou a frase *du jour* para Darcy.

Levei o vestido à costureira de Margie para que fizesse alguns ajustes. Aquele vestido foi o que pensei que Vera usaria. Não Vera Wang, mas Vera Nabokov. Darcy queria me fazer um "penteado elegante", mas eu resisti, optando por um coque simples, o único "penteado" que eu sabia fazer. E minhas sapatilhas eram além de bonitas; quase dava vontade de beijá-las, de tão perfeitas. Eu as tirei da caixa e calcei.

Quando estávamos saindo pela porta, Rudy ligou.

— A que horas vocês vêm me buscar? — Eu tinha me esquecido dele.

Greg, é claro, conhecia o treinador Rudy. Ele estava montando uma vitrine de prateleiras para colocar todos os troféus do time.

— Cara legal — disse Greg. Seguimos até o apartamento de Rudy, no *campus* da Waindell, e ele entrou no banco traseiro, junto com as crianças. Darcy resmungou ao deslocar três bolsas para acomodá-lo.

Assim que Rudy afivelou seu cinto de segurança, Darcy perguntou:

— Quem é você? — Rudy começou a contar sobre seu trabalho de treinador.

Greg se interessou pela parte de quebrar o gelo para o treinamento matinal de remo no começo de fevereiro, mas Darcy o interrompeu.

— Você não acha esse esporte *nojento*? — Outra palavra do dia.

Sam olhava pela janela. Eu perguntei se ele estava bem.

— Estou preocupado que a salada verde murche no porta-malas. — Sam tinha planejado o menu com o banqueteiro e combinou de fazer, sozinho, uma salada especial de primavera.

— Esses são seus sapatos de verdade? — Darcy perguntou a Rudy, mas ele a ignorou.

Greg ligou o rádio na estação de músicas antigas. Darcy apontou para Greg.

— Ele poderia ser o noivo. — Ela parou para fazer suspense, depois se inclinou à frente, bem embaixo do rosto de Rudy. — E você poderia ser a noiva — e riu, debochando.

— Elas são todas assim? — Rudy me perguntou.

— Todas as crianças de cinco anos? — eu disse.

— Darcy tem um bom senso do absurdo — disse Sam, defendendo a irmãzinha.

Rudy se inclinou sobre o banco da frente.

— *Ele* é normal?

Dei uma olhadinha para Greg, que estava sorrindo.

— Crianças são pessoas — eu disse a Rudy. — Todas as pessoas são diferentes.

— Não tão diferentes — respondeu.

— Eles são crianças ótimas — disse Greg. Ele pousou a mão em minha perna. A marca da sua mão penetrou a seda do vestido, como se ela tivesse sido feita para transmitir calor. A quentura se espalhou pela parte interna da minha coxa, e eu senti minha pulsação desacelerar. Minha respiração se aprofundou. Greg fez um carinho levíssimo, com o polegar, antes de tirar a mão.

Fechei os olhos. Talvez corresse tudo bem nesse evento extraordinário.

Na traseira, as crianças cantavam junto com o rádio. Fiquei contente em ver que eles sabiam a letra de "Yellow Submarine".

O casamento da minha mãe com o Dr. Gold seria no Country Clube Wilkes-Barre. Era o clube dele e ficava perto da casa dela. Nós encostamos junto à frente, embaixo do pórtico rosa e prateado. Minha mãe não tinha optado pela originalidade. Descarregamos a salada e Sam a levou para a cozinha do bufê.

Minha mãe me cumprimentou no campo de golfe. Segurando meu rosto com as mãos, cautelosa para não estragar minha maquiagem, ela disse:

— Você parece melhor, querida. Eu sabia que seu casamento não ia durar. — Depois, ela frisou que Greg era bonito. — A aparência é importante — disse ela. — Lembre-se de seu pai. — Essa observação ficou por cima de seu ombro conforme ela foi receber outras pessoas que chegavam.

Como se eu pudesse esquecer.

Greg realmente estava espetacular de terno. Ele havia cortado os cabelos, que estavam brilhosos e precisos. Darcy chegou ao seu lado e fez um teste do beliscão em seu paletó. Ela aprovou.

Sam tinha feito *croutons* de alecrim para a salada e havia selecionado as verduras: rúcula em broto, alface manteiga e outras folhas que pareciam capim do gramado. Alguns comensais discriminatórios empurraram as bardanas para a beirada do prato, porém, a maioria mastigou-as diligentemente, com seu molho balsâmico.

A primeira esposa do Dr. Gold estava lá com seu marido atual, um Dr. Fulano de Tal, cirurgião. Ela me disse que ela e o Dr. Gold tinham criado quatro filhos. Apontou quatro jovens turcos, todos de ternos iguais.

— Lacrosse — disse ela, o que talvez fosse algum tipo de código. Agora eu tinha irmãos.

Ela se aproximou, recostando-se em meu vestido, e cochichou em meu ouvido que seu novo marido médico-cirurgião havia encontrado seu ponto G. Ele esticou a mão para se apresentar. Eu o olhei radiante, incapaz de tocar seu dedo descobridor do ponto G.

O Dr. Gold, noivo da minha mãe, não era bonito, mas parecia estável e gostava de comida. Ele até terminou a salada. Fez questão de falar comigo antes que a dança começasse, me cercando perto do bar de aperitivos, onde eu estava junto com Greg. Ele me pediu para parar de chamá-lo de

"Dr. Gold". Eu mostrei o sorriso feliz de bêbada que eu sempre mostrava nessas ocasiões. Ele se inclinou por cima dos aperitivos para ser ouvido por cima da música.

— Seu pai era um grande homem — ele me disse.

Eu olhei para o teto da tenda, tentando manter o rímel nos cílios para que não escorresse pelo meu rosto.

— Sim — eu disse —, eu sei.

Ao tentar afirmar seu ponto de vista, o Dr. Gold tinha plantado o cotovelo num petisco de brie. A primeira música para dança tocou, a sentimentalista "Bésame Mucho". Sid, o DJ, tinha todos os ritmos certos para essa galera.

Dei uma espiada por cima do ombro de Greg para observar o Dr. Gold, do outro lado da pista, na mesa da noiva, convidando minha mãe para acompanhá-lo na primeira dança da vida matrimonial. O brie deixou uma mancha bege solitária no cotovelo de seu fraque risca-de-giz azul-marinho.

Eu me aproximei mais de Greg.

— Não vou consertar aquilo.

— Ficou bem nele — disse Greg.

Minha mãe e o médico dançavam de rostinho colado no colete (o rosto dela no colete dele). O vestido dela servia, mas por um triz. Embora ela fosse a pessoa mais magra do salão, o vestido estava apertado o suficiente para dar-lhe uma ondulação dupla na gordura das costas.

Quando "Chantilly Lace" começou a tocar, a viúva do meu primo dançou com Rudy, o homem extra, acompanhando passo a passo seu estilo Lindy, sem que houvesse um centímetro entre eles. Ela parecia feliz. Rudy parecia positivamente sexy, algo que nunca achei possível.

Darcy surgiu perto da plataforma do DJ vestindo algo diferente de seu traje de menina das flores. Era rosa e acetinado, mais apropriado para uma menininha indo ao casamento da avó, mas eu nunca tinha visto aquele vestido. Quando olhei mais atentamente, vi que era uma das grinaldas de enfeite cor-de-rosa do Country Clube Wilkes-Barre, com um buraco cortado na altura do pescoço, que eu desconfiava ter sido feito por Darcy, com tesoura, no toalete feminino, e um laço prateado na cintura, feito com uma fita do salão de golfe. Darcy havia insistido para fazer seu próprio traje. As pontas de suas orelhas reluziam em cor-de-rosa, abaixo dos cabelos que estavam puxados ao alto, num montinho preso por uma porção de grampos. Ela parecia uma rosa selvagem com um belo centro preto.

Diante de Sid e do equipamento eletrônico, Darcy estava fazendo algo que considerava ser um balé. A música parou bruscamente depois que Blondie cantou "Eat to the Beat". Vi Darcy conversando com Sid, seu dedão do pé projetado, numa pose exagerada ao estilo bailarina. Eu a entreouvi dizer que os sapatos de Sid eram "chiques clássicos".

Sam conversava com um amigo do médico, o crítico culinário do *Wilkes-Barre Bugle*.

Sid sabia o suficiente para tocar Motown e encher a pista. O começo de "You Really Got a Hold on Me" saiu pelas caixas de som e eu me virei para Greg.

— Você sabe dançar isso, certo? Qualquer um sabe dançar isso.

— Você não desiste! — disse ele. Mas ele colocou uma das mãos no pé das minhas costas e virou-se para o piso de parquete. Meus belos sapatos de sola macia deslizaram na madeira com uma fricção levíssima.

Os braços de Greg me cercaram. Senti que estava dentro de algo quase sagrado, como uma árvore oca, terna e imóvel.

Eu sabia que meus filhos estavam olhando, então, não recostei a cabeça em seu ombro como gostaria. Eu podia sentir o calor entre nós, e a cautela também. A música ficou mais alta conforme Sid passou para "Brother John is Gone", dos Neville Brothers, que era o sinal para que os noivos liderassem uma dança conga, uma fila de gente da profissão médica meio apagada.

Agarrei a mão de Darcy quando ela se dirigia ao final da fila e a conduzi para pegarmos nossos casacos. Rudy me encontrou lá, com um drinque numa das mãos e a outra no braço da viúva do meu primo.

— Estelle vai me dar uma carona — disse ele.

Encontramos Greg no estacionamento. Esperamos até que o manobrista pegasse seu carro e entramos. Minha cabeça ainda estava pulsando pela música e eu me recostei no banco. Pensei no que teria sido estar lá sozinha, respondendo a perguntas sobre meu trabalho e batendo papo-furado com médicos. Eu estremeci.

Ao pegarmos a estrada principal, Greg disse a Sam que a comida estava excelente. Seu rosto ficou radiante de prazer. O paletó do smoking estava caprichosamente dobrado em seu colo.

Darcy se encolheu no banco de trás e eu a cobri com um cobertor. Soltei meus cabelos. O novo "felizes para sempre" da minha mãe com o Dr. Gold tinha começado. Eu estava contente porque o casamento tinha passado.

Olhei pela janela do carro, vendo a terra escura passando. Ainda era aniversário do meu pai. Pensei em sua sobremesa predileta, café Bavarian. Era uma sobremesa simples, tanto ar quanto sabor. Tinha a nulidade de uma espuma no expresso que você bebe em pé, numa estação de trem italiana.

— Obrigada por vir comigo — eu disse a Greg.

— Você fica linda de cabelo solto — disse ele. Eu não conseguia me lembrar de ninguém me chamando de linda, mas, naquele momento, aquilo pareceu verdade.

— Rudy disse que você abriu um negócio, recentemente. — Ele me deu uma olhada.

Era uma pergunta, mas meu cérebro inutilmente só dizia: "Que merda, que merda, que merda!".

Do banco traseiro, Sam disse:

— Sabe aquela antiga fábrica de laticínios no alto da costa íngreme? Minha mãe responde as cartas deles. — Ele pareceu orgulhoso de mim.

— As pessoas mandam cartas para a empresa de leite? — perguntou Greg.

— Muitas cartas — Sam informou.

— Isso é suficiente para viver? — Greg olhou pra mim.

— Eu me viro bem — eu disse, mexendo no botão do aquecedor do carro, abaixando, depois aumentando.

— E quanto ao seu negócio perto do lago, na antiga estalagem de caça dos Bryce? Rudy disse que ainda não viu, mas tinha ouvido dizer que era algo inovador.

Eu não conseguia respirar. Tossi, tentando inalar o ar onde pudesse usá-lo. Greg continuou:

— Uma vez, eu estive na estalagem com meu pai, quando eu era criança; minha primeira e única experiência de caça. Rudy disse que ele vai até lá semana que vem. Posso ir com ele?

— Nossas clientes são todas mulheres — eu disse, dando um gritinho. — Não haveria nada que interessasse a vocês. É essencialmente um spa diurno. — Minhas mãos faziam gestos descoordenados, por conta própria.

— Cortes de cabelo?

— Tratamento corporal. — Isso era quase verdade. Meus dedos encontraram o botão do rádio e eu o liguei no volume máximo. Os Rangers entraram estrondando no carro.

— Sam — eu exclamei, desavergonhada — hóquei no gelo!

Quando chegamos à minha casa, meu carro velho estava estacionado na entrada da garagem. A antena tinha uma fita laranja e havia um aviso da mesma cor preso ao vidro traseiro. Sam desceu do carro e leu. Darcy dormia profundamente.

— Posso carregá-la para dentro — Greg ofereceu.

— Tudo bem — eu disse. Greg cuidadosamente ergueu Darcy junto ao peito. Dormindo, seu rostinho ainda guardava o bebê que ela havia sido: sobrancelhas perfeitas, bochechas redondas, lábios de pétalas.

— O oficial Vince Vincenzo, da polícia de Onkwedo, deixou seu número telefônico. Acho que ele quer que você ligue. — Sam estava lendo o aviso. — O Sargento Vincenzo faz o programa de NUD da minha escola antiga. — Sam tinha sido devoto ao programa Não Use Drogas, que o deixara repleto de zelo. Uma vez, ele me disse que querosene viciava e levava ao uso de drogas mais pesadas.

Darcy se remexeu nos braços de Greg, fazendo um pequeno movimento de sucção com a boca.

— Venha. — Eu o conduzi pela casa, até o quarto de Darcy, onde ele a entregou a mim, e eu a deitei, dormindo, na cama. Tirei seus sapatos pretos estilo Mary Jane e a cobri com o edredom.

Sam entrou em seu quarto, dizendo que iria escovar os dentes.

Greg e eu ficamos no corredor, junto à porta.

— Você tem filhos bons — disse ele.

— Obrigada. — Meus belos sapatos estavam anestesiando meus dedos.

— Você está livre para jantar esta semana?

Eu estava sozinha todas as noites.

— Sim.

— Terça é bom?

Eu concordei.

— Eu gostaria de beijá-la, mas não com seus filhos em casa. — Greg aproximou-se e passou os lábios nos meus. — Te vejo em breve.

— Sim — eu consegui dizer, antes de sugar meu lábio inferior e capturar a sensação.

Depois que Greg foi embora, dirigindo, eu tirei os sapatos e a meia-calça e fui andando descalça para dar uma olhada no meu carro. Exceto pelo aviso, ele parecia o mesmo de quando morreu, só um pouquinho mais empoeirado. Abri a porta e entrei. A chave estava onde eu havia deixado, no cinzeiro. Coloquei na ignição, engrenei o ponto morto, virei a chave. Pegou. Mas quando tentei engrenar a marcha, surgiu um som de metal moído e ele começou a sacudir inteiro. Desliguei. Foi o fim de uma prazerosa viagem.

PRIMEIRA EDIÇÃO

A terça-feira começou como uma daquelas manhãs de começo de primavera de partir o coração. O sol tinha saído e eu estava de joelhos sobre as pedrinhas, parafusando as placas de volta no meu carro. Acima do espinheiro branco, havia três cachos carregados de botões. Por perto, os pássaros se banqueteavam de minhocas. Uma mamãe alce passou devagarzinho, orgulhosa por ter se oposto ao programa de esterilização forçada – de sete milhões de dólares – da Universidade de Waindell.

O caminhão postal de Bill se aproximou. As pernas compridas de Margie desceram, seguidas pelas pernas mais curtas de Bill.

— Achei que seu carro tivesse morrido — disse Margie.

— Morreu, mas a polícia trouxe de volta. — Eu bati a poeira das mãos. Tentei arrancar a pontinha do adesivo cor de neon, mas não saía.

Margie estava olhando para ele.

— Oficial Vincenzo? É melhor você ligar. Ele está na fila para ser o próximo delegado.

Ela me entregou um livro. Na capa, havia um taco de madeira de *baseball* e uma borboleta, parecendo ter acabado de pousar, de asas abertas. Eu suguei o ar.

— É a primeira edição — Margie me disse. — Eles fizeram um trabalho super-rápido. Nunca vi ninguém do ramo literário se mexer tão depressa. — Ela passou o braço ao redor do meu ombro e, juntas, nós ficamos olhando aquele negócio lindo. Na orelha, havia um rápido parágrafo sobre minha descoberta do livro na casa de Nabokov, em Onkwedo, e a possibilidade de ter sido escrito por ele. Mas Lucas Shade era o nome do autor e aparecia em todos os locais necessários.

O livro era mais fino do que eu havia imaginado.

— Está tudo aqui? Os editores mudaram alguma coisa?

— É um artefato. — Margie parecia escandalizada. — Eles não se atreveriam. — Ela pareceu ter esquecido que eu tinha escrito parte do livro. — E também há críticas.

Bill estendeu a mão com alguns jornais. Em cima, estava o *Onkwedo Clarion*, dobrado e aberto na seção de esportes. Entre as notícias de golfe e uma nota sobre o treinamento de primavera dos Yankees, havia um banner escrito "Jogo Ganho Em Casa: Romance Encontrado Aqui, na Casa de Nabokov".

— Onde diabos eles arranjaram essa foto sua? Parece uma foto de ficha policial.

Eu olhei o jornal. Acima da capa do livro, o jornal tinha imprimido uma foto de Nabokov em seu escritório, na Waindell, com ar de professor. Sua testa brilhava, uma abóboda redonda e brilhante. Ao lado, havia uma foto minha, com meu endereço escrito embaixo. O crédito da foto era "foto de arquivo". Mesmo com a má qualidade da impressão, era clara a expressão de terror em meus olhos. Era uma foto de ficha policial, "do arquivo" do meu processo de acusação de sequestro. A única mudança foi a remoção da linha preta que media minha altura, 1,62 m.

— Estamos no itinerário matinal de Bill e precisamos ir — disse Margie. — Eles entraram no caminhão e acenaram despedindo-se.

Abraçada ao livro, recostei-me no para-choque e li a crítica. O texto era uma longa e discursiva divagação sobre Babe Ruth. O ponto de vista do *Onkwedo Clarion* quanto à autenticidade do manuscrito era baseado no fato de que se o manuscrito foi encontrado em Onkwedo, onde Nabokov viveu um dia, claro que a história seria dele. Fiquei grata por isso. Não havia menção sobre a qualidade da escrita.

Enquanto fiquei ali, em pé, lendo, vários carros passaram desacelerando diante da casa. Um homem parou e segurou uma câmera para fora da janela. Eu entrei.

Longe dos curiosos, li a outra crítica. O *New York Times* disse que era "um trabalho inferior sobre um atleta superior", afirmando que a cena do parque era tão chata quanto o próprio campo.

Babacas.

Ali, no norte do estado, não havia vergonha por ser um livro menor de um grande autor; Onkwedo não ligava para isso. Onkwedo não era um daqueles lugares "onde você não pode voltar pra casa". Ali você pode voltar pra casa; partir que é o problema.

Li a primeira página do livro na bela letra, em papel verdadeiro, e não conseguia parar de sorrir. Eu tinha conseguido. O livro estava aí para que as pessoas o lessem. Eu não ligava se o comprariam, ou se apenas pegariam emprestado na biblioteca. Nabokov não precisava ganhar mais dinheiro com ele; ele estava morto. Se ele quisesse publicar a história, não a teria enfiado atrás das gavetas e abandonado ali enquanto escrevia *Lolita*. Eu também não precisava do dinheiro; estava administrando uma termas lucrativa.

Engraçado como o Nabokov passou do esporte para o sexo, exatamente como eu.

Li novamente a crítica do *Clarion*. Fiquei imaginando de quem teria sido a ideia de publicar meu endereço. Só esperava que as pessoas não começassem a cavar ao redor da minha casa, tentando encontrar outro manuscrito.

No rodapé da página, havia outra foto, de um casal sorridente anunciando o noivado. Lydia Vincenzo, conhecida pelos amigos como "LeeLee", se casaria um tal de Derek Townsend no próximo natal. Eles estavam bonitos e pareciam não ter dúvidas, como se a vida fosse simples se você fosse eles. E talvez fosse mesmo. O cardápio para o casamento estava impresso embaixo da foto, a comida em vermelho, branco e verde. Eu recortei para Sam.

Olhei novamente a garota; ela me parecia familiar, mas eu não conseguia identificar. LeeLee Vincenzo. Ela devia ser parente do policial que eu estava evitando, o tal que queria me pegar porque abandonei meu carro. Ele já tinha ligado algumas vezes.

Polícia de Onkwedo. Como ela não tinha nada para fazer, então, eles importunavam gente como eu, acusando de sequestro ou abandono de carro. Ridículo. Liguei para o Oficial Vincenzo. Sua gravação eletrônica instruía quem ligasse a deixar um recado "para o delegado-adjunto de polícia, responsável pelo Programa NUD e Programa de Redução de Alces (PRA). Deixei meu nome e número, temendo a multa de zilhões que eu teria que pagar pelo reboque e o sermão imbecil que eu ouviria sobre responsabilidade pessoal e cívica.

LIVRARIA

— Ei, famosa, eu vi sua foto no jornal de hoje. Você ainda está livre para jantar esta noite ou vai me trocar por alguém mais bem conhecido? — Greg me ligou no celular.

Eu fingi que não tinha esquecido. Não havia tempo para ir até em casa e trocar de roupa, então, peguei o ônibus para o centro da cidade vestindo minha roupa de madame. Eu estava realmente começando a gostar das minhas roupas de madame. Vestia camisas bem engomadas, com meu jeans da Good Times, e sapatos que doíam um pouquinho, mas não muito.

Deveríamos nos encontrar no bar e restaurante perto da livraria. Eu não costumava ir àquela livraria, porque não era anônima. Os vendedores conheciam os clientes e os clientes conheciam os vendedores. Havia até prateleiras abastecidas com os livros prediletos dos funcionários. A vendedora Selina gostava do *The Red Tent* e de todos os livros de vampiro.

O ônibus me deixou do outro lado da rua da livraria. Mesmo dali, dava pra ver o *Babe Ruth* na vitrine. O azul profundo da capa combinava com a cor da luz do fim de tarde de maio. Ao longo da rua, as pereiras estavam floridas e uma chuva recente tinha derrubado um punhado de pétalas brancas, formando um círculo sob cada árvore, como uma combinação caída do vestido de uma mulher. O perfume das flores se sobrepunha ao cheiro de óleo do asfalto molhado.

Onkwedo orgulhava-se dos seus e considerava Nabokov como um dos seus. Não importava que ele tivesse partido o mais rápido que pudera, para nunca mais voltar. A livraria havia dedicado a vitrine da frente inteira ao *Babe Ruth*. A matéria do *Clarion* estava pregada ao vidro interno. Eu inalei o momento de todas aquelas capas de livros: tacos de *baseball* e borboletas pousadas, cada uma preparada para alçar voo na mente de alguém. Foi um momento perfeito.

Eu estava olhando a vitrine quando Greg chegou. Pude senti-lo antes de vê-lo, a densidade de seu corpo deslocando o ar. Senti que ele era maior do que eu, mas não despertou minha reação habitual de fugir.

— Você é fã de *baseball*? — perguntou ele. — Podíamos jogar qualquer hora.

Eu não me virei.

— Você poderia, por favor, comprar o livro? — eu pedi a ele.

Depois de um instante olhando a vitrine comigo, Greg entrou na loja. Sua ausência deixou um cheiro fora de época de noz verde. Eu podia vê-lo através da vitrine, pegando um livro no alto da pilha, ao lado da caixa registradora. Eu o observei tirando a carteira do bolso traseiro e pegando algumas notas. Fiquei empolgada ao assistir à transação. O livro de Nabokov estava sendo comprado aqui em Onkwedo, onde ele tinha morado.

Greg saiu com um saco de papel preso embaixo do braço. Ele apontou para a foto no *Clarion*.

— Linda foto — disse ele.

Enquanto esperávamos por uma mesa no restaurante, contei a Greg sobre segurar a primeira edição do livro. Ele ouviu como se estivesse completamente interessado. Ele estava tão ali. Eu me sentia absurdamente feliz e confortável em sua presença. Em minha mente, contei quantas vezes o tinha visto. Somente quatro. Sete se eu incluísse os encontros casuais.

Depois que fizemos o pedido, eu pedi licença e fui ao toalete, de onde liguei para Margie.

— É a Barb. Como é que você sabe se está pronta para dormir com alguém?

— Onde você está?

— No banheiro feminino da churrascaria.

— Que classe! — Ouvi Margie abrindo um maço de cigarros. — Estamos falando de Greg Holder?

— Sim. — Do outro lado da linha, Margie riscava o fósforo. — Não me diga que é como andar de bicicleta, porque eu nunca aprendi a andar.

— Alguém estava batendo na porta.

Margie soltou o ar.

— Qual é a sensação de seu corpo? Pronto?

Pensei por um momento.

— Sim.

— Ah, querida, vai dar tudo certo! Confie em seu corpo; ele sabe mais que você.

— Obrigada, Margie. — Eu desliguei. A mulher esperando do lado de fora me lançou um olhar horrendo.

Não sei o que pedi nem o que comi, só sei que nós conversamos e rimos, e a maior parte da comida estava no meu prato no fim da refeição.

Deixamos o restaurante e Greg perguntou se eu iria convidá-lo para ir à minha casa. Eu assenti.

Mais tarde, quando estávamos na cama, Greg disse:

— Você fica linda sem roupa.

Eu comecei a fazer uma piada sobre minhas roupas horríveis, mas ele me fez calar.

— Não brinque agora, não. — Ele afagou meu rosto bem de leve, como se faz com um pássaro. — Você se sente um pouquinho segura, certo? — Ele me olhou na penumbra, quase escuridão. — Vai correr tudo bem.

Fiquei imaginando como ele sabia disso. Fazia tanto tempo pra mim. Mas eu coloquei a mão em suas costas poderosas e a pele pareceu porosa, como se o calor dentro dele e o calor dentro de mim fizessem parte do mesmo fogo.

Seu toque era maravilhoso, a sensação de suas mãos fortes em mim, de sua boca fascinante, então, cheguei num lugar de onde queria voltar. Meu corpo queria prosseguir, mas eu senti que seguir adiante me uniria a ele. Ele ainda transmitia a sensação... não de um estranho, mas ainda era o *outro*. Então, eu comecei a fazer alguns sons que podiam ser interpretados com um orgasmo.

Quando eu terminei meu gemido totalmente autêntico, ele colocou os lábios junto ao meu ouvido.

— Barb — sussurrou ele —, acho que não vamos parar aqui.

E não paramos. Foi maravilhoso. Depois, eu me senti ligada a ele de uma forma que não tinha a intenção de sentir.

Virei a cabeça para o lado e as lágrimas escorriam no travesseiro. Lágrimas por ter baixado a guarda, pela vulnerabilidade de me sentir ligada a alguém, por vergonha, pela solidão, pelo tempo perdido, por pena do meu próprio corpo e de todo mundo também. Greg me segurou junto ao peito e afagou meus cabelos.

— Somos apenas nós — disse ele —, você e eu. Eu não chorei exatamente, só deixei saírem as lágrimas da piscina que eu tinha por dentro, até que ela esvaziasse.

Greg me ofereceu sua camisa. Eu assoei meu nariz, achando que era um lenço.

Depois, nós dormimos.

Por volta de meia-noite, eu acordei com Greg suavemente se soltando de mim.

— Eu preciso soltar o Rex — disse ele, e me beijou na testa.

O DIA SEGUINTE

Acordei sozinha em minha cama, na casa de Nabokov. Mergulhei o nariz no travesseiro onde estivera a cabeça de Greg.

Que bom.

Na cozinha, havia um pedaço de papel preso por um copo. Estava escrito "Beijos" e um "G".

Preparei o café da manhã perfeito pra mim: um ovo cozido com gema mole numa torrada com manteiga. Enquanto o ovo cozinhava, piquei alguns legumes meio enrugados, salpiquei com azeite de oliva e sal, e coloquei no forno. Já que o forno estava ligado mesmo, coloquei um osso para assar, caso eu visse Matilda ou Rex.

Margie deu uma passada, trazendo um donut de geleia. Certo, quarta-feira era seu dia de comer. Tive um segundo café da manhã perfeito, com ela, na mesa de piquenique do lado de fora. O sol tinha saído e estava quase quente; as flores abriam a toda hora; dois coelhos passaram correndo, atravessando o gramado.

Margie esticou o braço e limpou uma mancha de geleia do meu queixo.

— Como foi com o Greg Holder?

— Ótimo, eu acho. — Eu comi o restinho de geleia do donut esponjoso.

— Não vai fazer cagada. — Margie me deu um guardanapo. — Falando em progresso, a Universidade de Waindell quer que você participe de um painel de discussão na conferência sobre Nabokov.

— O quê? — Eu olhava para a bela Margie, com bolotas roxas de geleia em minha língua.

— O painel se chama "Desejo e Reciprocidade: *Lolita*, Nabokov e Ficção Atual".

— Por que diabos eles me querem?

Me ocorreu que os acadêmicos quisessem debochar de mim, o contraponto tolo da investigação séria. Ou, talvez, nessa cultura ridícula, agora eu fosse considerada uma especialista em Nabokov. Eu, por ser uma dona de casa que arrumava as gavetas da filha, merecia colocação num painel de acadêmicos, cujo trabalho de vida havia sido estudar Nabokov? Só em Onkwedo isso aconteceria. Em Paris ou Moscou, eu estaria guardando as bolsas na entrada.

Margie jogou a metade não comida do donut dentro da caixa.

— Eles pagam um pequeno honorário e uma noite no Onkwedo Hilton. — Como ela sabia que eu adorava hotéis?

Eu não queria me expor aos acadêmicos cruéis, mas Margie disse que eu tinha que ir ao simpósio. Ela disse:

— Você foi convidada. Você aparece. Você vende livros. Essa é a história. — Lambendo o glacê caramelizado dos dedos, ela me disse o que vestir.

Depois que Margie saiu, eu fingi, para mim mesma, que não estava esperando Greg ligar. Aspirei a casa para não ouvir o telefone caso tocasse. Guardei o aspirador e limpei todos os espelhos da casa para que *pudesse* ouvir o telefone. Ele não tocou. Quando eu não conseguia suportar mais, saí para dar uma volta na mata.

Enquanto eu caminhava por entre as árvores de folhas novas, meu corpo parecia todo mole por dentro, molenga como um donut. Eu sabia perfeitamente bem, do meu último emprego, que as mulheres se apaixonam pelos homens com quem se fundem fisicamente. É outra peça doentia que a biologia nos prega. Para os homens, é como se eles tivessem experimentado um novo restaurante, onde talvez não voltem; e, para as mulheres, é como se tivessem aberto seu próprio restaurante — talvez essa não tenha sido uma comparação muito boa.

Eu queria me resguardar de todo esse negócio de amor, mas só conseguia repassar toda a noite, até os carinhos e carícias davam uma sensação muito recente. Por que tinha de ser assim? Eu me ressentia pela entrega, pela fusão. Isso mudou tudo. Não para outras pessoas – o mundo delas ainda era ir para o trabalho, comprar um sanduíche e um refrigerante no almoço, olhar a internet para ver se tinham uma vida – meu mundo estava diferente.

O mundo de Greg provavelmente estava como sempre foi. Eu podia vê-lo deslizando longas chapas na mesa de serra, com o lápis atrás da orelha, Steve Miller Band tocando no rádio coberto de serragem, afogado pelo gemido da serra, Rex lambendo a pata na porta.

Eu podia ver Greg cuidando da vida inalterada, seu corpo sólido como sempre, sem fronteiras ultrapassadas, nada profundo e gelatinoso despertado dentro dele. Isso me fazia quase odiá-lo.

O mundo estava diferente. *Meu* mundo estava diferente. Eu tinha acabado de fazer sexo com alguém, talvez, pela primeira vez desde que Darcy havia sido concebida. Minha mãe estava em lua de mel. Meu pai ainda estava no céu. Além disso, a porcaria do meu aniversário era no dia seguinte; meu ridículo aniversário de quarenta anos.

E tudo isso era nada, comparado ao fato de que meus filhos se foram.

ANIVERSÁRIO

Era fim de tarde, quase crepúsculo. O céu refletia cinzento e pesado no lago. Na termas, três mulheres estavam sentadas no sofá, uma conversando, outra tricotando e uma esvaziando a bolsa, jogando maços de cigarro amassados no fogo, lenços de papel, recibos. Restos da bolsa estalavam e faiscavam nas chamas. Entre as mulheres, Tim e Evan estavam estudando, com os *laptops* abertos. Sid perambulava do *laptop* para o iPod. Ele pôs para tocar uma variação sentimental que passava de Rod Stewart a Bruce Springsteen, com canções cheias de desejo e dominação.

Era meu aniversário e Greg ainda não tinha me ligado. "Era melhor não comemorar seu aniversário com uma pessoa com quem você esteja saindo há pouco tempo", eu racionalizei, "mesmo que ela já tivesse se tornado 'íntima'". (Minha linguagem para esse negócio soava bolorenta. Como diriam as pessoas de meia-idade? Certamente, não era "ficar".) Ainda mais apropriado era o fato de que ele talvez não quisesse me ver. Talvez namorar quando se é mais velho fosse assim: você já se transformou em quem você seria quando crescesse, portanto, não há incerteza nem promessa, e a outra pessoa simplesmente diz a si mesma: "Bem, eu não quero uma *dessas*". Ou talvez ele estivesse ocupado, ou tivesse sido atingido por um raio. Ou talvez não fosse um cara legal, no fim das contas.

Eu queria vê-lo. Eu queria muito fungá-lo. Não era um desejo imponente. Liguei para Margie e contei o que havia acontecido com Greg. Não disse a ela que era meu aniversário.

— Então, ligue pra ele — disse ela. — Qual é o seu plano, a vida em ato solo?

Desliguei na cara dela.

Eu estava fazendo quarenta anos. Não tinha contado a ninguém que era meu aniversário. Era arriscado dizer às pessoas; elas poderiam comprar um bolo, e eu nunca gostei de bolo pronto. Quando eu era criança, minha mãe comprava os bolos prontos congelados da Sara Lee para minhas festas de aniversário. A textura gordurenta-congelada-gordurenta nunca me tentou a comer um pedaço. Ela mandava os convidados para casa com saquinhos de guloseimas e com os pedaços que sobravam. Não tinha bolo no café da manhã do dia seguinte. Eu gostava da opção de uma fatia de bolo para o café da manhã, apesar de que, por mim, tudo bem uma torrada com geleia. Ou duas, se tivesse manteiga derretida por baixo da geleia.

Agora eu tinha quarenta anos e minha juventude fora embora. Eu deveria ter feito mais sexo quando me foi oferecido, eu pensei, pois pode não ser oferecido novamente. Disse a mim mesma que crescer é ser capaz de adiar a gratificação. Eu podia esperar por um bolo caseiro; eu poderia esperar por sexo, mesmo que nenhum dos dois acontecesse. E não ligava se qualquer um cantasse pra mim ou me desse um presente que, depois de desembrulhado, me obrigaria a fingir ser algo que eu realmente queria.

Eu queria uma escrivaninha para escrever em pé e tinha um certo carpinteiro que as confeccionava muito bem. Eu disse a mim mesma que eu era boa em ficar sozinha. Eu sabia que isso não era verdade. Eu estava, sim, ficando muito boa em administrar uma termas.

A Moça da Bolsa interrompeu sua arrumação para erguer a xícara e pedir mais chá. A bolsa era uma Prada falsa que Darcy adoraria; ousada, preta e assimétrica. Conforme eu servia o chá, a Moça da Bolsa sorriu para mim, pensativa, como se eu fosse a garçonete. E eu *era* a garçonete.

Eu também era a pessoa que registrava os dados, portanto, eu sabia, por acaso, que ela gostava de umas coisinhas bem danadas entre seus surtos de faxina de bolsa.

Apanhar estava estranhamente entre os mais pedidos, e eu não sabia o motivo, embora isso talvez combinasse com as obsessões de limpeza. Mas a Moça da Bolsa não queria apanhar. Quando ela começou a nos visitar, dois meses atrás, causou um grande tumulto. Janson desceu parecendo aterrorizado.

— Ela quer que eu... — ele não conseguiu terminar.

Sid ficara com ela uma vez, antes.

— Degradada — explicou ele. — Ela quer ser degradada. — Eu disse a eles que recusassem, mas isso não impediu os pedidos dela.

Naquele dia, Ginna viera mais cedo, para se despedir. Ela trouxera um saco de pãezinhos fora da validade e uma braçada de flores de seu jardim, narcisos e tulipas. Ela não alugou um quarto, mas ficou comigo, sem graça, até que eu a levasse ao carro. Lá, ela me disse que não voltaria. Disse que seu casamento estava indo bem. Havia uma certa timidez em sua voz e admiração.

— Nós estamos... Do jeito que éramos antes, próximos.

Havia uma sensação de paz; foi um momento de felicidade. Em breve, todos nós tomaríamos caminhos separados: treinamento de remo, Mercado Apex, para um frango assado e uma bandeja de pão de milho, e casa, para passear com o cachorro. Pela primeira vez, em Onkwedo, eu me sentia parte de algo. Tinha até a "sensação de comunidade" de que as pessoas falavam. Eu havia trazido algo bom para o caldeirão insípido que era esta cidade. Podia-se dizer que eu trouxera o amor, mas isso talvez fosse exagero.

Embora eu não tivesse conseguido fazer com que o jovem Sr. Daitch concordasse, conclui que era hora de dar às pessoas um pouco mais do que elas queriam. De volta ao meu escritório, na cozinha, eu rascunhei uma resposta para as cartas que eu havia separado.

Prezada Pessoa,

Também sinto falta do sorvete de baunilha com cereja, embora eu nunca o tenha experimentado. Todas as cartas implorando [Nota: Forte demais? "Sugerindo", talvez?] que voltássemos a fazê-lo valeram a pena. No dia 4 de julho, o sorvete de baunilha com cereja estará de volta!

Em anexo, enviamos um vale para uma casquinha.

Sinceramente,

Tentei outra versão:

Prezado fã do sorvete de baunilha com cereja,

Concordo que as cerejas são frutas perfeitas – tão lindas com aquele gosto doce quando mordidas.

Estamos planejando o regresso do sorvete de cereja com baunilha para o 4 de Julho. Por favor, junte-se a nós.

Em anexo... etc.

Cheguei em casa e a luz da secretária eletrônica estava piscando. Minha mãe tinha ligado para dizer que eu ainda não estava na meia-idade porque as mulheres da nossa família viviam até "noventa e tantos". Esse era o estilo de consolo da minha mãe.

Greg tinha ligado.

— Oi, sou eu. — Ele parecia firme e bom, com a voz repleta de ternura. — Ligue de volta. — E deixou o número de seu celular.

Depois, tinha meus filhos cantando "Parabéns pra Você". A fidelidade do áudio da secretária eletrônica era fraca. Darcy parecia sem ar e Sam estava desafinado. Eu aumentei ao máximo, até eles berrarem "Parabéns pra Você" em minha cozinha vazia. E acabou com um clique mecânico ruidoso.

O vácuo do silêncio era mais fundo que o lago. Quase tão fundo quanto o dia em que meu pai morreu e, depois, tivemos que fazer as coisas comuns sem ele: fazer jantar, ir pra cama.

Sentei-me no vazio, com as mãos nos joelhos, esperando. Fiquei assim por não sei quanto tempo. Então, levantei-me. Meus pés, plantados no chão da cozinha de Vera Nabokov, tocavam o fundo do leito do rio, o fundo do vazio, e eu precisava agir. Eu podia não ter um plano, mas precisava agir.

Comi os legumes murchos sem sentir o gosto de nada, mastigando até a casca; eles podiam até ter farelos de terra.

Deitei na cama, mas sem dormir muito, de olhos abertos, pronta. Na manhã seguinte, me levantei ao amanhecer, me vesti e fiquei esperando na porta que o mundo acordasse. Fui ao banco, saquei dinheiro e paguei um ano da minha hipoteca. A caixa xereta ficou surpresa. Ela me deu uma declaração afirmando que eu havia cumprido as condições do empréstimo durante o ano fiscal. Perguntei pelo consultor financeiro deles e ela era isso também. Abri uma conta para a faculdade de cada um dos meus filhos, com mais dinheiro.

Agora, eu tinha pagado o equivalente a duas semanas de qualquer faculdade de Nova York.

Entrei na concessionária ao lado, dei um pagamento de entrada por um carro totalmente comum e saí dirigindo.

Carreguei meus últimos duzentos dólares numa *ecobag* de nylon, feito uma ladra. Fui de carro até a loja de construção e comprei uma placa de madeira e um punhado de ganchos. Preguei na parede do quarto de Darcy e pendurei suas quarenta e sete bolsas.

Para o quarto de Sam, comprei uma estante de livros na loja de móveis, e eles a prenderam no teto do meu carro. Na livraria, comprei todos os livros de culinária que Sam não tinha, além de um chamado *Reformulando seus Utensílios de Cozinha*, provavelmente um equívoco.

Em casa, arrastei a estante até o quarto dele e coloquei a nova coleção nas prateleiras. Fotografei essas melhorias nos quartos dos meus filhos.

Coloquei uma bela echarpe de mãe, uma saia sensível e um suéter cor de pêssego, com sapatos de saltos baixos. Eu parecia um muffin de supermercado: comum e doce.

Segui de carro para o centro da cidade, até a vara de família, com minha documentação: cartas do banco mostrando que a hipoteca estava paga por um ano e que poupanças para a faculdade haviam sido abertas, uma montagem de fotos dos salubres quartos das crianças, retratando seus interesses, uma cópia do *Onkwedo Clarion* com a crítica de *Babe Ruth*, uma cópia da carta da Universidade de Waindell me agradecendo pelo empréstimo do disputado manuscrito do, controversamente, maior autor moderno – Por que os acadêmicos estavam sempre em controvérsias?

Com meu portfólio embaixo do braço, caminhei, passando pelo guarda, e subi os degraus, até que encontrei os escritórios certos. Numa porta alta de madeira, vi uma placa escrita "Juiz Q. L. Teagarten", um juiz diferente do que havia me tirado as crianças. A porta estava aberta e uma recepcionista estava sentada atrás de uma escrivaninha, num cubículo maciço.

Esperei até que ela desligasse o telefone e expliquei por que eu estava ali. Ela esticou o braço para pegar o material sem olhar para cima.

— Posso deixar isso para ser revisto pelo juiz, mas a outra parte precisa ser notificada. A senhora mesma pode fazer isso ou a corte o fará. — Ela soltou meu portfólio em cima da pilha. — Assegure-se de deixar o contato correto de telefone e endereço. — Ela parecia atribulada, tinha um pneu de gordura na barriga. "Boa candidata para mimos regulares", pensei.

Quando eu estava fazendo a avaliação, ela ergueu os olhos pela primeira vez.

— Peça a seu advogado para dar entrada nesse pedido de revisão também, querida.

Nem morta eu voltaria àquele advogado pateta indicado pela corte. Eu precisaria de alguém voraz. Agradeci e fui embora.

Voltei para meu carro, estacionado embaixo de um carvalho, com folhas começando a brotar. Entrei e abri o porta-luvas, onde eu tinha colocado uma cópia do *Babe Ruth*. Fiquei imaginando se o livro estaria pelos parques do país, ao lado dos cachorros-quentes. Toquei a capa azul, brilhante. O livro me empolgava.

Eu podia conseguir. Podia encarar John. Eu estava mais forte do que na época em que cheguei a Onkwedo, menos triste. Eu tinha realizado coisas. E conhecia pessoas.

Era hora de ligar para Greg. Ainda segurando o livro, eu liguei para seu celular.

— Ei, tem algo que preciso fazer aqui. É importante. Preciso fazer isso antes de vê-lo novamente.

— Tudo bem, Barb.

— Só isso? Você não precisa que eu lhe conte mais?

— Conte-me mais.

— Estou trabalhando para pegar meus filhos de volta.

— Você *versus* John?

— Deseje-me sorte.

— Aguente firme. E, Barb, eu estou aqui.

— Eu sei. — Eu dei um beijo no telefone. Mas, primeiro, desliguei.

JOHN NO TRABALHO

Enchi o tanque do carro e dirigi até o novo escritório de John. Por que pessoas aposentadas precisam de escritório é algo que está além da minha compreensão. Talvez para manter a posição esnobe de não precisar trabalhar, mas ainda assim fazê-lo.

Havia várias caminhonetes de último modelo estacionadas ao longo do prédio dele. Parei numa vaga recém-criada para deficientes, provavelmente reservada ao pai de Irene. Eu sabia que John comia ao meio-dia e encerrava o expediente às cinco da tarde. Eram dez para cinco.

Lá dentro, Jonh estava de costas para mim, falando ao telefone. Ele estava arrumando os cabelos castanho-escuro com a mão. Os cabelos eram a única parte com a qual ele era vaidoso, pagando cortes mensais de sessenta dólares num salão de verdade, em vez de oito dólares numa das barbearias comuns de Onkwedo.

Seu escritório era impecável. Havia uma mesa comprida com pilhas de jornais perfeitamente organizados. Cada pilha correspondia a um objeto inventado por John para utilização na indústria automobilística. Cada pilha tinha como peso de papel um dispositivo eletrônico.

Eu sabia que John tinha me visto entrar. Havia um espelho acima de sua mesa para que ninguém entrasse por trás dele, sorrateiramente. Acenei para ele através do espelho, e ele parou de alisar os cabelos perfeitos. Ao telefone, disse para que alguém se assegurasse de que as amostras de pneus estivessem lá até segunda-feira, depois desligou.

— Barb — disse ele.

Eu nunca tinha visto John surpreso, e essa não era uma exceção.

Sentei-me, embora não tivesse sido convidada. Minha cadeira estava perto demais dele e ele recuou. Eu o encurralara entre sua mesa e a porta, algo intolerável para John.

Coloquei minha bela bolsa de mamãe nos joelhos e disse a ele que precisávamos conversar sobre as crianças. Ele me olhou, cauteloso. Eu até podia vê-lo se cercando de especialistas – o advogado, a vara de família, Irene – assegurando-se de não ter que falar comigo.

— As crianças não parecem felizes — eu disse a ele.

Ele esperou.

— Estou pronta para rever nosso acordo sobre a guarda. Acho que eles precisam passar mais tempo comigo. — Eu gostaria de fumar, mastigar chicletes ou até roer unha, mas não havia nada a fazer, além de respirar.

— O que você sabe sobre felicidade? — John encaixou uma risada na pergunta. John costumava estar sempre certo. Essa era a pedra fundamental da crença em nosso antigo relacionamento: nós dois sabíamos que John estava sempre certo. Só que isso não era mais verdade.

— Estou indo bem melhor — eu disse. — Minhas circunstâncias são diferentes.

John deslizou, recuando em sua cadeira, abrindo o maior espaço possível entre nós.

— De qualquer forma, isso não é sobre mim — eu disse. — Crianças precisam de tempo com a mãe para se sentirem seguras, para terem autoaceitação. — Eu estava rodeando, usando as palavras piegas do meu antigo emprego. — Pelo comportamento escolar que eles têm, pode-se ver que não vão bem.

Ele se levantou e contornou meus joelhos e minha bolsa grande. Eu não queria ir embora antes de fazer algum progresso, mas as coisas não estavam me favorecendo. John pegou suas chaves e uma jaqueta nova, que eu desconfiei que Irene o ajudara a escolher. Era roxa. John não sabia disso, porque era ligeiramente daltônico.

— Você não tem nada novo a me dizer. Você vive num caos. Não tem planos para o futuro. Como pode saber o que é bom para as crianças? — Ele tirou o celular do cinto e o colocou no bolso da jaqueta arroxeada. — Até a Matilda volta da sua casa com diarreia, porque você a alimenta sabe-se Deus com quê.

O que poderia haver de errado com um pouquinho de torrada? Achei que os animais tivessem um instinto de autopreservação que os impedisse de envenenamento.

Pensei nos meus filhos e em como eles estavam tristes: meu Sam, minha pequena Darcy. Levantei-me e o encarei.

— Nós podíamos viver de uma maneira que fosse mais justa para eles e para mim. Para nós quatro — eu disse.

John remexeu as moedas no bolso. Eu não me lembrava de vê-lo tão inquieto. Ele me disse que nós já estivéramos "exatamente neste território cem vezes". Ele se aproximou e pegou meu antebraço da forma como se agarra o pescoço de uma galinha, com força, e me disse para ligar para um advogado e "gastar mais do dinheiro que você não tem".

Eu tinha me esquecido disto quanto a John: ele sempre dava o golpe de misericórdia, para garantir que seu oponente não levantasse do chão. Dei um solavanco, arrancando meu braço.

— Está bem — eu disse. Me recompus, com minha bela roupa de mamãe vai à corte, e saí de seu escritório.

Já que não poderíamos fazer isso sem uma briga, então nós brigaríamos. Eu estava pronta. Algumas mulheres passam a vida inteira com gente que lhes diz o que fazer. É sedutor ter alguém pra lhe dizer o que fazer; isso o ilude a um estado de não precisar pensar por si mesma.

GAROTA

Na manhã seguinte, voando, eu tomei chá e comi aveia, o café da manhã dos pastores de ovelhas, e fui trabalhar. Eu podia separar as coisas, exatamente como um homem, fingir que era um dia comum, tomar café e partir para o trabalho.

Eu gostava de muitas partes do meu dia de trabalho, mas o tempo que eu passava sozinha na estalagem, antes de abrir, era particularmente delicioso. Eu arrumava os quartos lá em cima e o salão, depois seguia para os meus registros de dados. Tinha começado a fazer isso somente como um disfarce, caso alguém me desafiasse quanto à pesquisa envolvida, porém, a informação em si era fascinante.

Eu já tinha preenchido quase todos os dados da semana anterior, com o código das clientes em cada linha e as preferências por colunas, e tinha inserido quaisquer anotações feitas pela equipe. Notei que a moça das meias tinha voltado duas vezes na semana passada, mas tinha trocado as atividades de lavanderia por outras mais convencionais. A professora Biggs não voltara, fiquei aliviada ao perceber, mas a chefe de seu departamento estava ali semanalmente para uma sessão Clinton – sem sexo. Quanto à escolha de clientes, o Wayne tinha uma ligeira vantagem, mas Sid e Janson tinham os negócios mais repetidos. Sid tinha o maior índice de gordinhas, assim como recebia a maioria dos muffins que eram assados para ele pelas clientes. Seus índices de gordinhas extrapolavam a tabela. Todos eles passaram a ter mais registros de "C".

Uma garota vinha uma vez por semana e subia sorrateiramente com Sid. Eu nunca havia falado com ela, mas percebi que os outros caras pareciam estar envolvidos em algum tipo de conspiração para me distrair quando ela chegava. Eu só a via indo embora, com seu Lexus branco rabeando sobre as pedrinhas, ao zarpar pelo caminho de entrada. Ela sempre pagava um Especial, duzentos dólares por noventa minutos. Era a única nesta cidade frugal que se mimava com um Especial semanal. Não era isso que me interessava. O que me interessava era sua idade, o segredo e o fato de me parecer familiar. Ela vinha nas tardes de terça-feira, às quatro horas.

Agora eram duas horas e Sid estava se aquecendo, fazendo exercícios de ombro, perto da lareira. Ele fazia isso no começo de todos os dias de trabalho. Eu não sabia se era para seu trabalho aqui ou para o treino de remo, mas não perguntava. Janson tinha preparado o fogo e estava lá atrás, cortando mais lenha. Eu duvidava que fôssemos precisar para aquecer, mas as chamas eram adoráveis.

Sid alongou o pescoço, primeiro para um lado, depois para o outro. A equipe de remo tinha começado a temporada de corrida, e eu podia ver a densidade de seus músculos do pescoço como cabos ligados aos ombros.

— Quem é a garota? — eu perguntei a ele.

Ele alongou seu braço forte acima da cabeça. A sala ficou um pouquinho menor.

— Está com ciúmes?

Ali estava, novamente, aquele negócio de homem: a melhor defesa é uma boa ofensa. Isso me fez lembrar de John. Resolvi entrar no mesmo jogo.

— Sim. Estou apaixonada por você.

Ele parou e me olhou. Não sabia se eu estava ou não brincando. Nem eu, exatamente.

— Quem é ela? Ela não pode ter mais que vinte e um anos.

— Dezenove. — Ele estava fazendo exercícios com a língua. Um negócio ridículo de yoga que Janson jurava ser bom. — Ela é uma caipira que vive na cidade.

Todos esses jovens tinham vidas muito privilegiadas, mas me irritava ouvi-los rotular uma divisão de classes.

— Como a conheceu?

— Aqui. Ela me solicitou. Tinha ouvido falar das minhas sessões.

Soou como se Sid estivesse mentindo ou encobrindo algo. Eu não sabia o quê. Ele estava alongando os tendões das pernas, o que significava que seu rosto estava escondido.

— O que a família dela faz em Onkwedo?

— Aplica a lei.

Achei tê-la reconhecido.

— Por acaso, ela é filha do chefe de polícia?

Segurando os tornozelos, Sid arqueou as costas. Seu corpo musculoso parecia complacente e orgulhoso. Eu senti um forte desejo de derrubá-lo.

— Isso pode fechar o estabelecimento, Sid. — Ele trocou o peso ligeiramente para a perna esquerda, estendendo a direita.

— Ela vai embora feliz — frisou ele.

— E quanto ao seu noivo? E quanto aos seus pais? Você não é ingênuo o suficiente para achar que isso vai acabar bem, não é? — Se eu fosse realmente uma cafetina, teria algum truque poderoso na manga, violência ou ameaça, mas eu só podia argumentar com Sid, que estava no ápice de sua vida, lindo demais para seu próprio bem.

— Dou a ela o que ela quer.

— E o que ela quer?

— O mesmo que todas as moças: controle total. — Ele colocou as palmas no chão, para fora dos pés, e, num movimento impressionante, passou o peso às mãos, levando os joelhos ao peito e desdobrando as pernas retas ao teto. Eu estava no ângulo de visão de sua bunda absolutamente perfeita.

A visão me deixava cansada. Eu estava cansada de ficar ao redor de jovens lindos. Estava cansada de gente fazendo sexo bom à minha volta. Estava cansada de estar no controle. Queria dar uma palmada na bunda dele. Não sabia se isso seria agressão ou luxúria.

— Por favor, desça daí para que eu possa falar com você.

Ele se endireitou e ficou perto o suficiente para que eu pudesse sentir o cheiro de seu suor. Era um cheiro ótimo. Era o tipo de cheiro que você sente e, por um instante, acredita ser capaz de correr uma maratona, atravessar o lago a nado e fazer um bolo Charlotte para quarenta pessoas.

— Ou ela ou eu. — Eu não me atrevi a olhar para seu rosto corado. — Se você quiser esse emprego, rompa com ela. Vá trepar com ela em seu tempo livre. — Percebi que esse foi o primeiro ultimato que eu tinha dado a um homem. Meu estômago se contraiu.

Sid desviou seus olhos brilhantes para mim.

— Vamos até lá em cima — disse ele. Foi um desafio.

— Não. Não podemos. Mesmo que eu quisesse, não vou. Você é um aluno e eu sou...

— Uma loba — Sid terminou pra mim.

Acho que eu queria subir com ele. Dava pra sentir o formigamento em minha barriga e em ambas as pernas.

— Não — eu disse. — Você e eu somos...

— Somos aventureiros, Barb. Somos guerreiros do sexo. — Sid estava se inclinando em cima de mim e eu estava me segurando no encosto do sofá (o sofá caro de *plush*, minha aquisição mais custosa na Ikea, o "Ingrid"). Eu não sabia como ele havia me encurralado nessa posição.

Nós dois esperamos para ver o que eu faria.

Eu era sua chefe, lembrei a mim mesma. Então, meu corpo proveu uma imagem perfeita, em 3D, do rosto de Greg Holder. Eu podia ver seus olhos, a forma como ele me observava, gentil, mas sem deixar de ver nada. Eu respirava pela boca, para não ter mais a influência olfativa de Sid.

— Hoje, quando ela chegar, você não estará disponível — eu disse. — Se você não estiver lá em cima, quero que suba no instante em que ver o carro dela.

— Você acha que se esconder resolve tudo? — Sid estava a 15 cm de mim. Eu conhecia essa tática corporal, me lembrava o John.

— Esse negócio é meu — eu disse, firmemente. — Sou sua empregadora. Se você não quiser seguir minhas instruções, por favor, saia agora.

— Barbara — ele quase cantarolou —, vá com calma. — Ele estendeu a mão para tocar meu braço talvez, mas, na hora, eu estava me virando e os dedos dele rasparam em meu peito.

Meus seios estavam ridiculamente duros e nós dois sabíamos disso. Sid exalava e inalava, nossas bocas abertas. Eu podia sentir o calor vindo de seu corpo. Ali estava o calor, novamente.

Coloquei a mão no peito dele e o empurrei. Ele era sólido como uma geladeira, mas recuou. Estendi meu braço totalmente, até que ficássemos a dois palmos de distância.

— Esta é a distância certa entre você e eu — eu disse.

Janson entrou com a lenha e eu fugi para a cozinha. Os outros homens chegaram e gritaram, se cumprimentando. Ouvi alguém, provavelmente Janson, subindo para tomar banho. Na cozinha, eu me recompus, penteei os cabelos, tomei um copo d'água, passei batom, e tirei o batom.

Não havia música tocando na sala da frente, e eu pude ouvir o murmúrio das vozes. O som parou quando eu atravessei a porta. Eles me olharam; e havia uma união no olhar deles que era algo aniquilador. Eu era a forasteira. A campainha tocou e duas clientes habituais subiram com Janson e Sid. Eram três horas quando eles desceram.

Eu servi um petisco – torrada, é claro. Eu estava farta de torrada. Decidira seguir uma dieta de comidas cruas; bem, pão cru na verdade, e a torradeira servia para matar o tempo. Sid mexia no iPod. Havia uma tensão na sala que eu nunca tinha visto antes, nem nos primeiros dias. Sid não olhava para mim. Nem os outros, exceto Tim, para pedir mais manteiga, por favor.

Houve um flash de luz do lado de fora, o sol refletindo no teto do Lexus branco conforme ele descia a entrada. Eu olhei para Sid, para ver se ele havia notado. Ele notara, mas não moveu um músculo de seu corpo rijo, exceto os polegares, mexendo no iPod.

— Sid... — eu comecei a alertá-lo, mas a porta se abriu e lá estava a garota. Ela era loura, de olhos amendoados. Tinha seios perfeitamente grandes, que as garotas ganham dos pais corujas no aniversário de dezesseis anos. Ela deu uma risadinha e esticou os braços para Sid. Acho que ela nem notou que eu estava na sala.

Eu a reconheci da foto do jornal, a futura noiva natalina, LeeLee Vincenzo. E, é claro, já que estávamos em Onkwedo, seu pai tinha de ser o mesmo Oficial Vincenzo – agora Delegado Vincenzo – que estava me procurando. Eu dei um passo à frente.

— Desculpe, hoje ele não pode. Ele distendeu o tendão da perna. (Lembrei dessa contusão da *Rowing and You*, página 167.) Ela olhou em volta, incerta.

— Está bem, então, ele. — Ela apontou para Tim. Atrás de mim, eu pude ouvir um rumor vindo de Sid. Parecia um rosnado.

— Ele já tem um compromisso. Ela estará aqui em breve. — A tensão preencheu a sala. Dei um passo na direção dela, bloqueando sua visão dos outros homens. De perto, ela era ainda mais sexy do que bonita, incrivelmente limpa e viçosa, com seu jeans grudado e sem barriga alguma por baixo da camiseta de caxemira. O diamante em seu dedo era tão grande que chegava a ser espalhafatoso.

— Não podemos ajudá-la hoje, lamento. Estamos lotados. Se quiser agendar, por favor, ligue antes. — Coloquei a mão na maçaneta para que ela fosse obrigada a recuar ligeiramente e ficar do lado de fora da porta aberta.

— Meu pai ligou pra você? — Ela lançou um olhar que era, em parte, inocente e, em duas partes, de quem se acha no direito.

Eu estava prestes a fechar a porta em seu viço. Ela não me aturdia. O que me aturdiu foi o que vi atrás dela: um Miata estacionando ao lado do Lexus, com Rudy dentro. Eu a peguei pelo punho adorável.

— Por favor, entre. — Eu a puxei para dentro e bati a porta atrás dela. — Lá em cima — eu disse a Sid. — Com a LeeLee, agora.

Enquanto LeeLee e Sid subiam a escada, eu me virei para os outros.

— Seu treinador está aqui. Vocês estão num grupo de estudos estatísticos. Agora.

Eles pegaram os *laptops* e outros eletrônicos e espalharam pelos sofás, organizadamente, com uma confiança de tirar o fôlego.

Eu espiei pela janela. De dentro do Miata, surgiu a cabeça de Rudy, com o cabelo ralo, e uma nova jaqueta de couro. Ele se esticou, estufando ligeiramente o peito, como se estivesse prestes a receber uma medalha.

Eu lhe dei as boas-vindas da porta, com um aceno e um sorriso falso.

— Entre! — eu gritei, com a voz de outra pessoa. Depois, atravessei a sala como uma bala, apertando o botão do iPod de Sid até que Sade berrasse nos alto-falantes.

Rudy entrou, cumprimentando sua equipe. Atrás de suas costas, eu ouvi algo sobre estatísticas e "malhação noturna".

Obriguei meu rosto a sorrir. O diálogo de *E o Vento Levou* saiu de minha boca:

— A que devo a honra?

— E aí, Barb — disse Rudy. Ele estava olhando as vigas antigas, as pedras de granito da chaminé, os novos móveis. — Você está administrando um salão de estudos, além do negócio de beleza?

— Serviço completo — eu disse. Rudy atravessou até a lareira e pegou o iPod. A voz de Sade diminuiu para um sussurro que não cobria os sons dos gemidos ruidosos lá de cima.

Ele olhou para a escada, depois, de volta pra mim.

— As salas de tratamento são lá em cima — eu disse.

— Parece doloroso.

— Depilação corporal dói. — Era uma afirmação verdadeira. — Venha ver o lago da varanda dos fundos — eu disse, esperando ir para longe do barulho do sexo.

Rudy me seguiu até a cozinha, parando diante da antiga geladeira.

— Gasta tanta luz quanto quatro novas. — Ele abriu a porta e olhou a borracha gasta. — Essa vedação está obsoleta; não dá para comprar uma nova nem por amor nem por dinheiro. — Rudy compartilhava a fascinação do meu marido por borrachas de eletrônicos.

Abri a porta dos fundos, que dava para a varandinha, logo acima do solo em declive. Uma grade circundava as chapas de madeira.

Rudy saiu atrás de mim. De onde estávamos, podíamos ver lá embaixo, até o lado sul do lago.

— Aquela doca é maciça. — Ele se recostou na grade. — Está meio derrubada, mas dá pra encostar um barco longo ali. — Ouvi a janela se abrir acima de nós. — Estamos a duas milhas de onde minha equipe treina. — Com o polegar erguido, Rudy olhou o lago na direção do alojamento dos barcos da Waindell. — Podemos vir até sua doca nos dias de remo intenso. É bem fundo — disse ele.

A voz de LeeLee aumentou de novo, resfolegante e rítmica, conforme ela inequivocamente chegava ao ápice, acima de nós.

Rudy apontou para o teto da varanda, interrogativo.

— Depilação de virilha brasileira é quase uma tortura — eu disse. Isso também deve ser verdade.

Ele ergueu uma sobrancelha para mim.

— Você está administrando um *puteiro*?

Eu não neguei.

— Minha equipe está no meio da temporada. Temos chance de levar o campeonato das ligas. Estou vendo meus melhores remadores aqui, exceto Sidney Walker. Para serem vencedores, eles não podem estar fazendo isso. Arruína a concentração.

A porta da frente se abriu e eu ouvi a voz de duas mulheres. Droga! Esqueci que a chefe da professora Biggs vem depois da reunião que ela preside, às terças-feiras.

— Fique — eu disse a Rudy como se ele fosse Matilda.

Saí rapidamente, com a intenção de explicar à diretora e sua colega, da melhor forma possível, que nós tivemos uma interrupção inesperada e que, por favor, voltassem na quinta-feira e eu as recompensaria, mas elas já tinham pegado seus habituais e estavam subindo a escada.

Quando me virei para voltar à cozinha, Rudy estava ao lado do meu ombro.

— Essas são as piranhas mais comuns que já vi na vida — disse ele, depois que o quadro diretor do Departamento de Sociologia sumiu.

Sid e LeeLee desceram a escada, ruidosamente. As mãos de Sid estavam nos ombros dela. O batom tinha sumido dos lábios de LeeLee, que agora estavam ainda mais projetados e vermelhos. A renda de sua tanga estava visível, acima do jeans.

— Agora, sim — disse Rudy.

LeeLee o ignorou.

— Eu te vejo na semana que vem — ela disse a Sid, deixando transparecer que seria difícil esperar tanto tempo, e saiu pela porta da frente, com todas as suas feições arredondadas e perfeitas.

— Ei, treinador — disse Sid —, o que está fazendo aqui?

— Pergunto o mesmo a você — disse Rudy.

— Depilação de costas — eu disse, firmemente, e os homens me olharam. — Eu o vejo na semana que vem, Sid, e não esqueça sua música.

— Ahan, ela é bem peluda mesmo — disse Sid, parando.

Nós o olhamos.

— Vá para casa — eu disse a Sid, mas me dirigindo a todos.

— É um puteiro — disse Rudy para si mesmo —, e Barb é a madame.

— Spa diurno — eu disse. Ninguém estava ouvindo.

— Você *paga* por isso? — Rudy disse a Sid. — Está brincando, um atleta como você?

— Sou funcionário — disse Sid. — É o melhor bico que eu já fiz na vida.

— *Ela* te paga? — Rudy apontou para o estacionamento, de onde o Lexus branco estava partindo. A voz dele se elevou a um gritinho.

— Onkwedo precisa desse estabelecimento. Estamos sempre lotados. — Projetei meu queixo para ele.

— Minha equipe! — Rudy falou, cuspindo. — Você está arruinando a resistência deles, tirando toda sua testosterona! Isso pode destruir toda a temporada! Vamos perder nossa chance de ganhar o campeonato!

— Essa história toda de que o sexo diminui a performance atlética é ciência antiga — eu disse. — A nova ciência diz que mais sexo significa mais testosterona, mais força motriz, mais resistência. Na verdade, melhor tudo.

— Se alguém perder o treino esta noite, está fora dos barcos. — Rudy saiu marchando para o carro, sacudindo a cabeça careca de um lado para o outro. — Ela *paga* pra isso — eu o ouvi gemer.

Mandei os homens para casa assim que a poeira do Miata baixou. Encontrei uma placa e fiz um aviso discreto para alertar as clientes que aparecessem: "Obrigada pelo apoio. Tenham um bom dia". Isso não parecia certo, então, eu virei do outro lado e escrevi: "Lamentavelmente, estamos em recesso". Juntei meus cadernos e fechei a porta da frente. Preguei o aviso num pilar da varanda, onde ficaria bem visível.

Sentada em meu carro, olhei a estalagem. Era um belo lugar, sereno e gracioso. Tanta coisa tinha acontecido ali. Muita coisa havia mudado para mim. Eu tinha caminhado um bom pedaço desde a época em que só me sentia bem em meu carro. Nas fotos de Nabokov trabalhando, ou apenas sentado no carro, ele parecia bem confortável. Talvez ele se sentisse à vontade com a mobilidade, sem criar raízes. Eu compreendia isso.

Agora, meu carro teria que ser meu escritório. Liguei para o advogado de entretenimento, na cidade, mas o assistente atendeu. Expliquei que eu precisava de um advogado aqui para fazer uma apelação pela decisão da minha guarda e se ele poderia me recomendar alguém?

— *Onde* você está? — perguntou Max, como se seu mapa mental tivesse sua margem oeste na Décima Avenida.

Eu lhe disse.

— Aí tem aeroporto? — perguntou ele.

Eu garanti que tinha. Só não disse que era apenas para pequenas aeronaves.

— Eu farei — disse ele. — A firma pode contar isso como meu crédito *pro bono*.

Parecia rude perguntar se ele conhecia algo sobre vara de família, já que ele estava oferecendo seus serviços de graça. Ao menos, eu imaginava que era esse o significado de *pro bono*. Eu não queria ter que recorrer ao esquelético jovem Max, mas lá estava eu.

Eu lhe disse a data da audiência, o agradeci e desliguei, mas não antes dele. Tempo é dinheiro. O dinheiro de alguém, não o meu.

CONFERÊNCIA

COM TREMEDEIRA, EU ME PREPARAVA PARA ESTAR NO PAINEL COM OS especialistas em Nabokov. Seguindo as instruções de Margie, eu havia comprado um sutiã meia-taça. É estranho ficar com o peito mais perto do rosto, como se você estivesse querendo chamar a própria atenção. Margie disse que a saia lápis serviria, com um suéter apertado, saltos grossos e uma joia bem vistosa; quanto mais rústica melhor. Ela explicou que acadêmicos admiram profundamente as culturas primitivas e seus artefatos. Olhei minhas bijuterias mirradas e encontrei um broche que Sam fez para mim há muito tempo: macarrão seco pintado de dourado. Coloquei-o.

Os professores do painel eram todos bonitos. Era de se pensar que os estudos acadêmicos não seriam tão fúteis a ponto de promover os mais belos professores. Cada um deles era polido, aperfeiçoado pelo exame minucioso de mil jovens de dezenove anos.

Havia uma mesa perto da porta do auditório, com pilhas de livros. Cada um dos conferencistas, exceto eu, estava representado na mesa por vários volumes de aparência séria. Numa única pilha estava o *Babe Ruth*, e corria o boato de ele ter sido escrito por Vladimir Nabokov e encontrado por mim – com falsa autoria de Lucas Shade, que ninguém parecia ligar –, e publicado pela Sportman's Press. Ao lado dos outros livros, a capa azul brilhosa parecia extravagante.

Do meu lugar, bem no final da bancada, eu podia ver os rostos dos conferencistas, dois homens e duas mulheres, e podia senti-los me olhando. Cruzei os tornozelos, e eles cruzaram os deles. Bebi da minha garrafa grátis de água mineral; a fileira toda de conferencistas deu um gole na sua.

A conversa começou.

Como eu temia, eu não conseguiria acompanhar. As palavras e modulações flutuavam em espirais ao redor da minha cabeça. Eu estava me concentrando tanto que descobri como conseguia movimentar minhas orelhas. Meus músculos de raciocínio deviam ser ligados aos músculos das orelhas, ideais para espantar moscas se suas mãos estiverem cheias de bananas.

Lá estava eu, com minha meia-calça estampada, novamente emprestada de minha filha, remexendo as orelhas, com concentração total. Percebi que a moderadora estava me olhando.

— E agora, chegamos à questão capciosa da Srta. Barrett — todos os outros eram "Dr." — e como sua maravilhosa descoberta pode ou não se encaixar ao conjunto da obra de Vladimir Nabokov.

A discussão tinha chegado exatamente ao ponto que eu temia: se *Babe Ruth* merecia inclusão. Houve uma longa pausa que eu deveria preencher.

Flap, flap, minhas orelhas se moviam.

Enquanto eu me debatia, silenciosa e espasmodicamente, um homenzarrão Ph.D. abocanhou o meu silêncio.

— Nós achamos — acadêmicos são frequentemente "nós" pensadores — que *Babe Ruth* talvez tenha alguma influência Nabokoviana. Mas também há sentenças como essa... — Ele leu uma frase da cena de *baseball*, escrita por mim. — Deus sabe que ele não teria escrito isso, particularmente naquela época brilhante e fecunda de seu trabalho. — Ele abriu o livro numa página marcada por *post-its* e leu outra frase minha. — Está bem próximo de um jargão afetado e sem sentido — disse ele.

Eles se viraram para mim. Eu assenti compassiva, séria, provavelmente por um tempo longo demais, tentando transmitir minha compaixão pela dificuldade de destrinchar todo esse troço complicado. Olhei para seus belos rostos inteligentes. Eu quase podia ver seus caninos crescerem.

Por um segundo, meu cérebro abriu mão das minhas orelhas e, numa onda movida a medo e adrenalina, mostrou uma imagem visual perfeita dos cartões pautados encontrados, um após o outro. Estavam tão claros para mim que eu poderia ter lido as palavras em voz alta. Minhas orelhas se acalmaram.

— Ouçam, talvez essas frases não sejam ótimas, mas o livro é lindo. É uma história de amor. É *baseball*. É engraçado, pelo amor de Deus. O que mais vocês querem de um livro?

Houve um silêncio longo e vazio. Eles claramente queriam muito mais de um livro. Eu continuei.

— Eu sei sobre as frases dele. Suas frases são impossíveis de imitar, mas eu sei o que elas fazem. — Contei a eles o que eu havia descoberto sobre as frases de Nabokov: pela sequência de palavras e ideias por trás das palavras ser tão original, o cérebro do leitor não consegue saltar adiante. Não existe oportunidade de fazer suposições nem há como dar saltos mentais ao fim da frase. Portanto, o leitor fica suspenso no momento perfeito do agora. Você só pode experimentar o agora. As frases celebram o instante absoluto da criação. "São arrebatadoras", eu disse.

Pelo silêncio, dava pra ver que gente leiga não deveria saber dessas coisas só de ler. Ler é a forma como você mais se aproxima da comunhão, é mais perto do que o cara a cara, mais perto do que compartilhar o ar. Empurrei minha cadeira para trás, não querendo que a moderadora me dispensasse. A garrafa grátis de água virou na mesa, molhando meus sapatos enquanto eu me levantava.

A moderadora nos agradeceu. As pessoas aplaudiram educadamente, o que não significava muito. Eu desci da plataforma dos palestrantes e caminhei até a mesa, pronta para guardar meus livros e partir. Conforme comecei a encher a caixa de papelão, uma pessoa do auditório se aproximou e disse:

– Eu gostaria de comprar uma cópia. – Era a vendedora de bilhetes da estação rodoviária, aquela que estava sempre lendo. Eu agradeci e assinei o livro. *Encontrado por B. Barrett.* Ela me deu um sorriso particular adorável, como se nós compartilhássemos um segredo.

Outros fizeram uma fila atrás dela.

— Eu li o livro. Gostei muito. Bem, não da cena de esporte, mas do restante. — Um aluno me disse.

— Obrigada. — Eu queria dizer algo esperto, mas meus sapatos estavam encharcados. Eu me abaixei para secá-los. A coisa mais estranha de um sutiã meia-taça é que ele inverte seu relacionamento com a gravidade.

No fim da fila de gente, estava a moderadora. Assinei seu livro e aceitei o envelope com os honorários. Eu tinha esgotado o *Babe Ruth*.

HOTEL

Fiz meu check-in no quarto do hotel. Tirei meus sapatos de camurça e os coloquei na saída do ar-condicionado para secarem. Desabotoei o sutiã meia-taça e o joguei no lixo.

Do lado de fora da janela, via-se Onkwedo do alto, os prédios limpos e ainda mais insignificantes do que do chão. Eu realmente não precisava de um quarto de hotel, já que morava a alguns quilômetros de distância, mas foi a única vantagem oferecida, além do honorário de cinquenta dólares e a garrafa d'água que eu derramei.

Enchi a longa banheira de água quente e entrei. A audiência sobre a guarda seria no dia seguinte. Perfilei a beirada da banheira com garrafinhas de produtos de beleza de um cesto de vime. Havia um telefone na parede, ao lado da banheira. Eu me recostei na porcelana e liguei para Margie. Ela parecia em paz. Perguntei o que ela estava fazendo. Ela disse que estava bordando uma almofada em ponto cruz para o aniversário de Bill. Perguntei o que dizia.

— "Me conhecer é me amar", Winston Churchill. Bordado marrom com fundo bege.

Isso era verdade quanto a Bill.

Ela me perguntou como tinha sido o painel. Eu contei que tinha vendido todos os livros; isso a fez dar um gritinho. Mas eu não contei sobre o negócio da orelha remexendo. É melhor que sua agente não saiba de todas as suas coisas inadequadas. Abri uma das garrafinhas e cheirei. Contei que estava fechando a termas.

— Bom — disse Margie. — Você se safou, mas, porra, Barb, aquilo era um desastre esperando para acontecer!

Não contei que estava levando John à corte; ainda não. Eu tinha muito medo de fracassar. Depois que desligamos, experimentei todos os produtos do hotel, incluindo um esfoliante corporal que parecia ser uma combinação de perfume, óleo de eixo e areia. Depois que eu tinha esfregado aquilo na pele, não saía de jeito nenhum com água e sabão.

Usei todas as toalhas do hotel tentando me desengordurar e desgranular. Acho que eu amo a vida de hotel tanto como Nabokov amava – nada de roupa pra lavar, jamais.

Ainda grudenta, liguei para Rudy. Eu o encontrei no ônibus da equipe, a caminho da regata em Princeton. Ao fundo, era possível ouvir as mixagens musicais de Sid. — Como vai a vida de cafetina? — disse Rudy.

Eu disse pra ele não encher o saco e que me deixasse falar com Janson. Ele passou o telefone.

— Alô? — disse o doce, forte Janson, cortador de lenha.

Agradeci toda a equipe da liga, um por um: meus belos, generosos, talentosos e dedicados funcionários do sexo. Eles ouviram a notícia do fechamento da termas naturalmente; eram campeões de todas as formas. Sid Walker foi o último.

— E aí — ele disse —, não me conte o motivo. Eu não preciso saber. Só me diga o seguinte: foi bom pra você?

— Sim, Sid — eu disse. — Foi bom. Você é bom. — Depois eu disse um negócio sem graça: — Ligue se precisar de referências.

Pedi o café da manhã para o serviço de quarto, embora já fosse quase hora do jantar. A apresentação da comida do hotel era perfeita: cúpulas de prata sobre os pratos, um solitário com um narciso. Empurrei para o lado as batatas fritas engorduradas e os ovos mexidos frios. Dei uma mordida na torrada dura, mas vi que não dava pra engolir. Eu estava pensando em ir à corte no dia seguinte.

Desisti da comida e fiquei deitada na cama do hotel, tensa. Minha gente desfilava em minha cabeça. Porém, dessa vez, não eram os que haviam partido, mas os que estavam em minha vida agora: Darcy e Sam. Margie, Bill. Pensei no homem por quem eu não queria me apaixonar, Greg Holder. Pensei no que Margie dissera logo que a conheci, meses atrás: "Tem alguém por aí pra você, alguém maravilhoso. O universo está apenas o preparando". Eu tinha imaginado algum pobre homem, sua esposa sendo atingida por um raio, ou atropelada no estacionamento de um supermercado, ou – como agora eu sei – indo embora da cidade na garupa da Harley de uma lésbica. Adormeci.

IMPOSTORA

Segui de carro até o aeroporto de Onkwedo para encontrar Max. Quando ele desceu do avião, notei que tinha comprado umas meias felpudas para seus mocassins. O gênio dos advogados: ele planejava se adequar. Eu estava usando novamente o conjunto pêssego, agora mais amarrotado.

Max me transmitiu os cumprimentos entusiásticos de seu chefe, que havia partido para Bolzano, onde, segundo Max, o esqui de primavera estava em seu ápice.

Na sala do tribunal, nos sentamos juntos, esperando. A maior parte da vida de um advogado é passada esperando, porém, fazendo dinheiro, como um parquímetro.

John e seu advogado entraram pela porta como Wyatt Earp e sei lá quem, ou Paul Newman e Robert Redford, ou Ben Affleck e Matt Damon. Dois caras, quase um romance entre camaradas. Antes mesmo de assistir aos créditos de abertura do filme, você sabe que as mulheres vão e vêm, mas os laços masculinos são eternos.

Os dois sentaram juntos. John ficava ótimo de terno: rico e poderoso, mais jovem que eu, como se estivéssemos em duas trajetórias distintas de envelhecimento. John. O homem com quem me casei. O homem de quem me divorciei. O homem que fez meus filhos reféns.

Notei Max discretamente alinhando os pés com o outro advogado, meia felpuda com meia felpuda, sapato macio com sapato macio. Ele se retraiu involuntariamente.

Enquanto esperávamos, eu ensaiei minha postura para a juíza: agradável e simpática, mas não suplicante, simplesmente afirmando os fatos. Não uma mãe instável, desesperada para compartilhar da vida dos filhos, mas uma pessoa racional, que estava demonstrando de forma branda e clara que suas circunstâncias de vida haviam melhorado.

— Por favor, todos de pé para a juíza Teagarten — proclamou o escrevente da vara de família. Eu me levantei, com minhas roupas tediosas, de peito erguido, com meu belo sutiã de mamãe.

As portas do gabinete se abriram e a juíza entrou, rapidamente. Ouvi o farfalhar de sua toga, mas a bancada alta atrapalhou minha visão. A juíza Teagarten subiu os degraus atrás da escrivaninha e, no silêncio respeitoso que se espalhou pela sala, eu me vi olhando nos olhos da Moça da Bolsa.

Eu estava essencialmente tendo uma experiência de cidade pequena: sabia de algo sobre alguém que não era da minha conta. Lembrei-me da juíza Moça da Bolsa Teagarten subindo a escada da termas, com o rosto voraz de expectativa pelo porvir.

Diante do fato de que a juíza Teagarten era uma oficial eleita, suas predileções faziam sentido. Como acontece com muitos políticos de inclinação autoritária, a humilhação era o que a incentivava. Era o lado sombrio do desejo pelo poder, ou um dos lados sombrios.

Nós aturamos a postergação da juíza Teagarten dos três casos à frente do nosso. Finalmente, ela chamou *Barrett versus Barrett*.

Todos nós ficamos em pé, aguardando que a juíza revisse a decisão original da custódia. Aparentemente, era um desperdício de seu precioso tempo que a juíza lesse qualquer coisa enquanto ninguém estivesse olhando. Quando terminou, a juíza virou-se para mim.

— Essa corte expediu um julgamento recentemente, Srta. Barrett. É improvável que isso seja revertido. No entanto, irei rever a apelação e nós retomaremos amanhã, aqui no gabinete, às nove da manhã. — Ela me olhou, sem demonstrar qualquer lampejo de reconhecimento.

Deixei que John e seu conselheiro me precedessem na saída da corte. Ele e seu advogado andavam no mesmo passo, virando o corredor rumo ao elevador como um par de patinadores de gelo.

Levei Max de carro até seu motel. Ele tinha alugado um quarto no Swiss Chalet Motor Inn, só que agora estava em outras mãos e o novo dono tinha mudado o nome para Alpine Inn. Fora a placa, parecia exatamente o mesmo de quando eu tinha ficado ali, desanimador. Imaginei que a empresa de Max não estava levando esse negócio de *pro bono* muito a sério.

Ele quis ver onde eu tinha achado o manuscrito, então, eu o levei até minha casa para almoçar. Eu estava na expectativa de sua visita e a casa estava toda arrumada, os livros nas prateleiras e o piso de madeira encerado.

— Nabokov morou *aqui*? — perguntou Max ao passar pela porta.

— Sim, ele escreveu algumas de suas melhores obras aqui — eu respondi, tentando não soar na defensiva. — E algumas das piores.

Mostrei ao Max onde ficava a tomada para seu *laptop*, para que não queimasse um fusível, e fui para a cozinha arranjar o almoço pra gente. Fiz uma salada verde com torta de cebola.

Max ficou trabalhando em seu computador até que o almoço estivesse pronto. Sentamo-nos à mesa. Forçando-se a puxar papo, ele me perguntou como eu tinha me adaptado à vida fora da cidade de Nova York. A pergunta intrínseca era: "Como é que alguém conseguia suportar isso aqui?".

— Onkwedo é um bom lugar para crianças — eu disse. Ele pareceu absolutamente vago. Eu acrescentei — E para empreendimentos. É uma ótima cidade para começar um negócio. — Voltamos a comer nossa torta. Eu sabia que o almoço estava, pelo menos, no nível do famoso bistrô da rua de seu escritório, aquele ao lado da termas original.

— Nabokov mudou a minha vida — disse Max. — Eu ia ser escritor, então, li *Lolita* e resolvi ir para a faculdade de Direito. Pareceu mais fácil.

— Ele juntava os farelos da massa com as costas do garfo.

CIÊNCIA

Quando voltei, depois de ter levado Max ao seu chalé, a luz da secretária eletrônica estava piscando. A voz mecânica relatava que havia quatro ligações. Apertei o play: Yale, Harvard, Universidade da Pensilvânia e o Departamento de Psicologia da Waindell. Enquanto eu anotava os números, entrou outra ligação.

Era uma secretária anunciando que o Dr. Fenster, da Princeton, estava na linha, e se eu poderia atender a ligação.

— Claro.

O Dr. Fenster se apresentou como chefe do Departamento de Ecologia Humana. Acho que esse departamento não existia quando estive na faculdade. Ele começou parabenizando a minha performance no painel sobre Nabokov. Eu agradeci, dizendo que não foi nada. Isso era verdade. Então, depois de algum rodeio, ele me disse que sabia que eu tinha acesso a dados que seriam extremamente úteis no trabalho que realizavam sobre desenvolvimento humano. Ele parou.

Perguntei como essa informação tinha chegado até ele. Ele limpou a garganta com um som ensaiado e começou uma descrição da regata que acabara de acontecer no "belo e sinuoso Lago Carnegie".

Eu esperei.

— Fomos anfitriões da equipe de Waindell — disse ele. Então, ele esperou.

Tentei limpar a garganta, mas soou como se eu estivesse me engasgando, porque eu estava. Olhei novamente para a lista de ligações.

— Havia outras universidades no encontro? — perguntei.

— Certamente — disse ele, dando exatamente os nomes das faculdades da lista.

— Haverá alguma compensação ou gratificação pelo material? — perguntei. Surgiu um silêncio chocado do outro lado da linha. — Porque — eu prossegui — parece haver outros interessados.

— Entendo — disse o Dr. Fenster, soando furioso, principalmente para um professor de Psicologia, que deveria ter mais habilidade para processar sua ira.

— Deixe-me pegar seu número e pedirei à minha associada que ligue — eu disse a ele. Ele me deu os números do escritório, celular e de casa. Depois de pensar mais um pouco, também me deu o número de sua casa de praia.

Liguei para Margie e expliquei sobre o vazamento das informações da termas e as ligações das universidades.

Ela fez um som de "hummm", como se não estivesse surpresa. Perguntei a ela se haveria algum dinheiro envolvido.

Margie recusava-se a especular sobre dinheiro. Eu desconfiava que ela pensava em dinheiro o tempo todo quando não estava pensando em seus gatos, ou em Bill, ou que roupas deveria usar.

— Eu te aviso — estrilou ela. — Passe os telefones.

Eu estava inquieta demais para ficar em casa. Ainda com a roupa da audiência, entrei no carro e fui até a costa íngreme, com vista para o lago. Dali, eu podia ver a ponta do telhado da estalagem em meio às árvores, que começavam a ganhar folhagem. A costa ficava na metade do caminho entre a minha casa e a de Greg. Fiquei imaginando se ele estaria em casa trabalhando. Pensei se ele gostaria de me ver. Olhei meu telefone em busca de respostas, mas ele não tocou. Mas eu tinha seu número escrito naquele pedaço de papel que ele deixara em meu para-brisa e armazenado em meu cérebro, com sua ridícula visualização retentiva.

Eu liguei.

— Que bom que você ligou! — disse Greg.

— Você podia ter me ligado — eu disse.

— Estou cansado de ficar com mulheres que não querem ficar comigo.

Fiquei quieta. Seria assim, tão simples? Lembrei-me de uma coisa que eu certamente sabia sobre os homens: às vezes, é realmente simples assim.

— Onde você está? — perguntou ele.

— Estou na costa escarpada. — Houve uma pequena abertura nas nuvens e um quadrado de luz surgiu numa colina distante, como a porta de um alçapão.

— Venha até aqui — convidou Greg. — Tenho biscoito.

Quando cheguei lá, ele estava caminhando de sua sala de trabalho em direção à casa, com Rex em seu encalço. Desci do carro e só então me lembrei do meu traje.

— Você está aqui para me converter à sua fé? — disse ele, olhando minha roupa e minha imensa bolsa de mamãe legal.

— Eu não tenho fé — eu disse. — Estou usando essa roupa por um motivo.

— Claro que está — disse ele. — Venha tomar um chá. — Ele ficou segurando a porta da frente para mim, e Rex esperou, educadamente, até que eu tivesse passado.

Ele acendeu a chaleira e colocou um prato de biscoitos na mesa. Pareciam caseiros.

— Minhas vizinhas estão sempre querendo me engordar — disse ele.

Eu mordi um biscoito. Tinha gosto de serragem e amendoim. Resolvi ir direto ao assunto.

— Eu costumava administrar uma termas. Acabei de fechá-la.

— Sei tudo a respeito — disse ele. — Só estava esperando ouvir de você. — Greg pegou um biscoito no prato e partiu ao meio. — Você ainda não me conhece muito bem. Não tenho problema com sua escolha de trabalho. — Ele deu uma mordida. — Eu me importo com outras coisas, como a forma que as pessoas tratam umas às outras. Lealdade é importante para mim. — Ele continuou mastigando o biscoito não comestível. — Sexo por dinheiro não me incomoda. Eu não faria, mas essa é minha escolha. — Ele sorriu para mim. — Mas quero saber uma coisa.

— O quê? — joguei o biscoito horrível para Rex, que o pegou no ar.

— Você alguma vez transou com um funcionário?

— Não.

— Por que não? — ele falava baixo. Não havia julgamento em sua voz, só curiosidade.

— Eu não quis.

Ele estava esperando mais como resposta.

— Preciso sentir uma ligação.

— Amor?

Fiquei em silêncio. Ninguém dizia essa palavra tão cedo. Hoje em dia, não. Em minha vida, não. Greg tocou meu rosto levemente, com um dedo.

— Eu até que investiria em você.

E eu disse:

—— Não se detenha.

Ele passou os braços ao meu redor e começou a me beijar, ou talvez eu tenha começado.

— Você não vai chorar de novo, vai? — A voz dele veio de algum lugar do fundo de seu peito.

— Não. — Não sei por que parecia não ter problema que ele me provocasse. Aquilo fazia com que eu me sentisse conhecida. Nós nos beijamos novamente. Nossas bocas se entendiam. Depois de alguns beijos, eu recuei.

— O que você come no café da manhã? — eu perguntei a ele.

— Geralmente, cereal. Ovos, farinhas e bacon no fim de semana.

Eu me soltei dos seus braços e levei meu pires até a pia. A lavadora de louça estava aberta e tinha louça dentro. — Você se importa com o lugar onde eu colocaria isso?

— Por que eu me importaria? — disse Greg.

— Você não acha que Deus está nos detalhes?

— Não — disse Greg. Ele estava me observando. — Mais alguma coisa?

— Quer me beijar mais?

— Claro — disse ele. — Vem cá. — Ele abriu os braços para mim, me puxando para seu colo. — Você diz cada coisa do campo esquerdo... e do campo além dele. — E me beijou.

— Você também tem esse negócio de *baseball*? — Eu me aproveitei da proximidade pra fungar seu cheiro bom.

— Sou americano e sou um cara.

Mais tarde, nós estávamos nus. Bem no meio das coisas, eu disse a ele que parasse e ele parou. Ele parou e sentou, lindo e paciente, e me observou. Pensei em pegar minhas roupas ridículas e ir embora. Acho que Greg sabia disso. Mas nós dois esperamos. Na luz fraca de seu quarto, na cama que ele mesmo fizera, nossa nudez era muda e suave. Ele afagava a lateral do meu rosto, com seu dedo longo.

— Se estiver tudo bem por você, eu vou estabelecer uma regra aqui: nada de fingir. Você não tem que fingir nada por mim. Eu posso aguentar a verdade. — Enquanto dizia isso, ele me tocava lentamente, com grande habilidade. Ele disse em minha boca: — A verdade te libertará.

Eu me recostei em seus travesseiros.

— Posso fazer uma pergunta imprópria?

— Claro. — Greg tracejou um desenho em meu peito.

— Como é que você se tornou tão bom?

— Fui casado com uma lésbica. Tive que trabalhar mais duro do que a maioria dos caras.

Depois, eu ainda me vi dizendo:

— Eu não quero me apaixonar por você.

O rosto de Greg estava bem em cima do meu.

— Nós podemos parar com isso — disse ele, sem parar.

— Não pare — eu disse. — E ele não parou.

GABINETE

Depois do café da manhã com Greg – se é que se pode chamar cereal frio de café da manhã – eu estava sentada no gabinete da juíza Q. L. Teagarten, com todas as cadeiras formando um arco respeitoso ao redor de sua mesa. Max passou seu cartão de visita à juíza e ao advogado de John. Eu também peguei um. No verso do papel claro, escrevi o endereço da termas e o nome do ato que a Moça da Bolsa solicitara com mais persistência, e devolvi o cartão para Max. Ele me olhou interrogativo e eu sacudi os ombros.

A juíza Teagarten abriu meu portfólio. Sem erguer os olhos da compilação de fotos dos quartos dos meus filhos, ela disse:

— A questão em pauta é se a Srta. Barrett pode demonstrar mudanças em suas condições que sejam significantes o bastante para garantir a revisão da decisão original. — Ela folheou as páginas, sem se mostrar impressionada. Parou para olhar a parede de bolsas de Darcy. — Bela coleção — disse ela. A juíza pareceu ligeiramente invejosa de mim. Avistei a mesma bolsa Prada ao lado de sua cadeira. — A Srta. tem a função de gerente de correspondência na Laticínios Old Daitch? — perguntou ela. — Srta. Barrett, o que isso engloba? — Ela ainda não havia erguido os olhos dos papéis.

Eu comecei a explicar meu trabalho, as nuances das perguntas sobre os laticínios, mas ela me cortou.

— Tem renda suficiente para prover seus dois filhos?

— Eu comecei meu próprio negócio este ano — eu disse, e acenei a cabeça para Max.

Ele relutantemente deslizou o cartão, virado para baixo, sobre a mesa dela. A juíza olhou e eu a vi se retesar. Pela primeira vez, ela olhou em minha direção. Deu pra ver que ela não havia me reconhecido em meu traje cor de pêssego. Ela nunca se dera ao trabalho de olhar minha aparência durante os três meses como cliente da termas; eu era irrelevante para seus desejos. Mas agora, ela sabia quem eu era.

— Essa é uma bela bolsa — eu disse, apontando a Prada, que percebi ser provavelmente verdadeira. — E aposto que está muito bem arrumada.

Houve um silêncio mortal.

O advogado de John começou a dizer algo, mas a juíza ergueu a mão para que ele parasse.

— Preciso falar com a Srta. Barrett e seu conselheiro. — Ela virou-se para John e seu advogado, sentados de pernas cruzadas, claramente confiantes e sem noção. — Vou revisar essa questão e tomar uma decisão prontamente. Por favor, avisem minha secretária onde posso encontrá-los. — Eles saíram e eu ouvi John dando à secretária o telefone de seu escritório e o de seu advogado, o qual eu sabia de cor, por conta das sete vezes que mandei pizzas com queijo extra pra ele, nas primeiras semanas depois que eu havia perdido as crianças.

Depois que a porta se fechou atrás deles, a juíza virou-se para mim.

— O que você quer?

— Guarda total. Mas aceitarei uma guarda conjunta, contanto que seja irrevogável. — Max pisou no meu pé com força, mas eu o ignorei.

A juíza esticou a mão para pegar a bolsa e parou no meio do gesto.

— Acabo de parar de fumar, disse ela, num tom justificativo. — Sinto falta dos meus Marlboros.

Max pareceu chocado. Ele provavelmente conhecia gente que usava heroína, mas ninguém invadiria os pulmões com nicotina.

— Escreva uma proposta — a juíza disse a Max. — Dedicarei séria consideração.

Max não sabia o que tinha acabado de acontecer. Eu poderia ter explicado a ele, mas levaria tempo demais e, além disso, ele nunca acreditaria em mim, em relação a termas.

— A senhora a terá esta tarde. — Max se levantou, e a juíza girou os joelhos para fora da escrivaninha. — Minha secretária precisa me comprar chicletes — anunciou ela, e saiu da sala.

De seu *laptop*, no lobby do Alpine Inn, Max enviou o documento à juíza. Nós esperamos até que seu computador sinalizasse a resposta dela. Ela havia lido e, se nós pudéssemos prover um acordo de custódia, ela o aprovaria e arquivaria no dia seguinte.

Max me encarava, incrédulo que isso estivesse acontecendo tão depressa.

— As coisas são mais simples por aqui — eu expliquei.

Max não estava disposto a encarar o negócio da guarda e das visitações; o *pro bono* tinha acabado. Quando pedi alguma dica, ele sacudiu os ombros.

— Acho que vocês poderiam ter resolvido isso sozinhos. — Max claramente nunca tinha sido casado.

Eu o levei até o pequeno aeroporto de Onkwedo e esperei que a atendente do balcão corresse até o setor de segurança e vestisse seu colete laranja, para que pudesse assumir a segunda função de seu emprego duplo como vendedora de bilhetes e agente de segurança.

Ela fez Max tirar seu imenso blazer para que pudesse passar o detector mais próximo de seu corpo magricela. Acenei e gritei "Obrigada!", dando as costas para que ele não soubesse que eu tinha visto o quanto ele aparentava ser jovem e pequeno sem seu paletó.

Pulei de volta em meu carro, grata em saber que ele não ia enguiçar, e fui correndo para a casa de John, desviando dos radares de velocidade, tentando chegar lá antes que ele e seu advogado armassem algo horrendo. Quando encostei na frente da casa, vi Irene, no jardim, tapando um buraco grande. Havia outros buracos pontuando a grama e as floreiras, cada um com pelo menos um palmo de profundidade. Ela se endireitou quando me viu, apoiou-se na pá, com os punhos erguidos para manter a terra longe de sua calça lilás imaculada.

— Oi — eu disse.

Ela me cumprimentou, claramente intrigada, já que não era meu "dia".

— Onde estão as crianças? — eu perguntei.

Nesse instante, Darcy veio contornando a lateral da casa, segurando uma corda. Ela não me viu porque estava andando de costas, puxando com força outra coisa que estava na ponta da corda.

— Cachorro malvado! — ela disse. — Você cavou muitos buracões. — Ela plantou os pés e deu um puxão na corda. Sam apareceu dando a volta na casa, com a corda amarrada à cintura. Ele estava com as mãos erguidas junto ao peito e deu um latido suave, que parou quando me viu.

Darcy virou-se para ver o que seu cachorro estava olhando e me viu. Eu ainda estava com a minha roupa de mamãe legal vai à corte.

Ela soltou a corda e veio até mim, tocando meu conjunto de suéter.

— Isso é uma peça ou duas? — perguntou ela, levantando a bainha do cardigã.

Sam se aproximou, ainda com a corda amarrada em sua cintura larga. Darcy olhou para ele.

— Senta! — disse ela, mas ele a ignorou.

— Ainda não é o primeiro sábado do mês, é? — Sam me perguntou.

— Ainda não — eu disse. — Eu só queria ver vocês. — Estendi a mão e afaguei seu rosto macio. Ele tinha crescido. Estávamos a um ano de ficarmos da mesma altura.

Darcy pôs seu corpinho entre nós.

— Ele é meu cachorro — disse ela, firmemente —, mas você pode fazer carinho. — Fiz carinho nos dois.

Nesse momento, o pai deles apareceu. Ele tinha comprado uma nova caminhonete a álcool. Quando desligou o motor, o cheiro era atroz. Ele desceu, alisando os cabelos.

— Barb — disse ele. — Você chegou rápido aqui.

Eu o observei assumir sua pose de guerreiro: peso corporal perfeitamente centralizado, mão direita livre, quase erguida.

— Teve notícias de seu advogado? — eu perguntei.

Ele assentiu, cauteloso demais para falar. Ele se aproximou, ainda ressabiado.

— Posso falar com você? — Ele segurou meu cotovelo e eu me deixei conduzir de volta ao meu carro. Quando as crianças não podiam mais ouvir, ele me soltou e voltou à sua postura confortável: três palmos de distância de mim, preferencialmente mais.

— Aqui dentro? — Eu abri as duas portas do carro e entrei, deixando o lado do motorista para ele. Ele hesitou, mas não pôde evitar sentar atrás do volante.

A última vez em que estivemos juntos num carro havia sido há séculos. Ele sempre insistia para dirigir. John, como a maioria dos homens, se achava o melhor motorista do mundo. É como a miríade de esquizofrênicos que acham ser Jesus Cristo – não podem estar todos certos.

John segurou o volante na posição certa, com as duas mãos.

— Meu advogado me levou para almoçar no Loro's, o bastardo sovina. — Ele olhou o gramado como se estivesse alerta para tratores. — Disse que o Loro's não faz mais entregas em seu escritório.

Eu estava bem certa de que era por conta do meu trabalho com as pizzas anônimas. Esperava que sim.

— Ele disse que eu tinha que concordar. — A última palavra saiu como um xingamento.

Eu não sei qual foi o motivo que a juíza Q. L. Teagarten deu ao advogado de John para que ele cedesse, mas foi eficaz. Nada como a vergonha como motivação. Tirei os papéis da corte de minha bolsa e os coloquei em meu colo.

— Acho que podemos fazer um acordo justo aqui. Nós fracassamos no amor, tudo bem. Temos filhos ótimos e estamos seguindo em frente.

John piscava rapidamente.

— Irene e eu vamos nos casar — disse ele, bruscamente. — As crianças ainda não sabem.

— Parabéns — eu disse. Sem pestanejar, eu pedi a guarda do cachorro. Frisei que Matilda fazia menos estrago na minha casa, porque eu trabalhava em casa.

— Vou pensar a respeito — disse John, dando um tapinha em sua bela cabeleira, como se quisesse ter certeza de que ninguém a levara.

— Você está se casando e eu estou... estou mudando minha linha de trabalho. — E estava, mesmo. Mesmo que Princeton não me pagasse, eu tinha terminado para sempre com o negócio do sexo. — Estamos seguindo em frente. — Peguei uma caneta no porta-luvas. — As crianças precisam de nós dois. Cada um de nós. O que você quer?

— Natal. — Ele soava hostil.

— Tudo bem. — Eu escrevi.

— Páscoa. — Ainda era o Sr. Treinador Assertivo. Eu não sabia que John era tão religioso.

— Tudo bem.

— Dia dos Pais.

— Claro. — Por que eu ia querer privá-lo desse feriado tolo?

— Meu aniversário.

Para que ele não deixasse de ganhar nenhum presente?

— Tudo bem.

Escrevi tudo e esperei.

— É isso?

John parecia estar pensando sobre o que poderia perder, nos outros 361 dias, como pai.

— Quero que Sam vá para o treinamento intensivo de hóquei.

Eu escolhi as palavras, cuidadosamente.

— Sam não parece motivado por esportes.

— Ele precisa se dedicar.

O velho ditado.

— Acho que Darcy é nossa melhor esperança para esportes competitivos.

Ele pensou sobre isso.

— Vou ficar com eles até terminar o ano letivo.

Eram mais duas semanas. Houve um momento em que eu poderia ter me vingado, e nós dois sabíamos disso. Não o fiz. As festas não eram o que eu queria da maternidade. Eu queria decidir o que comer no café da manhã, as manhãs preguiçosas de verão e as perguntas incríveis antes de dormir. Eu queria o máximo que eu pudesse ter.

— Você pode vê-los quando quiser, sabe disso. E o cachorro também. Não haverá impedimento. — Estendi a caneta para que John assinasse.

Ele me olhou com uma expressão interrogativa. Ele estava pensando, como fizera tantas vezes, por que achou que seria boa ideia procriar comigo. Ele pegou a caneta da minha mão, assinou e saiu do meu carro.

IVY LEAGUE

Na metade do caminho para casa, encostei o carro e liguei para Margie.

Ela atendeu no primeiro toque, como se estivesse esperando minha ligação.

— Acadêmicos são piores do que editores de livros, em todos os aspectos — disse ela, sem me dar chance de falar. — Mesquinhos, com gente demais em seus comitês de tomada de decisão. Precisam responder a todos até chegarem a Deus, e, depois disso, aos curadores.

— Margie, eu consegui meus filhos de volta. — Contei sobre a corte, deixando de fora a parte da juíza/Moça da Bolsa. Contei sobre o acordo com John.

— Eu sabia que você conseguiria, Barb! — disse Margie, com a voz rouca, como se estivesse se contendo para não chorar. Cubos de gelo tilintaram, o constante som de fundo da vida doméstica de Margie. — Bons tempos, Barb. Bons tempos estão por vir. — Ela parecia meio engasgada.

Margie se recompôs.

— A Universidade da Pensilvânia ofereceu quatrocentos dólares. Yale e Harvard chegaram a uma milha. ("Milha" era vocabulário de agente.) — Princeton deu o maior lance, com dois mil e quinhentos.

— Isso não soa muito como um leilão? — perguntei.

— Não — admitiu Margie. — Foi simplesmente uma discussão. — Eu sabia que ela não me diria mais.

— E quanto a Waindell? — perguntei.

— O diretor ameaçou processar, mas eu mencionei os formulários assinados pelos pesos pesados da equipe de remo, que acabou de ganhar o título da liga, assim como o patrocínio de inúmeros membros do corpo docente, alguns de seu próprio departamento.

— Mas a Waindell fez uma oferta? — eu perguntei (Que piranha eu sou!)

— Sim, mas eu recusei. Muito perto de casa.

— Dá-lhe! — eu disse e apertei a buzina.

Em casa, o telefonema que eu vinha evitando me pegou:

— Delegado de Polícia Vincenzo falando.

— Barbara Barrett falando — eu disse, e esperei, silenciosamente, o começo do sermão. Esse era meu lado passivo-agressivo, meu eu interior avesso à polícia.

Ele começou a falar e eu fiquei ouvindo, esperando as acusações pela coisa ruim que eu fizera e quanto isso me custaria. Mas o Delegado Vincenzo queria pegar meu carro antigo emprestado. Ele estava ajudando a turma de Ensino Médio com aulas de mecânica automotiva, e eles precisavam de uma caixa de marcha para reconstruir.

— A sua está arrasada — disse ele, alegremente. — Experimentei aquela chave no cinzeiro. Nem consegui engrenar a marcha. Talvez os garotos não consertem, mas certamente não irão piorar as coisas.

— Então, eu o terei de volta?

— Claro. No máximo, em três dias.

Essa cidade era estranha, sem dúvida, mas estava subindo no meu conceito.

Naquela noite, Greg passou em casa, com o jantar. Tudo estava bem embalado, embrulhado em papel filme e amarrado com nó. Eu desconfiei que uma de suas vizinhas tivesse feito.

— Como foi com John? — perguntou ele.

— Bem, eu acho. Ele tem o Natal, a Páscoa e o Dia dos Pais.

— É isso? — Greg desembrulhou um pedaço de torta de morango que nem estava amassada.

— Praticamente. Eu quis o Halloween, Quatro de Julho e tudo mais. Os legumes grelhados estavam saborosos.

— Também ganhei a cachorra. — Dei um beijo ligeiramente grudento em Greg. — Você está pensando no que eu estou pensando?

— Que o Rex vai se dar bem?

— Não. Bem, sim, mas estou pensando nos filhotinhos.

Greg deu uma mordida grande na fatia de torta, para não ter que falar.

ADEUS, TERMAS

Na semana antes do término das aulas, eu encomendei cinco carregamentos de pedrinhas para consertar a erosão do caminho de entrada da estalagem. Foi meu presente de agradecimento à Vovó Bryce.

Fui até lá para dar uma última olhada e arrumar. Acendi a lareira para me fazer companhia. Decidi deixar tudo para a Vovó Bryce e os caçadores: móveis, roupa de cama e até os brinquedos sexuais.

Havia uma montanha de roupa limpa no cesto e eu comecei a dobrar os lençóis. No fundo do cesto, estava a Calça. Guardei os lençóis dobrados no armário de roupa de cama. Enfiei a Calça na lareira e a segurei com uma pinça até pegar fogo. Quando a Calça virou cinza, eu apaguei o fogo.

Fechei as persianas e preguei o tapume de volta sobre a porta da frente. Tirei minha placa; a essa altura, todas as minhas clientes já sabiam. Tudo se espalha rápido em Onkwedo.

MAIS CORRESPONDÊNCIA

Numa manhã, Bill me trouxe um envelope da Universidade de Princeton. Como era de se esperar, o cheque deles foi compensado.

Eu o doei para a instituição Onkwedo Feed the Children, guardando o suficiente para comprar um jeans de duzentos dólares – tudo bem, estava em liquidação por quarenta dólares. O jeans praticamente me beijava quando eu o vestia.

Liguei para a arquivista de Waindell e ofereci o manuscrito como um legado permanente. Ela ficou "muito interessada" e perguntou se viria junto com uma doação.

Não.

Dei ao jovem Sr. Daitch, as minhas seis cartas para lidar com a correspondência. Acho que as conversas comigo abriram seu lado social, porque ele fez um ligeiro contato visual enquanto eu explicava a aplicação de cada modelo. Talvez ele estivesse pronto para interagir um pouquinho com seu público. Prometi voltar para o descaroçamento das cerejas, todo verão, se fosse mantida a demanda dos clientes.

Finalmente, concluí o romance Amish para Margie. Ela gostou da cena em que o homem, chegando ao clima – chamado de "*nas alturas*" – grita: "Case comigo!". Margie achou que teria um atrativo feminino forte. O mercado para romance parecia insaciável, então, eu escrevi outro e mais outro. Reciclei todas as palavras de *baseball* que aprendi. Escrever cenas de esporte e cenas quentes de amor é quase a mesma coisa. Isso pode estar se tornando uma carreira. Minha mãe ficou pasma que eu passasse meus dias escrevendo.

— Pense no quanto seu traseiro vai ficar achatado — disse ela.

Ocasionalmente, eu tinha notícias dos caras. Tim pediu uma carta de referência. Wayne me escreveu um bilhete, num papel de carta timbrado, quando foi aceito em Harvard para sua pós-graduação. Ele expressava sua gratidão pela oportunidade que eu lhe dei, ajudando a desenvolver seu interesse empresarial.

Sid mandou várias gravações musicais, todas com temas que podiam ser considerados insultantes. Ele mandou um par de sapatilhas pretas de balé para Darcy. Calçando-as, ela dançou para mim e Sam sua própria versão de *O Quebra-Nozes*, usando um quebra-nozes do tipo alicate, as Barbies onipresentes e vários ratos de plástico.

SORVETE DE BAUNILHA E CEREJA

Um mês após o fechamento da termas, nós montamos uma barraca de sorvetes na rota da parada do Dia da Independência. Pelo fato de todos os bombeiros serem necessários para os desfiles das cidades vizinhas, Onkwedo teve sua parada no dia 7 de julho: caminhões relíquias desfilaram, depois tratores puxando carros com fardos de feno, com a Rainha dos Laticínios de Nova York acenando.

A Vovó Bryce estava lá, assistindo à parada de sua cadeira de rodas, ao lado do velho Sr. Daitch. Ela estava com uma camiseta que dizia: "Mais Velha Cidadã de Onkwedo".

Eu lhe dei uma vasilha de sorvete de baunilha com cereja. Sam e eu ficamos acordados até meia-noite descaroçando-as.

— Obrigada, meu bem. — Ela comeu devagar, com a cabeça inclinada sobre o colo, onde cuidadosamente tinha aberto um guardanapo de papel. Quando a pequena cumbuca estava quase vazia, ela pousou a colherinha de madeira e virou para me olhar. Seus olhos eram de um azul lavado.

Eu me ajoelhei ao lado da cadeira de rodas.

— Muito bem-feito — disse ela, assentindo para mim. — Bem no ponto.

Sam gostou do comércio de sorvetes, mas Darcy olhava fixamente para os clientes, até que eu a levei para longe, para lhe dar o seu. Ela catou as cerejas e, ao fazê-lo, cochichava: "Sai, sai, sai!", deixando o sorvete puro, do jeito que gostava.

Eu contei: um era Darcy, dois era Sam, três era Greg, quatro era Matilda, cinco era o sol através das folhas, seis era o cheiro de cerejas maduras que dava água na boca, sete era o povo de Onkwedo ao nosso redor, alegremente lambendo suas casquinhas.

Depois da parada, assistimos ao time rural dos Yankees jogarem bola. Sentei com Greg e as crianças. Estava um dia lindo. Naquele momento, todos estavam felizes. Era hora de se divertir. Mas o jogo prosseguiu. E prosseguiu e prosseguiu. Coloquei meus óculos escuros para esconder o tédio. Greg segurou minha mão e tracejou a palma, com o polegar, fazendo um mapa das bases e dos jogadores. Eu gostaria de dizer que houve a superação de um obstáculo; que eu, assim como Helen Keller, também entendi, subitamente entendi: *baseball* era uma linda dança, cheia de graça, força e destreza individual. Mas eu não entendia. Simplesmente fiquei ali, sentada, torcendo para que meus óculos escuros escondessem minha alienação.

Tentei imaginar Nabokov, alto e grisalho, sentado na arquibancada, com Vera ao seu lado usando um chapéu de palha. Eu podia imaginar a agitação do ar ao redor de sua cabeça, pelas ondas de pensamento de seu cérebro. Mas ele não estava ali, e os padrões magníficos que sua mente impôs ao mundo – discernidos até mesmo em algo tão desvinculado como homens uniformizados girando tacos. Isso também se fora.

DOCE

Quase no fim do verão, eu levei as crianças à cidade, para um passeio. Andando pela calçada, na região de Uptown, nos deparamos com a pâtisserie de Pierre em sua nova casa. Darcy pressionava o nariz no vidro da vitrine dos doces quando recebi uma ligação do professor de Princeton que havia comprado os dados da termas. Ele estava ligeiramente tempestuoso.

— Pagamos muito dinheiro por esses dados.

Eu concordei.

— Repassei tudo, bem atentamente. — Ele limpou a garganta e continuou. — A conclusão a que me aproximo, a partir dos registros estatísticos e dos modelos a eles relacionados, é que as mulheres querem ser compreendidas. — Seu tom era acusador.

— Sim — eu disse. — Elas querem.

— Isso é terrivelmente vago — disse ele. — Não teria como ser chamado de conclusivo

— As mulheres se contentariam em ser ouvidas — eu o informei. E desliguei.

Darcy estava cobiçando as tortinhas de abricó. Sam estava de joelhos diante dos *napoleons*, contando as camadas de massa.

— *Croissant du chocolat. Café, pas de lait* — disse Pierre quando me viu. Ele se lembrava do meu pedido.

— *Je t'aime* — eu disse, já que isso era praticamente tudo que eu sabia de francês.

Ele deu uma bufadinha explosiva francesa que dizia tudo. A bufada dizia "Não enche". E também dizia "Talvez eu dormisse contigo, se você usasse sapatos melhores.

Nós comemos os doces numa mesinha, na calçada. Observei os rostos dos meus filhos mudarem, com um novo êxtase, a cada mordida.

OUTONO

Fizemos um lugar para Greg em nossas vidas. Darcy disse que ele podia ficar com meu quarto e eu dormiria com ela. Sam queria converter a garagem numa carpintaria para ele. Eu me contentei com uma prateleira para seus objetos de toalete e alguns cabides no armário para pendurar suas camisas. Comprei seu cereal preferido para o café da manhã e a marca errada de cerveja (eu não queria que ele achasse que eu estava me esforçando demais).

Greg me mediu para fazer uma escrivaninha de escrita em pé.

Por hora, estava indo bem. Eu sabia que a vida com Greg não seria como nos romances. Eu teria que aprender a dizer as coisas cuidadosamente, repetidamente. E, pior, eu teria que ouvir coisas como: "Quando você amassou o para-choque e fingiu não saber quem o fez, e eu só descobri quando vi o boletim de ocorrência, isso me fez sentir que você não confia em mim".

Mas também havia os momentos de tranquilidade escancarada, como na vez em que ele construiu um salão de beleza para que Darcy aparasse os cabelos das Barbies, deixando-as quase carecas, ou quando nós estávamos arrumando a cozinha, depois do jantar, e ficamos dançando ao som do rádio; ele passou os braços por trás de mim, e eu pensei: "Fui pega".

PARTO IMINENTE

Quase quatro meses depois do fechamento da termas, a Moça da Bolsa me ligou. Com sua voz de juíza Teagarten, ela me explicou que surgira uma situação incomum. Uma jovem, cujo pai era um dos "pilares da comunidade", estava grávida e o pai biológico de seu filho não era seu noivo. A jovem pedira à juíza que cuidasse da adoção. Ela disse que a jovem alegava não saber o sobrenome do pai biológico, mas que eu saberia quem era ele.

A juíza explicou que, em sua época, a garota teria de ficar com o bebê, mas agora ela (a juíza quase derrapou e disse o nome da garota) queria providenciar uma adoção aberta, de modo que pudesse ver a criança ocasionalmente, sem precisar criá-la.

Tivemos uma discussão confusa, com a juíza falando sobre lei e eu falando inglês.

O desfecho foi que ela arranjou uma adoção para Margie e Bill. As coisas vis que eu sabia sobre a juíza Teagarten podem ter levado meus amigos ao primeiro lugar da fila de pais pretendentes.

Adorei mostrar a Margie como cuidar de um bebezinho. Como eu esperava, ela era uma mãe incrível: prática, amorosa e tranquila. Ela até parou de fumar e começou a comer, exceto às quartas-feiras. Também manteve sua bela silhueta, a qual atribuía aos litros diários de Crystal Light azul que bebia.

Com a confiança ganha em banquetes de casamento, Sam preparava a comida do bebê de Margie, fazendo misturas saudáveis, baseadas em purê de maçã.

Darcy prestava pouca atenção ao menininho, depois de ter pintado as unhas dos pés dele de vermelho vivo.

O filho de Margie tinha cílios imensos e curvos ao redor dos olhos redondos. Sempre que tocava música no rádio, ele batia alegremente os bracinhos e perninhas rechonchudos.

LeeLee sempre aparecia na coluna social do *Clarion*, com seu novo marido, mas nós nunca a vimos pessoalmente.

Sid visitou uma vez, trazendo um cobertorzinho com elefantes azuis bordados. Ele pareceu feliz em ver o bebê, e mais feliz ainda ao partir.

ONKWEDO

Talvez eu nunca me sinta totalmente em casa em Onkwedo. Minha gente sempre estará reunida no céu, ou numa cidade grande, mas eu estou começando a fazer parte deste lugar. As pessoas acenam a cabeça, me cumprimentando, e eu passei a gostar disso, um reconhecimento de que compartilhamos o mundo naquele momento.

    Como resultado da termas, acho que houve uma mudança na cidade. As mulheres parecem ligeiramente presunçosas. Estavam se vestindo melhor e houve uma onda de matrículas nas academias de ginástica. A ACM (Associação Cristã de Moços) teve que acrescentar duas sessões de aulas de dança do ventre e quatro novas máquinas de Pilates. Às vezes, eu acho que posso ver os efeitos posteriores da estalagem: as mulheres circulando em Onkwedo meio sonhadoras, um sorriso no canto dos lábios, os cabelos, geralmente muito arrumados, meio despenteados e rebeldes. Eu as vejo no supermercado, passando tempo demais no corredor de frutas e legumes, escolhendo o pepino certo. Vejo-as cheirando as coisas. Agora, as rosas estão florindo, cor-de-rosa e lindas, e em qualquer lugar que eu vá, vejo mulheres se curvando para cheirá-las. É uma estação particularmente boa para as rosas. E a curvatura é um tipo especial de curvatura, uma oferta, como se algo bom pudesse surgir de repente, vindo de qualquer direção.

Todos os dias há momentos quase perfeitos. Um deles acontece meia hora antes de dormir, quando nós três sentamos na cama grande, encostados à mesma parede onde Vera e Vladimir descansaram suas cabeças. Às vezes, Greg está na cozinha, folheando as páginas do *Onkwedo Clarion* ou lavando o amido da massa na panela azul. Eu leio em voz alta um trecho de algum livro que tenha encontrado e possa unir os interesses distintos de Sam e Darcy, algo não muito assustador, algo sem crueldade, uma história com a qual possamos nos desprender do dia.

Outra hora perfeita talvez seja de manhã, quando eles acordam. Sam dorme embaixo do pôster de um *chef* famoso. Quando ele abre os olhos, passa o braço sonolento ao redor do meu pescoço.

— Mãe — diz ele, como se a noite tivesse sido uma separação necessária, agora resolvida. De seu travesseiro, Darcy me olha como se dissesse: "Quem é você? Você não estava no meu sonho". Depois, faço o café da manhã para eles e os ajudo a seguir seus caminhos. Vou levar uma vida inteira para ser a estrela guia dos dois, da forma como meu pai foi a minha, mas uma vida inteira é o que eu tenho.

AGRADECIMENTOS

Ao meu amado clã: Mary Daniels (oposto absoluto da mãe neste romance), Valery Daniels, Andrew Knox, A. B. K., C. B. K., H. D. H. e C. J. D. H.

A Tom Hartshorne, bom homem, excelente pai e profundamente diferente do ex neste livro (exceto pela notável excentricidade relativa à lavadora de louça).

À deslumbrante Lucy Carson, um coquetel de charme e bom senso.

À maravilhosa Molly Schulman, ao talentoso Paul Cirone e à incomparável Molly Friedrich, possivelmente a melhor companhia na Terra.

À Sulay Hernandez, extraordinário e valoroso ser humano e editora.

À equipe editorial estelar: Trish Todd, Stacy Creamer, Marcia Burch, Jessica Roth, David Falk, Meredith Kernan, Cherlynne Li, Martha Schwartz e Justin Mitchell.

À Maureen Klier, a Madame Curie dos copidesques (quaisquer erros são apenas meus).

À Liz Karns, pela amizade e pelo apoio estatístico (novamente, assumo todos os erros).

À Conferência dos Escritores de Squaw Valley, um lugar de criatividade e renovação para muitos, inclusive para mim: Brett Hall Jones, Lisa Alvarez, Andrew Tonkaich, Louis B. Jones, Sands Hall, Michelle Latiolais, Rhoda Huffey, Michael Carlysle e à memória de Oakley Hall.

Aos olhos brilhantes, lindo coração e mente incisiva de Joy Johannessen.

Ao estimado amigo e professor Gill Dennis, que traz esperança sempre que entra pela porta.

Ao homem quieto, Al Lockett, à Nate, o Grande, e à alegria vigorosa de ambos.

À Ellen Hartman, verdadeira amiga e farol orientador.

Aos meus excepcionais colegas de escrita: Liz Rambeau, Mary Lorson, Harriet Brittain, Lisa Barnhouse-Gal, Christianne Mcmillan, Diana Holquist, Rhian Ellis, Jill Allyn Rosser, Megan Shull, Neil Shepard, Greg Spatz, Masie Cochran e John Jacobs.

Eu vivo nas suas luzes.

Este livro foi composto em Adobe Garamond Pro
para Texto Editores Ltda.
em junho/2011